汪曾祺文集

文集

散文 Ⅰ

才子赵树理
沈从文转业之谜
金陵王气
随遇而安
我的『解放』

汪曾祺 —————— 著

林贤治 —————— 编选

SPM 南方传媒　花城出版社

中国·广州

图书在版编目（CIP）数据

汪曾祺文集. 散文. Ⅰ / 汪曾祺著；林贤治编选
. -- 广州 : 花城出版社，2024.1
ISBN 978-7-5360-9653-0

Ⅰ. ①汪… Ⅱ. ①汪… ②林… Ⅲ. ①汪曾祺（
1920-1997）-文集②散文集-中国-当代 Ⅳ. ①I217.2

中国国家版本馆CIP数据核字(2023)第001410号

出 版 人：张　懿
丛书策划：肖延兵
责任编辑：黎　萍　　许阳莎
责任校对：李道学　　袁君英
技术编辑：凌春梅
装帧设计：李炜平

书　　名	汪曾祺文集. 散文. I WANG ZENGQI WENJI. SANWEN. I
出版发行	花城出版社 （广州市环市东路水荫路 11 号）
经　　销	全国新华书店
印　　刷	广州市岭美文化科技有限公司 （广州市荔湾区花地大道南海南工商贸易区 A 幢）
开　　本	880 毫米×1230 毫米　32 开
印　　张	63.5　24 插页
字　　数	1,403,000 字
版　　次	2024 年 1 月第 1 版　2024 年 1 月第 1 次印刷
定　　价	298.00 元（全六册）

如发现印装质量问题，请直接与印刷厂联系调换。
购书热线：020－37604658　37602954
花城出版社网站：http://www.fcph.com.cn

20 世纪 80 年代末，在家中写作

1. 1986 年，与贾平凹（右）、彭匈（左）在广西桂林合影
2. 与铁凝合影

下厨

画作

目录

私生活①

※

图象与教训

在浮着虹的影子的水里（一切物质在这里开始领取生命）投下一块酥松的泥砖，跳上去，快，再投下一块，跳上去，快！在手□的错误的铺设下前进。从起点通过过渡过渡的过度，跳吧，带一点惊慌，同量的镇定。一切运动的目的无非在求疲倦，直到你投下最后一块泥砖，你用复仇的眼睛看它消溶如一块未经压制的吸墨纸，一块看过许多雨天的方糖。

作客的摹想

我租一座房子安放自己。很久以前我知道这房子式样很平凡，但也不少别致处，我知道那房子有数不清的窗子，像海绵的孔。

连我的居停都未有机缘一见，我差不多一直就被一个偶然安排在墨绿而银灰的线条的四壁之中，用一种奇异的纸糊住一切可以伸一根牵牛的触须的缝隙，一切光用多坚诚的朝山的苦心来我的眼睛里沉沦呵。

---

① 初刊于一九四一年十二月九日成都《国民公报》，初收于人民文学版《汪曾祺全集》第四卷。

我并非不知道我有很多邻舍，他们无声无息的嚣闹着，令我莫明其妙，如落进一个漩涡里，我有时大声咳嗽，打喷嚏，想要他们知道我，但是他们似乎全不注意。一天我忽然走出房门，像一个大病新瘥的那么虚晕。我与邻舍一一见过。

一片早安与晚安的声音如早潮与晚潮一时涌向了我。我的眼球转遍了数字以外的度数。

外面的空气与里面的完全不同。

我很虚怀若谷的逐一叩问他们的姓名。

您？——您？——您？——

天，他们的答复像一个图章上印出来的。

于是我不得不问问自己。

蛊

中年人的游戏大都在没人看见的时候。

（我在中年人前显然比不上他们，在年青人里面则比谁都老一点。）

我有一个回廊，用平滑的大理石砌成，发着透明的热铁投入冷水里后发出蓝色光泽，有郁□的虞美人□瓣子的浮游的图案，这图案是大理石上生就的，决非画上去的，浮游着，如反映在桥的洞里的波浪的光。是无数穿门连缀起来的。深和空弥漫在里面，因为是圆的，所以和天一样高。

我散步在里面，当我把自己完全还给自己以后。（平常我把自己不计价出租给人家）我可以随意划分昼和夜了，因为回廊内有无数不同光度的灯，如清明时节大苗圃里点种树秧的小潭，整整齐齐的排开，有许多开关，像舞台上用的电闸板一样，一伸手即可调节它们，配合成心的需要。

一天，我跨进回廊，开了第一盏灯，最暗与最近的，一只蛾子飞进来了，差不多由我的头发里飞了出来。——后来我发现它觉得和肺病一样，我觉得头上有一个影子的重量。

出于本能，我开了第二盏灯，（第二个距离与第二个强度的）它立刻飞进一点，更清楚了一点。

我又赶快灭这盏灯，灭那盏灯，蛾子总是在最强的光的圆心上飞。

我不知道它落了多少粉在我的回廊里了。

永远辞别暗，追逐光，它是旅程是一支颠来倒去的插在严冰与沸水之间的温度计的水银柱。

我还能散甚么步呢。

小贝编①

一，小贝编

窗前这片雨是那朵山头的轻云。

胭脂果重新开出漫山鲜亮的花。

花在你百折的裙裥里等待风信：

昨天花朵下我有我的瓶。

今天我瓶里开了满瓶花。

舀一瓢水也舀一瓢影子：

珊瑚的红完成了绿的海。

珊瑚有港，港有灯塔，有雾。

洞庭多落叶，树依然是树；

二，小贝杂录

小时候我有一方樱红的水晶，

里头有个小小虫儿，记不得是

金妈妈是碧蟓螗，整整二十年了，

我才真想起它一回。

---

① 初刊于一九四三年四月二十八日、五月一日昆明《大国民报》，初收于人民文学版《汪曾祺全集》第四卷。

鸽子和钟声，好太阳，开窗，金银花香里我有我的小学校。我记得小学校里许多事情，其中最切的两件，姓詹的胖斋夫剪冬青树和我们的书，书大都有字也有画，长大了我颇为它们糊涂过，这些画是解释字的呢，还是字解释画？不知我曾否喜欢过那些字，但至今还是喜欢画的。并且，我的爱画与字无干。起先，画多字少，慢慢的画比较少了，我们自己仿佛也写在那些字里，画在那些画里，和在里头变。因此即使觉得，也不说出；直至说出，才真算觉得。我说"少了"，恐怕那是日后的事，是看惯了没有画的书时的经验了。詹胖子都老了；一排一排的冬青树头剪平了又长圆了，而我们似乎不断的比冬青树矮，冬青树上留名，故事里头没有，但青梧绿竹随处皆有，你看看那些题刻，心下如何？"画少了呢。"这句话太吓人，我从来没听过有人敢大胆说过，倒是有一次放学回来，玩了半天，我忽然想起来告诉姐姐："我的画也没有颜色了。"姐姐不响，拿过我的书翻了翻，灯下她有个很好思想："这是多么一个得意；没有颜色可以自己填。"青制服，红帽子，小猫是黄的，小狗也是黄的，所惜者，我们的色牒有限，所幸者，则颜色先有而后有颜色名称；我们常用了我们不知道的颜色。

我想回去，回去看看那些书，那些画，看看填的颜色，也看看有没有还白着的，如果有，刚才我想：我填；现在，我已经想不那么做了，因为我不会那么做的，并且我知道。我想，街上我会碰到詹老头子。

犹之百花丛中你看见一朵花，那是一朵花，等一瓣一瓣描给自己时，便非像适才所见，且恐怕就不是一朵花了。

人在梦里是个疯子，疯人想必不做梦，我有一个梦，梦成一句话："秋天是一节被删的文章。"梦时不甚了了，当然也就仿佛懂得，知道梦了多少时候，那实在是一个奇妙的结构，没有人，没有声音，灯上取一点，花上取一点，虹上取一点，向百物提来一个概念像合成一片红，这片红又赋得一个形式而成了我的梦：天地奄参，当中一条大路，干而且白。路上甚么也没有。有风，但风透明无物。不多近，不多远，他们，——我说是那些命定的标点，一个个站着，高高翻起衣领。这边看看，又看看那边，我笑出来又觉得真不该，我有点难受，半天我没跟人说一句话，寂寞。

另一次，另一个梦，我甚么也不为的兴奋得出奇。白天我劳顿得像行军时拖在后头的矮兵，可是我没有他一样的睡眠：一二一，左右左，这样简单而永无绝断（连环小数一般的）事物挂着我如挂一个摆。七天，整整的七天，我瘦了。你在太阳下烧过纸或是草之类的东西么，你该看见过火上的空气。那跳动的样子，也许像几张糯子纸叠在一处。我那七天常有的感觉便是那样，偶然阖眼，我便做起喝水的梦，我喝得非常舒服，水的冷暖甜咸各有不同。尤其是难以分辨的是那一次一不同的舒服，可是我当时的确非常明白。一句老话，真是"如人饮水"了。（那种舒服，实几近于快乐了）第七夜，我严肃而固执的（不知向谁）说：

"所有的东边都是西边的东边。"

我念着念着，梦里心想莫又忘了，醒来果然竟没有忘。我想起优钵的花。

一个仙谷开满艳红的大花，一条黑蛇采食百花，酿成毒，想毒死自己。结果蛇是没有了，花尽了，谷中有一蛇长长的毒。所有的东边都是西边的东边。

假若，世上甚么也没有，除了镜子，这些镜子是甚么，它有甚么?

窗子里的窗子

一天，我独自去一个市郊公园去看孔雀。人真少，野渡无人舟自横，我在一个桥上坐了半天，大风里我把一整盒火柴都划亮了，抽烟的欲望还不能满足。孔雀前面我本身是个太古时代。想，捡两根孔雀毛回去做个见证，可他偏不落。不落便不落吧，能怨怪谁去。孔雀使我想起向日葵：影转高梧月初出，向日葵不歇的转，虽然谁能说："你看，它在转呢。"于是它无时不有个正面的影子。（或许是背影。但地上的正背原是一样，亦要不是侧影就成。）一片广场上植满向日葵，那图案是孔雀的翎。我们小学校中做手工时，先生教用铅笔刨花贴在纸上做翦秋罗，其实若做向日葵的影子才真合适。孔雀有蛇一样的颈子，可是它依然不能回头看自己开屏。第一只孔雀把它的悲哀留在水里给我。

然而，一切光荣归诸神!

是的。这是装饰的意义和价值。每天早上，我醒来。好春天，我醒得如此从容，好像未醒之前就知道要醒了，我一切都在醒之前准备好了。我满足而宁静。"幸福"，我听见一个声音。窗前鸟唱，我明白那唱的不是鸟。枕上嗅到的，不是香，宁是花。莫问我花为甚么开，花不开在我眼睛里，而我满心喜悦，满心感谢。

有人喜欢花开在瓶里比开在枝上更甚，那是他把他自己开在花里了。一样最美的事物是完整的，因为完整，便是唯一的。一首乐曲使乐曲之外的都消失了。

我信仰"一切不灭"，但因此我尊重插花的人。

插花须插向，鬓边斜。你想起甚么呢，创造？

我有一个故事。一个精于卜卦的窑工，造了一只瓶，并卜了一卦。两件事都做得非常秘密。几年之后，这只瓶为一个阀阅豪家买去，供在厅事的几案上。这窑工乔装了一个古董商，常往豪家走动。某天，他很早便叫醒自己，结束停当，去拜见豪家主人，他有那么丰富的知识，字画，器玩。花鸟虫鱼，烟酒歌吹，无一不精；故能把主人留在厅上整整半天。炉香细细，帷幕沉沉，静得像一个闭关的花园，灰尘轻轻地落下来。主人看那窑工（我只能如此称呼他）直视壁上的钟，脸上越来越紧张，越来越严肃，正要叫他，他一摆手，噤住主人的声音，一切全凝固了。忽然，他抖了一下，那要求的事情终于来了：丁，瓶碎了。"呵！"他满眼泪光，走过去，在碎片中寻出一片，细致的凹面上读出一行工整的蓝字："某年月日时刻分，鼠斗□朽钉毁此瓶！"两声唧啾，使主客都寒噤。

这窑工会从此不造他的瓶了，不卜他的卦了呢，你想？

每一朵花都是两朵，一朵是花；一朵，作为比喻。

可以互相比喻的事物原是很多的，我们的世界是那么大。

我有过一把檀木镂刻的折扇，我早就知道它会散的。

我整天带着它，打开又合拢，我让风从空花中过去，

于是从来便是旧了的丝带断了。

我想起"自己"。

一天，我去看一个朋友。他正要出去一会，教我先坐一会。我挑了一张椅子，自己倒了一杯茶。"××来了一封信，在这里"，我的信才看了一半时，一个风尘满面的人敲敲门进来了。"是了，"我仿佛听见他心里的话。他一定从街这边看到街那边，（那他一定看到墙上的标点，屋檐下的鸽子，一朵云，一枝花。）才找到他要找的号数。他一只手提了皮箱，另一只手在皮箱上摸来摸去。（他想：总不免的，一开头有点窘，唉，我总是这么局促；但是不妨事，就会好的。）我放下信，觉得该站起来招呼。在他看到那个信封而脸上有点笑意时，我接过他的箱子。这个人是常出门的，他的箱子上嵌有一张名片。我还没看进名片上的字，那人恳切的握了我的手，接着便说起他在路上大略想过一遍的话来。

"令兄的信大概前两天到了。我们，唉，我与令兄是老朋友。

"他的病全好了。现在还住在老地方。

"现在还须要休养休养，一时不会做甚么事。他想整理一点旧稿子。你这里如果有，就给寄出。

"都希望你暑假出玩玩呢。快了，还有不到两个月了。

"车子，嗨，就是车子难找。不过，总有办法，总有办法。"

我一面含含胡胡应答，一面狐疑，这个人是怎么回事呢？一直等他说个尽兴，我给他倒了杯茶，自己也把那杯没有喝的茶端起。嘴里说"一路辛苦了，路不平"，心想怎么应付。忽然，那个信封在我眼前清楚起来，我笑了。

"请坐一坐，他一会儿就回来。"

我细细的喝茶，让茶从我的齿缝间进去。瞟了瞟这位客人的鞋子，想看看他那名片依然没有看清。我那朋友就要来了。他会不会老拿问我的话问这位先生："来了多少时候了？"那可糟，他一定回答不出，有多少人会先看看表坐下来再来等人的。他一直没看表。

你大概都住过旅馆。当茶房把钥匙交给你，你在壁上那面照过无数人的镜子里看一看，你要出去了。门口账房旁边一面大牌子等着你，×××，你会看到自己的名字。我喜欢那一个发见，一个遇合，不啻被人亲切的叫了一声。一个主人，一个客人，多么奇特的身份！我想以后不再在登录册上随便写两个或三个字，虽然事实上我以前也不常这么做。那位先生在皮箱上嵌个名片，他实在可爱得很。

每一个字是故事里算卦人的水晶球，每一个字范围于无穷。我们不能穿在句子里像穿在衣服里，真是！"记得绿罗裙，处处怜芳草"？"马为仰天鸣，风为自萧萧"？不早了，水纹映到柳丝上了。

一九四三年三月十日

花园①

※

在任何情形之下，那座小花园是我们家最亮的地方。虽然它的动人处不是，至少不仅在于这点。

每当家像一个概念一样浮现于我的记忆之上，它的颜色是深沉的。

祖父年青时建造的几进，是灰青色与褐色的。我自小养育于这种安定与寂寞里。报春花开放在这种背景前是好的。它不至被晒得那么多粉，固然报春花在我们那儿很少见，也许没有，不像昆明。

曾祖留下的则几乎是黑色的，一种类似眼圈上的黑色，（不要说它是青的）里面充满了影子。这些影子足以使供在神龛前的花消失。晚间点上灯，我们常觉那些布灰布漆的大柱子一直伸拔到无穷高处。神堂屋里总挂一只鸟笼，我相信即是现在也挂一只的。那只青裆子永远眯着眼假寐，（我想它做个哲学家，似乎身子太小了。）只有巳时将尽，它唱一会，洗个澡，抖下一团小雾在伸展到廊内片刻的夕阳光影里。

一下雨，甚么颜色都重郁起来，屋顶，墙，壁上花纸的图案，甚至鸽子：铁青子，瓦灰，点子，霞白。宝石眼的好处这时才显出来。于是我们，等斑鸠叫单声，在我们那个园里叫。等着一棵榆梅稍经一触，落下碎碎的瓣子，等着重新着色后的草。

---

① 初刊于昆明《文聚》一九四五年第二卷第三期，初收于北师大版《汪曾祺全集》第三卷。

我的脸上若有从童年带来的红色，它的来源是那座花园。

我的记忆有菖蒲的味道。然而我们的园里可没有菖蒲呵？它是哪儿来的，是那些草？这是一个无法解决的问题。但是我此刻把它们没有理由的纠在一起。

"巴根草，绿阴阴，唱个唱，把狗听。"每个小孩子都这么唱过吧。有时甚么也不做，我躺着，用手指绕住它的根，用一种不露锋芒的力量拉，听顽强的根胡一处一处断了。这种声音只有拔草的人自己才听得见。当然我嘴里是含着一根草了。草根的甜味和它的似有若无的水红色是一种自然的巧合。

草被压倒了。有时我的头动一动，倒下的草又慢慢站起来。我静静的注视它，很久很久，看它的努力快要成功时，又把头枕上去，嘴里叫一声"嗯！"有时，不在意，怜惜它的苦心，就算了。这种性格呀！那些草有时会吓我一跳的，它在我的耳根伸起腰来了，当我看天上的云。

我的鞋底是滑的，草磨得它发了光。

莫碰臭芝麻，沾惹一身，嗐，难闻死人。沾上身了，不要用手指去拈，用刷子刷。这种籽儿有带钩儿的毛，讨嫌死了。至今我不能忘记它：因为我急于要捉住那个"都溜"（一种蝉，叫得最好听），我举着我的网，蹑手蹑脚，抄近路过去，循它的声音找着时，拍，得了。可是回去，我一身都是那种臭玩意。想想我捉过多少"都溜"！

我觉得虎耳草有一种腥味。

紫苏的叶子上的红色呵，暑假快过去了。

那棵大垂柳上常常有天牛，有时一个，两个的时候更多。它们总像有一桩事情要做，六只脚不停的运动，有时停下来，那动着的便是两根有节的触须了。我们以为天牛触须有一节它就有一岁。捉天牛用手，不是如何困难工作，即使它在树枝上转来转去，你等一个合适地点动手，常把脖子弄累了，但是失望的时候很少。这小小生物完全如一个有教养惜身份的绅士，行动从容不迫，虽有翅膀可从不想到飞；即是飞，也不远。一捉住，它便吱吱扭扭的叫，表示不同意，然而行为依然是温文尔雅的。黑地白斑的天牛最多，也有极瑰丽颜色的。有一种还似乎带点玫瑰香味。天牛的玩法是用线扣在颈子上看它走。令人想起……不说也好。

蟋蟀已经变成大人玩意了。但是大人的兴趣在斗，而我们对于捉蟋蟀的兴趣恐怕要更大些。我看过一本秋虫谱，上面除了苏东坡米南宫，还有许多济颠和尚说的话，都神乎其神的不大好懂。捉到一个蟋蟀，我不能看出它颈子上的细毛是瓦青还是朱砂，它的牙是米牙还是菜牙，但我仍然是那么欢喜。听，瞿瞿瞿瞿，哪里？这儿是的，这儿了！用草掏，手扒，水灌，嚯，蹦出来了。顾不得螺螺藤拉了手，扑，追着扑。有时正在外面玩得很好，忽然想起我的蟋蟀还没喂呐，于是赶紧回家。我每吃一个梨，一段藕，吃石榴吃菱，都要分给它一点。正吃着晚饭，我的蟋蟀叫了。我会举着筷子听半天，听完了对父亲笑笑，得意极了。一捉蟋蟀，那就整个园子都得翻个身。我最怕翻出那种软软的鼻涕虫。可是堂弟有的是办法，撒一点盐，立刻它就化成一摊水了。

有的蝉不会叫，我们称之为哑巴。捉到哑巴比捉到"红娘"更坏。但哑巴也有一种玩法。用两个马齿苋的瓣子套起它的眼睛，那是刚刚合适的，仿佛马齿苋的瓣子天生就为了这种用处才长成那么个小口袋样子，一放手，哑巴就一直向上飞，决不偏斜转弯。

蜻蜓一个个选定地方息下，天就快晚了。有一种通身铁色的蜻蜓，翅膀较窄，称"鬼蜻蜓"。看它款款的飞在墙角花阴，不知甚么道理，心里有一种说不出来的难过。

好些年看不到土蜂了。这种蠢头蠢脑的家伙，我觉得它也在花朵上把屁股撅来撅去的，有点不配，因此常常愚弄它。土蜂是在泥地上掘洞当作窠的。看它从洞里把个有绒毛的小脑袋钻出来（那神气像个东张西望的近视眼），嗡，飞出去了，我使用一点点湿泥把那个洞封好，在原来的旁边给它重掘一个，等着，一会儿，它拖着肚子回来了，找呀找，找到我掘的那个洞，钻进去，看看，不对，于是在四近大找一气。我会看着它那副急像笑个半天。或者，干脆看它进了洞，用一根树枝塞起来，看它从别处开了洞再出来。好容易，可重见天日了，它老先生于是坐在新大门旁边息息，吹吹风。神情中似乎是生了一点气，因为到这时已一声不响了。

祖母叫我们不要玩螳螂，说是它吃了土谷蛇的脑子，肚里会生一种铁线蛇，缠到马脚脚就断，甚么东西一穿就过去了，穿到皮肉里怎么办？

它的眼睛如金甲虫，飞在花丛里五月的夜。

故乡的鸟呵。

我每天醒在鸟声里。我从梦里就听到鸟叫，直到我醒来。我听得出几种极熟悉的叫声，那是每天都叫的，似乎每天都在那个固定的枝头。

有时一只鸟冒冒失失飞进那个花厅里，于是大家赶紧关门，关窗子，吆喝，拍手，用书扔，竹竿打，甚至把自己帽子向空中摔去。可怜的东西这一来完全没了主意，只是横冲直撞的乱飞，碰在玻璃上，弄得一身蜘蛛网，最后大概都是从两椽之间空隙脱走。

园子里时时晒米粉，晒灶饭，晒碗儿糕。怕鸟来吃，都放一片红纸。为了这个警告，鸟儿照例就不来，我有时把红纸拿掉让它们大吃一阵，到觉得它们太不知足时，便大喝一声赶去。

我为一只鸟哭过一次。那是一只麻雀或是癞花。也不知从甚么人处得来的，欢喜的了不得，把父亲不用的细篾笼子挑出一个最好的来给它住，配一个最好的雀碗，在插架上放了一个荸荠，安了两根风藤跳棍，整整忙了一半天。第二天起得格外早，把它挂在紫藤架下。正是花开的时候，我想是那全园最好的地方了。一切弄得妥妥当当后，独自还欣赏了好半天，我上学去了。一放学，急急回来，带着书便去看我的鸟。笼子掉在地下，碎了，雀碗里还有半碗水，"我的鸟，我的鸟呐！"父亲正在给碧桃花接枝，听见我的声音，忙走过来，把笼子拿起来看看，说："你挂得太低了，鸟在大伯的玳瑁猫肚子里了。"哇的一声，我哭了。父亲推着我的头回去，一面说"不害羞，这么大人了"。

有一年，园里忽然来了许多夜哇子。这是一种鹭鸶属的鸟，灰白色，据说它们头上那根毛能破天风。所以有那么一种名，大概是因为它的叫声如此吧。故乡古话说这种鸟常带来幸运。我见它们吃吃喳喳做窠了，我去告诉祖母，祖母去看了看，没有说甚么话。我想起它们来了，也有一天会像来了一样又去了的。我尽想，从来处来，从去处去，一路走，一路望着祖母的脸。

园里甚么花开了，常常是我第一个发现。祖母的佛堂里那个铜瓶里的花常常是我换新。对于这个孝心的报酬是有须掐花供奉时总让我去，父亲一醒来，一股香气透进帐子，知道桂花开了，他常是坐起来，抽支烟，看着花，很深远的想着甚么。冬天，下雪的冬天，一早上，家里谁也还没有起来，我常去园里摘一些冰心腊梅的朵子，再掺着鲜红的天竺果，用花丝穿成几柄，清水养在白磁碟子里放在妈（我的第一个继母）和二伯母妆台上，再去上学。我穿花时，服侍我的女佣人小莲子，常拿着掸帚在旁边看，她头上也常戴着我的花。

我们那里有这么个风俗，谁拿着掐来的花在街上走，是可以抢的，表姐姐们每带了花回去，必是坐车。她们一来，都得上园里看看，有甚么花开的正好，有时竟是特地为花来的。掐花的自然又是我。我乐于干这项差事。爬在海棠树上，梅树上，碧桃树上，丁香树上，听她们在下面说"这枝，唉，这枝这枝，再过来一点，弯过去的，喏，唉，对了，对了！"冒一点险，用一点力，总给办到。有时我也贡献一点意见，以为某枝已经盛开，不两天就全落在台布上了，某枝花虽不多，样子却好。有时我陪花跟她们一道回去，路上看见有人看过这些花一眼，心里非常高兴。碰到熟人同学，路上也会分一点给她们。

想起绣球花，必连带想起一双白缎子绣花的小拖鞋，这是一个小姑姑房中东西。那时候我们在一处玩，从来只叫名字，不叫姑姑。只有时写字条时如此称呼，而且写到这两个字时心里颇有种近于滑稽的感觉。我轻轻揭开门帘，她自己若是不在，我便看到这两样东西了。太阳照进来，令人明白感觉到花在吸着水，仿佛自己真分享到吸水的快乐。我可以坐在她常坐的椅子上，随便找一本书看看，找一张纸写点甚么，或有心无意的画一个枕头花样，把一切再恢复原来样子不留甚么痕迹，又自去了。但她大都能发觉谁过来过了。那第二天碰到，必指着手说："还当我不知道呢。你在我绷子上戳了两针，我要拆下重来了！"那自然是吓人的话。那些绣球花，我差不多看见它们一点一点的开，在我看书做事时，它会无声的落两片在花梨木桌上。绣球花可由人工着色。在瓶里加一点颜色，它便会吸到花瓣里。除了大红的之外，别种颜色看上去都极自然。我们常以骗人说是新得的异种。这只是一种游戏，姑姑房里常供的仍是白的。为甚么我把花跟拖鞋画在一起呢？真不可解。——姑姑已经嫁了，听说日子极不如意。绣球快开花了，昆明渐渐暖起来。

花园里旧有一间花房，由一个花匠管理。那个花匠仿佛姓夏。关于他的机伶促狭，和女人方面的恩怨，有些故事常为旧日佣仆谈起，但我只看到他常来要钱，样子十分狼狈，局局促促，躲避人的眼睛，尤其是说他的故事的人的。花匠离去后，花房也跟着改造园内房屋而拆掉了。那时我认识花名极少，只记得黄昏时，夹竹桃特别红，我忽然又害怕起来，急急走回去。

我爱逗弄含羞草。触遍所有叶子，看都合起来了，我自低头看我的书，偷眼瞧它一片片的开张了，再猝然又来一下。他们都说这是不好的，有甚么不好呢。

荷花像是清明栽种。我们吃吃螺蛳，抹抹柳球，便可看佃户把马粪倒在几口大缸里盘上藕秧，再盖上河泥。我们在泥里找蚬子，小虾，觉得这些东西搬了这么一次家，是非常奇怪有趣的事。缸里泥晒干了，便加点水，一次又一次，有一天，紫红色的小觜子冒出来了水面，夏天就来了。赞美第一朵花。荷叶上花拉花响了，母亲便把雨伞寻出来，小莲子会给我送去。

大雨忽然来了。一个青色的闪照在枫树上，我赶紧跑到柴草房里去。那是距我所在处最近的房屋。我爬上堆近屋顶的芦柴上，听水从高处流下来，响极了，訇——，空心的老桑树倒了，葡萄架塌了，我的四近越来越黑了，雨点在我头上乱跳。忽然一转身，墙角两个碧绿的东西在发光！哦，那是我常看见的老猫。老猫又生了一群小猫了。原来它每次生养都在这里。我看它们攒着吃奶，听着雨，雨慢慢小了。

那棵龙爪槐是我一个人的。我熟悉它的一切好处，知道哪个枝子适合哪种姿势。云从树叶间过去。壁虎在葡萄上爬。杏子熟了。何首乌的藤爬上石笋了，石笋那么黑。蜘蛛网上一只苍蝇。蜘蛛呢？花天牛半天吃了一片叶子，这叶子有点甜么，那么嫩。金雀花那儿好热闹，多少蜜蜂！波——，金鱼吐出一个泡，破了，下午我们去捞金鱼虫。香橼花蒂的黄色仿佛有点忧郁，别的花是飘下，香橼花是掉下的，花落在草叶上，草稍微低头又弹起。大伯母掐了枝珠兰戴上，回去了。大伯母的女儿，堂姐姐看金鱼，看见了自己。石榴花开，玉兰花开，祖母来了，"莫掐了，回去看看，瓶里是甚么？""我下来了，下来扶您。"

槐树种在土山上，坐在树上可看见隔壁佛院。看不见房子，看到的是关着的那两扇门，关在门外的一片叶园。门里是甚么岁月呢？钟鼓整日敲，那么悠徐，那么单调，门开时，小尼姑来抱一捆草，打两桶水，随即又关上了。水东东的滴回井里。那边有人看我，我忙把书放在眼前。

家里宴客，晚上小方厅和花厅有人吃酒打牌。（我记得有个人吹得极好的笛子。）灯光照到花上，树上，令人极欢喜也十分忧愁。点一个纱灯，从家里到园里，又从园里到家里，我一晚上总不知走了无数趟。有亲戚来去，多是我照路，说哪里高，哪里低，哪里上阶，哪里下坎。若是姑妈舅母，则多是扶着我肩膀走。人影人声都如在梦中。但这样的时候并不多。平日夜晚园子是锁上的。

小时候胆小害怕，黑魆魆的，树影风声，令人却步。而且相信园里有个"白胡子老头子"，一个土地花神，晚上会出来，在那个土山后面，花树下，冉冉的转圈子，见人也不避让。

有一年夏天，我已经像个大人了，天气郁闷，心上另外又有一点小事使我睡不着，半夜到园里去。一进门，我就停住了。我看见一个火星。咳嗽一声，招我前去。原来是我的父亲。他也正因为睡不着觉在园中徘徊。他让我抽一支烟，（我刚会抽烟）我搬了一张藤椅坐下，我们一直没有说话。那一次，我感觉我跟父亲靠得近极了。

四月二日。月光清极，夜气大凉。似乎该再写一段作为收尾，但又似无须了。便这样吧，日后再说。逝者如斯。

"膝行的人"引^①

※

　　……我还是一直常常想起"移植"。纪德与巴雷士打了那么一场笔墨官司，实在是很有意思的事。他们这回好像非把对方掼倒了不可，像第一次大战威廉皇帝所说，"德国统治欧洲，或崩溃"，认了真，到短兵相接的时候了。若在中国，这时该走出一个在旁边看了半天的，如晁天王与赤发鬼打得正上劲时在当中用一根甚么链条那么一隔的吴学究，一两句话排了难，解了纷：大家都是好汉，不必伤了和气，前面是个茶铺，坐下细谈细谈，有一宗没本钱生意，正要齐心合作。在中国，真是，为了这么一个毫不相干的抽象观念而费这多唇舌，谁都觉得，何苦来呢。纪德与巴雷士的距离并不远，他们之间比他们与我们近得多。我对纪德的话一向没有表示过反对，但有些说法与我们日常经验渺不相及，觉得生疏。他口口声声叫人忘了他的书，去生活。真的，只有生活过来，才会了解许多看来完全是轻飘飘趁笔而书的抒情词句中的辨证。别的不说，他这回提到的"迁根"，没有问题，应当注定了要胜利。我是种过一点花的，可以给他找出几个例证；虽然从哪一方面说，我都好像是个安土重迁，不好活动的人。但是……

　　生于淮北则为枳的那棵树还算得是橘么？人烟寒橘柚，秋色老梧桐，回到你看来全不是的故乡有无天涯之感？那么我们回顾

---

① 初刊于一九四七年五月十日《益世报》，初收于北师大版《汪曾祺全集》第三卷。

一下。

　　白马庙的稻子在我们离去时已经秀过了。长得那么高，晚上从城里回来，看包围着自己摇动的一大阵黑影，真有点怕噢？现在想必都割下来了吧。收获的时候总是高兴的，摆在田头碗里的菜一定更多油水。几个月的辛苦，几个月的等待，真不容易。我们看他们浸种，下池，小秧子小鹅似的一片，拔起来，再插下去，然后是除草，车水，每清晨夜半可隔墙听到他们工作谈话声音。你还记得？——该记得的，我们那回在门前路上拾回来的一个秧把？他们从秧池中把小秧子拔出来，扎成一个一个的把，由富有经验的、熟悉田土的一把一把扔到田里，再分开插下。每一块田大都有一定的，可以插多少把。扔，偶尔有时扔多了一半把。按种田人规矩，这块田里的把不兴带到另一块田里去。用不完，照例只有拉起来掼到路边。接不到水，大太阳晒，很快就呈粉绿色，死了。我们捡回来的那把，虽放在磁盆中，沃以清水，没多少日子也不行了。你当初还直想书桌上结出一穗金黄色的稻子玩玩呢！"爬着一条壁虎"的那个粉定盆子还是只宜养野菊花，款式配；花也顽强，一朵一朵开得那么有精神，那么不在乎，教人毫不觉得抱歉。

　　话说至此，本已够了，但还有一件事，印象极深，不能忘去。新校舍南区外头城墙缺口下当年是护城河，后来不知怎么一滴水也没有了？颇不窄呀，横着摆，一排不少个花盆呢。你大概没有下河底看过，拐弯的地方有个小木头牌子，云南农林试验场第十七号苗圃。这里种的全是尤加利。夏天傍晚在那一带散步的一定全都闻到这种树蒸出来的奇怪气味，有点像万金油。每年，清明边上，那个住在城头上小木屋里的人要忙几天，带着他那条狗。这些树苗要拔起来，离别，分散，到我们逃过警报的山上的风里摇。我注意那个园工每掘一棵树，总带起树根四围的一块土，不把它抖得很干净。这些树苗也许还不觉得换了环境吧。在离开苗圃未到山上之间，那一两天它们生活在带在根上的那一小块土之中。

D，我不能确实的感到我底下是不是地呢，虽然我落脚在这个大地方已经近一个月了。你怎么样，会不会要到仓前山却说成了五华山？……

三十五年十月，上海

室外写生①

※

一、白马庙

我在昆明住了好几年。在昆明，差不多每年都要上西山去次把。多多少少，并没有一定，去也多半是偶然去的，从来没有觉得非去不可；但或春或秋，得少闲逸，周围便有许多上西山去的可能漂浮起落，很容易就实现了一两次。也许有几年是根本没有去，记不清了。但这没有关系，这种事情上很可以用到"平均"的办法。在昆明住而没有上西山去过的，想必不多吧。

西山回来必经过白马庙。——去的时候自然也经过，但你不大会注意，你专心一意于西山。

从山上回来总有点累。不很累，一点点。因为爬了山，走了不少路；也因为明天你马上又将不爬山，不走路：你又"回来"了，又投回你的一成不变的生活。明天你又将坐在写字桌边，又将吃那位"毫无想象"的大师傅烧出来的饭菜，又将与那些熟脸见面，招呼，（有几个现在就在你旁边，在一条船上！）你的脚就要踏上岸，"生活"在那儿等着你。你帖然就范，不想反抗。但是，你有点惘然。这点惘然就是你的反抗了，你的一点残余的野劲。而如果有人问你为甚么靠着船篷，看着天边，抱着头，半天不说话，你只

---

① 初刊于《少年读物》一九四七年第四卷第四、五期，未续作，初收于人民文学版《汪曾祺全集》第四卷。

说是有点累了。是的，你有点累。你也太放不开，怎么老摸你的房门的钥匙，船上摸，甚至山上也摸。倒好像你真急于想在你那个极有个性而十分亲切的椅子上抽一根烟。于是你直惦记着白马庙。到白马庙，就快了。我们常常把期待终点的热心移注于终点前一站。火车上有人老是焦急地看着窗外，等过了某一地段，他扣好衣服，戴上帽子，松了肌肉，舒舒服服的坐下来，这比下车到家更重要，简直像火车永远不开到他也不在乎似的。就是如此，在昆明的人多知道白马庙。到白马庙，望得见城中的万家灯火。

没有想到，我后来住到白马庙来。我在白马庙住了半年多。

搬到白马庙，我很欢喜。马车载着我们的行李，载着书，载着小鸡，载着开石瓶里的一枝花，冯家迷迷在我膝上，孩子抱着她的猫。当时我是坐着，而活泼得如一头小马。这些树，这个埠头，这条路，旧围墙里一直还是长满蒲公英，这个铁门多少年没有开过，这间淡紫色的（房子）倩雅，这个浅灰色的则端庄而大方，这些我们全都很熟悉。而我们将住到那座孤立在田地里的小小的房子里去，这座房子式样极其别致，像童话插图，我们在船上曾经指点过多少次。有人问搬到了甚么地方，一说起，一定全知道。这个房子将吸引朋友们来看我。我兴致冲冲，直想跟甚么人大声说一句"天气真好"——我满目含情，望着那座桥。——我们从西山回来看白马庙，实在是看那座桥。桥是个记认，没有桥，白马庙不成其为白马庙似的。每次船从桥下过，（人在桥下都有一种奇怪感觉，一种安全之感，像在母亲怀里。）我急于想在那个桥上头走一走。

飞的①

※

鸟粪层

常常想起些自己不大清楚的东西，温习一次第一次接触若干名词之后引起的朦胧的响往。这两天我想鸟粪层。手边缺少可以翻检的书，也没有人可以告诉我一点关于鸟粪层的事。

书和可以叩问的人是我需要的么？

猎斑鸠

那时我们都还很小。我们在荒野上徜徉。我们从来没有那么更精致的，更深透的秋的感觉。我们用使自己永远记得的轻飘的姿势跳过小溪，听着风溜过淡白色长长的草叶的声音（真是航）过了一大片地。我们好像走到没有人来过的秘密地方，那个林子，真的，我们渴望投身到里面而消失了。而我们的眼睛同时闪过一道血红色，像听到一声出奇的高音的喊叫，我们同时驻足，身子缩后，头颈伸出一点。我们都没有见过一个猎人，猎人缠那么一道殷红的绑腿，在外面是太阳，里面影影绰绰的树林里。这个人周身收束得非常紧，瘦小，衣服也贴在身上，密闭双唇，两只眼睛苟在里面，颊

---

① 初刊于一九四七年一月十四日《文汇报》，署名"西门鱼"，初收于人民文学版《汪曾祺全集》第四卷。

部微陷，鹰钩鼻子。他头伸着，但并不十分用力，走过来，走过去。看他的腿胫，如果不提防扫他一棍子，他会随时跳起避过。上头，枝叶间，一只斑鸠，锈红色翅膀，瓦青色肚皮。猎人赶斑鸠。猎人过来，斑鸠过去，猎人过去，斑鸠过来。斑鸠也不叫唤，只听得调匀的坚持的扇动翅膀声音。我们守着这一幕哑斗的边上。这样来回三五次之后，渐渐斑鸠飞得不大响了，她有点慌乱，神态声音显得踉跄参差。在我们未及看他怎么扳动枪机时，震天一声，斑鸠不见了。猎人走过去拾了死鸟，拂去沾在毛上的一片枯叶。斑鸠的颈子挂了下来，一幌一幌。我们明明看见，这就是刚才飞着的那一只，锈红色翅膀，瓦青色肚皮，小小的头。猎人把斑鸠放在身旁布袋里。袋里已经有了一只灿烂的野鸡。他周身还是那样，看不出哪里松弛了一点，他重新装了一粒子弹，向北，走出这个林子。红色的绑腿到很远很远还可以看得见。秋天真是辽阔。

我们本来想到林子里拾橡栗子，看木耳，剥旧翠色的薛皮，采红叶，寻找伶仃的野菊，这猎人教我们的林子改了样子了，我们干甚么好呢？

蝶

大雨暂歇。坟地的野艾丛中
一只粉蝶飞

矫饰

我很早很早就做假了。

八岁的时候，我一个伯母死了。我第一次（第一次么？不吧？是比较重大的一次，）开始"为了别人"而做出种种样子。我承继给那位伯母，我是"孝子"。吓，我那个孝子可做得挺出色，像样。我那个缺少皱纹的脸上满是一种阴郁表情，这很容易被人误认为是哀伤。我守灵，在柩前烧纸，有客人来吊拜时跪在旁边芦席上，我的头低着，像是有重量压着抬不起来，而且，喝，精采之至，我的眼睛不避开烟焰，为的好薰得红红的。我捏丧棒，穿麻鞋，拖拖沓沓的毛边孝衣，一切全恰到好处。实在我也颇喜欢这些东西，我有一种快乐，一种得意，或者，简直一种骄傲。我表演得非常成功，甚至自己也感动了。只有在"亲视含殓"时我心里踌躇了，叫我看穿戴凤冠霞帔的死人最后一眼，然后封钉，这我实在不大愿意。但我终于很勇敢的看了。听长钉子在大木槌下一点一点的钉进去，亲戚长辈们都围在我身后，大家都严肃十分，很少有人接耳说话，那一会儿，或者我假装挤出一点感情来的。也模糊了，记不大清。到葬下去，孝子例须兜了土在柩上洒三匝，这是我最乐意干的。因为这是最后一场，戏剧即将结束。（我差点儿全笑出来。说真的，这么扮演也是很累的事。）而且这撒土的制度是颇美的。我倒还是个爱美的人！

近几年来我一直忘不了那一次丧事。有时竟想跟我那些亲戚长辈们说明白，得了吧。别又来装模作样。

卅六年一月

烟与寂寞[①]

※

我去买烟，我不喜欢老是抽一个牌子，人每在抽烟上有许多意见，有人很固执很认真的保卫他抽的那个牌子，反对甚至看不起抽他以为不值得抽的牌子的人。比如抽美国烟与英国烟的简直的是世界上截然不同的两类的人。可是我喜欢常常换换口味。换换口味；或者简单的我就是要换换牌子，不是换吸，而是换买。决定了买那一种，决定而如意的买成了，（常常少不得有许多条件限制的）这给我快乐。——我很久以来即有个志愿，买一盒一种土耳其的长烟抽抽。不一定是要抽，就是买买。我要经验一下接在手里，拿回家来，拆开，拈出，拿在手里，看一看，（纸纹，标记）点火，抽，抽两口，又摸摸看看那个盒子，（装潢风格显然与他种香烟不似）这种种过程。我现在的能力要偶然买一盒自然还买得起，但我没有买那么一盒的充分感情。我想有一个机会，想到我有一次远行时买一盒带在小皮箱里；等到了，见到了，或已坐下来，跟他抽一枝，或在她的眼前抽一枝。我把这回事看得很重。——今天，我去买烟。我毫无成见。也有时候我一去即说出牌子。有时，我要看看，看来看去，找我的兴趣希望所在。今天，我连买烟丝或者烟都没有打主意。而我记起前两天路上走，看见一家新到了一批小雪茄。这种雪茄我父亲曾经抽过，那时我还小得很。（真是老牌了）父亲很

---

① 初刊于一九四七年六月二十二日上海《东南日报》，初收于人民文学版《汪曾祺全集》第四卷。

赞赏这种烟，又便宜又好。他满意于他自己的口味，满意于他的选择。一看到这种小雪茄，或心里一喜欢。而且那么多堆在一处，有一种富足大方之感。当时我为甚没有即买？盖有待也？现在，我一定去买。希望不要有甚么心思牵制我，教我改主意。

我买成了，心里有一种感动。虽然小小的，但实在是感动。

而，我的烟拿在手，脸上有喜悦，身后来了一个人。一个面目端正，正直而和蔼，有思想有身份的中年人；他看了看，说："有×××，就这个。"——他说这个牌子说得很熟练而带有感情，仿佛他一直在留心，今天偶然发现了！正是我手里的那一种。他觉得我看他，也看看我。看见我手里一札子烟了，我们极其自然的点了点头。带笑，仿佛我们很熟似的。并没有说话，好像也无须说话。

歌声①

醒来，隔壁巷子里有孩子唱歌。

现在大概九点钟光景，家中漆黑。每天吃了晚饭我睡两个钟头，一醒来总是立刻就为整个世界所围绕。在我睡着了时一切都还在进行着的。这几个孩子唱了多少时候歌了？从她们的歌声里有一点天晚了的感觉，可是多不够安定的晚上啊，多不够安定的歌。

唱的是两个女孩子，一个声音高，唱得很有力；一个比较不那么热切，不想争胜，气不大促。两个声音都很扁，仿佛唱的时候嘴都咧得很开。我想一定还有个更小的男孩子，坐在门槛上，虽然他一声不响，可是你听得出歌声里有他。大概是两个女孩子之中一个（大概是那个声音高窄的）的弟弟。这两个孩子必在同一小学读书，同出同归，唱歌的节拍表情也分明是同一个老师所教，错的地方一样错。那个老师（当然是个女的）对于教音乐，教这般孩子，毫无兴趣。至少这两个她没有兴趣。孩子的爸爸妈妈（尤其是妈妈）更对她们唱歌没有兴趣，冷淡，而且厌烦。这两个孩子也唱得真不好！……

她们一定穿了不合身的衣服，发红的安安蓝布，褪色的花洋纱的裙褂，补过的脏袜子，令人自卑的平凡的布鞋。两个孩子一个都不好看，瘦长的脖子，黄头发，头上汗味很重。有一个扎一个粉红

---

① 初刊于一九四七年七月十一日《大公报》，初收于北师大版《汪曾祺全集》第三卷。

蝴蝶结，但是皱得厉害！那个弟弟，一个大脑袋，傻傻地坐在那儿，不时用手搔头。他头上有个小脓疙瘩，身上黏黏的。他也很为姐姐们的歌声所激恼了，虽然有时也还漠然的听着，当他忘记一点自己身上的不快时。他没有要非哭不可的时候，但说是一点都不要哭分明不对。

两个孩子学着她们的先生装模作样的咬字，可是，不知道唱的是甚么，只有娃娃宝宝几个字还听得出，因为老是重复唱到。

现在她们会的歌都唱完了，停了一停，又把已经唱过的一个重新唱起来。这样的反复的唱，要唱到甚么时候？——这样的唱歌能使她们得到快乐么？她们为甚么要唱歌？

我起来。天真闷，气都不大透得过来。甚么地方一股抹布气味，要下雨了吧？

蝴蝶：日记抄①

※

听斯本德聊他怎么写出一首诗，随着他的迷人的声调，有时凝集，有时飘逸开去；他既已使我新鲜活动起来，我就不能老是栖息在这儿；而到

"蝴蝶在波浪上面飘荡，把波浪当作田野，在那粉白色的景色中搜索着花朵。"

从他的字的解散，回头，对于自己陈义的抚摸，水到渠成的快感，从他的稍稍平缓的呼吸之中，我知道前头是一个停顿，他已经看到这一段的最后一句像看到一棵大树，他准备到树下休息，我就不等他按住话头，飞到另一片天地中去了。少陪了，去计划怎么继往开来吧，我知道你已经成竹在胸，很有把握，我要一个人玩一会儿去。我来不及听他嘱咐些甚么，已经为故地的气息所陶融。

蝴蝶，蝴蝶在同蒿花田上飞，同蒿花灿烂的金色。同蒿花的金色，风吹同蒿花。风搂抱花，温柔的摸着花，狂泼的穿透到花里面，脸贴着它的脸，在花的发里埋它的头，沉醉的阖起它的太不疲倦的眼睛。同蒿花，烁动，旺炽，丰满，恣醅，殢弹。狂欢的潮水！——密密层层，那么一大片的花，稠浓的泡沫，豪侈的肉感的海。同蒿花的香味极其猛壮，又夹着药气，是迫人的。我们深深的饮喝那种气味，吞吐含漱，如鱼在水。而同蒿花上是千千万万的

---

① 初刊于一九四七年八日二十四日《经世日报》，初收于人民文学版《汪曾祺全集》第四卷。

白蝴蝶，到处都是蝴蝶，缤纷错乱，东西南北，上上下下，满头满脸。——置身于同蒿花蝴蝶之间，为金黄，香气，粉翅所淹没，"蜜钱"我们的年龄去！成熟的春天多么的迷人。

我想也想不起这块地方在我的故乡，在我读过的初级中学的那一边，从教室到那里是怎么走的呢？我常常因为一点触动，一点波漾而想起这块地，从来没有想出究竟在哪里，我相信永远想不出了。我们剪留下若干生活（的场景，或生活本身），而它的方位消失了。这是自然的还是可惋惜的？且不管它，我曾经在那些蝴蝶同蒿花之间生存过，这将是没齿不忘的事。任何一次的酒，爱，音乐，也比不上那样的经验。

那个时候我们为甚么要疯狂的捕捉那些蝴蝶？把蝴蝶夹死在书里（压扁了肚子）实在是不愉快的事情，现在想起来还有点恶心。为甚么呢？我们并不太喜欢死蝴蝶的样子；（不飞了，）上课时翻出一个来看看不过是因为究竟比我们的教科书和教员的脸总还好玩些，却也不是真有兴趣，至少这不足以鼓励我们去捕捉杀害。我们那么热心的干这个，（一下子功夫可以三五十个，把一本书每一页都夹一个毫不费力！）完全是发泄我们初生的爱。就是我们那些女同学，那些小姐们，她们的身体、姿态、脚步、笑声给我们一种奇异的刺激，刺激我们做许多没有理由的事情。这么多的花蝴蝶、蓝天、白云、太阳、风，又挑拨我们。我们一身蓄聚蛮野的冲动，随时就会干点傻事出来。捕捉蝴蝶，这跟连衣服跳到水里去，爬到蓝楼房顶上，用力踹一只大狗，光声怪叫，奇异服装完全出于一源。不过花跟蝴蝶似乎最能疏导宣发，是一种最直接，最尽致，最完备遍到的方式。我们简直可以把那些蝴蝶一把一把的纳到嘴里，嚼得稀烂，骨笃一声咽下去的！（并不须她们任何一个在旁边看见或知道。）都是些小疯子，那个时候我们大概是十三四，十四五岁。

这一下可飘得远了。斯本德刚才说甚么来的？让我想想看。我重新把那篇《一首诗的创造》摊开，俯伏到上面去。稍为有点不顺帖，但不一会儿我就跟上他了。

八月十四日

礼拜天早晨①

※

礼拜天早晨

　　洗澡实在是很舒服的事。是最舒服的事。有甚么享受比它更完满，更丰盛，更精致的？——没有。酒，水果，运动，谈话，打猎，——打猎不知道怎么样，我没有打过猎……没有。没有比"浴"这个更美的字了。多好啊，这么懒洋洋的躺着，把身体交给了水，又厚又温柔，一朵星云浮在火气里。——我甚么时候来的？我已经躺了多少时候？——今天是礼拜天！我们整天匆匆忙忙的干甚么呢？有甚么了不得的事情非做不可呢？——记住送衣服去洗！再不洗不行了，这是最后一件衬衫。今天邮局关得早，我得去寄信。现在——表在口袋里，一定还不到八点吧。邮局四点才关。可是时间不知道怎么就过去了。"吃饭的时候"……"洗脸的时候"……从哪里过去了？——不，今天是礼拜天。礼拜天，杨柳，鸽子，教堂的钟声，教堂的钟声一点也不感动我，我很麻木，没有办法！——今天早晨我看见一棵凤仙花。我还是甚么时候看见凤仙花的？凤仙花感动我。早安，凤仙花！澡盆里抽烟总不大方便。烟顶容易沾水，碰一碰就潮了。最严重的失望！把一个人的烟卷浇上水是最残忍的事。很好，我的烟都很好。齐臻臻的排在盒子里，挺

---

　　①　初刊于《文学杂志》一九四八年第三卷第六期，初收于北师大版《汪曾祺全集》第三卷。

直，饱满，有样子，嗒，嗒，嗒，抽出来一枝，——舒服！……水是可怕的，不可抵抗，妖浊，我沉下去，散开来，融化了。啊——现在只有我的头还没有湿透，里头有许多空隙，可是与我的身体不相属，有点畸零，于是很重。我的身体呢？我的身体已经离得我很遥远了，渺茫了，一个渺茫的记忆，害过脑膜炎抽空了脊髓的痴人的，又固执又空洞。一个空壳子，枯索而生硬，没有汁水，只是一个概念了。我睡了，睡着了，垂着头，像马拉，来不及说一句话。

（……马拉的脸像青蛙。）

我的耳朵底子有点痒，阿呀痒，痒得我不由自主的一摇头。水摇在我的身体里顶秘奥的地方。是水，是——一只知了叫起来，在那棵大树上，（槐树，太阳映得叶子一半透明了，）在凤仙花上，在我的耳朵里叫起来。无限的一分钟过去了。今天是礼拜天。可怜虫亦可以休矣。都秋天了。邮局四点关门。我好像很高兴，很有精神，很新鲜。是的，虽然我似乎还不大真实。可是我得从水里走出来了。我走出来，走出来了。我的音乐呢？我的音乐还没有凝结。我不等了。

可是我站在我睡着的身上拧毛巾的时候我完全在另一个世界里了。我不知道今天怎么带上两条毛巾，我把两条毛巾裹在一起拧，毛巾很大。

你有过？……一定有过！我们都是那么大起来的，都曾经拧不动毛巾过，那该是几岁上？你的母亲呢？你母亲留给你一些甚么记忆？祝福你有好母亲。我没有，我很小就没有母亲。可是我觉得别人给我们洗脸举动都很粗暴。也许母亲不同，母亲的温柔不尽且无边。除了为了虚荣心，很少小孩子不怕洗脸的。不是怕洗脸，怕唤起遗忘的惨切经验，推翻了推翻过的对于人生的最初认识。无法推翻的呀，多么可悲的认识。每一个小孩子都是真正的厌世家。只有接受不断的现实之后他们才活得下来。我们打一开头就没有被当作一回事，于是我们只有坚强，而我们知道我们的武器是沉默。一边我们本着我们的人生观，我们恨着，一边尽让粗蠢的、野蛮的、没有教养的手在我们脸上蹂躏，把我们的鼻子搓来搓去，挖我们的鼻孔，掏我们的耳朵，在我们的皮肤上发泄他们一生的积怨，我们的颚骨在磁盆边上不停的敲击，我们的脖子拼命伸出去，伸得酸得像一把咸菜，可是我们不说话。喔，祝福你们有好母亲，我没有，我从来不给给我洗脸的人一毫感激。我高兴我没有装假。是的，我是属于那种又柔弱又倔强的性情的。在胰子水辣着我的眼睛，剧烈的摩擦之后，皮肤紧张而兴奋的时候我有一种英雄式的复仇意识，准备甚么都咽在肚里，于是，末了，总有一天，手巾往脸盆里一掼："你自己洗！"

我不用说那种难堪的羞辱，那种完全被击得粉碎的情形你们一定能够懂得。我当时想甚么？——死。然而我不能死。人家不让我们死，我不哭。也许我做了几个没有意义的举动，动物性的举动，我猜我当时像一个临枪毙前的人。可是从破碎的动作中，从感觉到那种破碎，我渐渐知道我正在恢复；从颤抖中我知道我要稳定，从难堪中我站起来，我重新有我的人格，经过一度熬炼的。

可是我的毛巾在手里，我刚才想的甚么呢；我跑到夹层里头去了，我只是有一点孤独，一点孤独的苦味甜蜜的泛上来，像土里沁出水分。也许因为是秋天。一点乡愁，就像那棵凤仙花。——可是洗一个脸是多么累人的事呀，你只要把洗脸盆搁得跟下巴一样高，就会记起那一个好像已经逝去的阶段了。手巾真大，手指头总是把不牢，使不上劲，挤来挤去，总不对，不是那么回事。这都不要紧。这是一个事实。事实没有要紧的。要紧的是你的不能胜任之感，你的自卑。你觉得你可怜极了。你不喜欢怜悯。——到末了，还是洗了一个半干不湿的脸，永远不痛快，不满足，窝窝囊囊。冷风来一拂，你脸上透进去一层忧愁。现在是九月，草上笼了一层红光了。手巾搭在架子上，一副悲哀的形相。水沿着毛巾边上的须须滴下来，嗒——嗒——嗒——地板上湿了一大块，渐渐的往里头沁，人生多么灰暗。

我看到那个老式的硬木洗脸桌子。形制安排得不大调和。经过这么些时候的折冲，究竟错误在哪一方面已经看不出来了，只是看上去未免僵窘。后面伸起来一个屏架，似乎本是配更大一号的桌子的。几根小圆柱子支住繁重的雕饰。松鼠葡萄。我永远忘不了松鼠的太尖的嘴，身上粗略的几笔象征的毛，一个厚重的尾巴。左边的一只。一个代表。每天早晨我都看他一次。葡萄总是十粒一串，排列是四，三，二，一。每粒一样大。我清清楚楚记得那张桌子的木质，那些纹理，只要远远的让我看到不拘那里一角我就知道。有时太阳从镂空的地方透过来，斜落在地板上，被来往的人体截断，在那个白地印蓝花的窗帘拉起来的时候。我记得那个厚磁的肥皂缸，不上釉的牙口磨擦的声音；那些小抽屉上的铜页瓣，时常的的的自己敲出声音，地板有点松了；那个嵌在屏架上头的椭圆形大镜子，除了一块走了水银的灰红色云瘢之外甚么都看不见。太高了，只照见天花板。——有时爬在凳子上，我们从里头看见这间屋子里的某部分的一个特写。我仿佛又在那个坚实、平板，充满了不必要的家具的大房间里了。我在里头住了好些年，一直到我搬到学校的宿舍里去寄宿。……有一张老式的"玻璃灯"挂在天花板上。周围垂下一圈坠子，非常之高贵的颜色。琥珀色的，玫瑰红的，天蓝的。透明的。——透明也是一种颜色。蓝色很深，总是最先看到。所以我有时说及那张灯只说"垂着蓝色的玻璃坠子"，而我不觉得少说了甚么。明澈，——虽然落上不少灰尘了，含蓄，不动。是的，从来没有一个时候现出一点不同的样子。有一天会被移走么？——喔，完全不可想象的事。就是这么永远的寂然的结挂在那个老地方，深藏，固定，在我童年生活过来的朦胧的房屋之中。——从来没有点过。

　　……我想到那些木格窗子了，想到窗子外的青灰墙，墙上的漏痕，青苔气味，那些未经一点剧烈的伤残，完全天然的销蚀的青灰，露着非常的古厚和不可挽救的衰素之气。我想起下雨之前。想起游丝无力的飘转。想起……可是我一定得穿衣服了。我有点腻。——我喜欢我的这件衬衫。太阳照在我的手上，好干净。今天似乎一切都会不错的样子。礼拜天？我从心里欢呼出来。我不是很快乐么？是的，在我拧手巾的时候我就知道我很快乐。我想到邮局门前的又安静又热闹的空气，非常舒服的空气，生活——而抽一根烟的欲望立刻淹没了我，像潮水淹没了沙滩。我笑了。

疯子

　　我走着走着。……树，树把我盖覆了四步。——地，地面上的天空在我的头上无穷的高。——又是树。秋天了。紫色的野茉莉，印花布。累累的枣子。三轮车鱼似的一摆尾，沉着得劲的一脚蹬下去，平滑的展出去一条路。……啊，从今以后我经常在这条路上走，算是这条路的一个经常的过客了。是的，这条路跟我有关系，我一定要把它弄得很熟的，秋天了，树叶子就快往下掉了。接着是冬天。我还没有经验北方的雪。我有点累——甚么事？

在这些伫立的脚下路停止住了。路不把我往前带。车水马龙之间，眼前突然划出了没有时间的一段。我的惰性消失了。人都没有动作，本来不同的都朝着一个方向，我看到一个一个背，服从他们前面的眼睛摆成一种姿势。几个散学的孩子。他们向后的身躯中留了一笔往前的趋势。他们的书包还没有完全跟过去，为他们的左脚反射上来的一个力量摆在他们的胯骨上。一把小刀系在练子上从中指垂下来，刚刚停止荡动。一条狗耸着耳朵，站得笔直。

"疯子。"

这一声解出了这一群雕像，各人寻回自己从底板上分离。有了中心反而失去中心了。不过仍旧凝滞，举步的意念在胫踝之间徘徊。秋天了，树叶子不那么富有弹性了。——疯子为甚么可怕呢？这种恐惧是与生俱来的还是只是一种教育？惧怕疯狂与惧怕黑暗，孤独，时间，蛇或者软体动物其原始的程度，强烈的程度有甚么不同？在某一点上是否是相通的？他们是直接又深刻的撼荡人的最初的生命意识么？——他来了！他一步一步的走过来，中等身材，衣履还干净，脸上线条圆软，左眼下有一块颇大的疤。可是不仅是这块疤，他一身有说不出来的一种东西向外头放射，像一块炭，外头看起来没有甚么，里头全着了，炙手可热，势不可当。他来了，他直着眼睛走过来，不理会任何人，手指节骨奇怪的紧张。给他让路！不要触到他的带电的锋芒呀。可是——大家移动了，松散了，而把他们的顾盼投抛过去，——指出另一个方向。有疤的人从我身边挨肩而过，我的低沉的脉跳浮升上来，腹皮上的压力一阵云似的舒散了，这个人一点也不疯，跟你，跟我一样。

疯子在哪里呢？人乱了，路恢复了常态，抹去一切，继续前进。一个一个姿势在切断的那一点接上了头。

三十七年九月，午门。

道具树①

※

……西长安街。十一点。（钟在甚么地方敲。）月和雾，路灯。火车喘着气，汽笛在天边□响，在城市之外，又长又远又安详。汽车缎子似的一曳，一个环翘的圆弧，低低的贴着地面，再见，——消失了。三座门一层沉沉的影子，赶不开可是压不住，——一片树叶正在过桥哩。各种声音，柔润，温和，纯熟，依依的展出一片意义，我好像是一个绝域归来的倦客，吃过了又睡过了，第一次观察这个世界，充满清兴的时间，至情的夜。

（日子真不大好过啊，可是灾难这一会似乎放开我们了……）

一棵树：满含月光的轻雾里，路灯投下一圈一圈的圆光，一个一个spot，一棵矮树一半溶在光里了。一片一片浅黄的叶子，纤秀，苗条，（柳树么？）疏疏落落，微微飘动，（冬天，可是风多轻柔。）一片一片叶子如蘸水，鲜明极了，空中之色，□虚而在，卓然的分别于其周遭，而指出枝干的姿势。无比的生动：真实与虚幻相合，真实即虚幻，空气极其清冽，如在湖上，平坦的，辽阔的夜啊。晚归的三五成阵的行人都有极好的表情。……

我热爱舞台生活！（甚么东西叫我激动起来了。）我将永远无法让你明白那种生活的魅力啊。那是水里的月，而我毫不犹豫用这两个字说明我的感情：醉心。你去试试看，你只要在里头泡过一

---

① 初刊于一九四八年十一月二十八日天津《大公报》，初收于北师大版《汪曾祺全集》第三卷。

阵，你就说不出来有一种瘾。这些你是都可以想象得到的：节奏的感觉，形式的完美的感觉，你亲身担当一个匀称和谐的杰作的一笔，你去证明一种东西。艰难的克服和艰难本身加于你的快感；紧张得要命，跟紧张作伴的镇定，和甜美的，真是甜美的啊，那种松弛。创造和被创造，甚么是真值得快乐的？——胜利，你体验"形成"，形成是一个实实在在的东西。你不能怀疑，虚空的虚空么，好，"咱们台上见！"——你说我说的是戏剧本身，赞美的是演出么？是的，那是该赞美的，凡是弄戏的都有一个当然的信念：一切为了演出。愿我们持有这个信念罢。可是你不是说的是演员？演员有演员的快乐，但今天我们暂时不提及属于个人部分的东西。整个的。从一个剧本的"来到我们手里"，到拆台，到最后一个戴起帽子，扣好衣服，点起一根烟，从后楼上窗户斜射到又空又大的池座中的阳光中走出来，惆怅又轻松，依依的别意，离开戏园子，这个家，为止。每一个时候你都觉得有所为，清清楚楚的知道你的存在的意义。你在一个宏壮的舞台之中，像潮水，一起向前；而每个人是一个象征。我惟在戏剧圈子里见识过真正的友谊。在每个人都站在戏剧之中的时候，真是和衷共济，大家都能为别人想，都恳切。人是个甚么样的人在那时候看得最清楚，而好多人在弄戏的时候，常跟在"外头"不一样。于是坦易，于是脱俗，于是，快乐了。忙是真忙呀，手体四肢，双手大脑，一齐并用，可喜的是你觉得你早应当疲倦的时候你还有精力，可是你知道你平常的疲倦都因为烦闷，你看懂疲倦了。烟是个烟，水是杯水，一切那么"是个味儿"，一切姿势都可感，一切姿势都是充分的。……

（喔，我离开那种生活日子已久了，你看……）

一直到戏"搬出来"。戏在台上演，在"完全良好"的情形下进行，你听，真静，鸦雀无声！多广大呀，多丰满呀。你直接走到戏剧里头，贴到戏剧顶内在，顶深秘的东西，戏剧的本质了，一瓣花在展开，一脉泉在悸动，一缕风在轻轻运送。我爱轻手轻脚的，——说不出的小心入微，从布景后面纵横复杂的铁架子之间走过，站一站，看一看从前面透过来的光，一个花□或者别的东西印在布景上的影子。默念台上的动作，表情，然后从两句已经永不走样的剧词之间溜下来。我每天都要走这么一两趟，我的心充满了感情，像春一样的柔软。

而我爱在杂乱的道具室里休息。爱在下一幕要搬上去的沙发里躺一躺，爱看前一幕撤下来的书架上的书。我爱这些奇异的配合，特殊的秩序，这些因为需要而凑在一起的不同。这些不同时代，不同作风，属于不同社会，不同的人的形形色色，环绕在我身旁，不但不倾轧，不矛盾，而且还会流通起来，形成一场盛宴。我爱这么搬来搬去，这种不定，这种暂时的永久。我爱这种偶然，这种认真其是，这种庄严的做作。——我爱在一棵伪装的，钉着许多木条，叶子已经半干，干子只有半爿的，不伦不类，样子滑稽的树底下坐下来，抽烟，思索。我的思想跟在任何一棵树下没有甚么不同，而且，我简直要说，不是任何一棵树下所能有的，那么清醒，那么流动，那么纯净无滓。

（喔，我需要一棵树，现在，——每一个时候……）

十一月十七日。午门。

自报家门①

京剧的角色出台，大都有一段相当长的独白，向观众介绍自己的历史，最近遇到什么事，他将要干什么，叫作"自报家门"。过去西方戏剧很少用这种办法。西方戏剧的第一幕往往是介绍人物，通过别人之口互相介绍出剧中人。这实在很费事。中国的"自报家门"省事得多。我采取这种办法，也是为了图省事，省得麻烦别人。

法国安妮·居里安女士打算翻译我的小说。她从波士顿要到另一个城市去，已经订好了飞机票，听说我要到波士顿，特意把机票退了，好跟我见一面。她谈了对我的小说的印象，谈得很聪明。有一点是别的评论家没有提过，我自己也从来没有意识到的。她说我很多小说里都有水。《大淖记事》是这样。《受戒》写水虽不多，但充满了水的感觉。我想了想，真是这样。这是很自然的。我的家乡是一个水乡。江苏北部一个不大的城市，高邮。在运河的旁边。运河西边，是高邮湖。城的地势低，据说运河的河底和城墙垛子一般高。我们小时候到运河堤上去玩，可以俯瞰堤下人家的屋顶。因此，常常闹水灾。县境内有很多河道。出城到乡镇，大都是坐船。农民几乎家家都有船。水不但于不自觉中成了我的一些小说的背景，并且也影响了我的小说的风格。水有时是汹涌澎湃的，但我们

---

① 初刊于《作家》一九八八年第七期，初收于《蒲桥集》。

那里的水平常总是柔软的，平和的，静静地流着。

我是一九二〇年生的。三月五日。按阴历算，那天正好是正月十五，元宵节。这是一个吉祥的日子。中国一直很重视这个节日，到现在还是这样。到了这天，家家吃"元宵"，南北皆然。沾了这个光，我每年的生日都不会忘记。

我的家庭是一个旧式的地主家庭。房屋、家具、习俗，都很旧。整所住宅，只有一处叫作"花厅"的三大间是明亮的，因为朝南的一溜大窗户是安玻璃的。其余的屋子的窗格上都糊的是白纸。一直到我读高中时，晚上有的屋里点的还是豆油灯。这在全城（除了乡下）大概找不出几家。

我的祖父是清朝末科的"拔贡"。这是略高于"秀才"的功名。据说要八股文写得特别好，才能被选为"拔贡"。他有相当多的田产，大概有两三千亩田，还开着两家药店，一家布店，但是生活却很俭省。他爱喝一点酒，酒菜不过是一个咸鸭蛋，而且一个咸鸭蛋能喝两顿酒。喝了酒有时就一个人在屋里大声背唐诗。他同时又是一个免费为人医治眼疾的眼科医生。我们家看眼科是祖传的。在孙辈里他比较喜欢我。他让我闻他的鼻烟。有一回我不停地打嗝，他忽然把我叫到跟前，问我他吩咐我做的事做好了没有。我想了半天：他吩咐过我做什么事呀？我使劲地想。他哈哈大笑："嗝不打了吧！"他说这是治打嗝的最好的办法。他教过我读《论语》，还教我写过初步的八股文，说如果在清朝，我完全可以中一个秀才（那年我才十三岁）。他赏给我一块紫色的端砚，好几本很名贵的原拓本字帖。一个封建家庭的祖父对于孙子的偏爱，也仅能表现到这个程度。

我的生母姓杨。杨家是本县的大族。在我三岁时，她就故去了。她得的是肺病，早就一个人住在一间偏屋里，和家人隔离了。她不让人把我抱去见她。因此我对她全无印象。我只能从她的遗像（据说画得很像）上知道她是什么样子。另外我从父亲的画室里翻出一摞她生前写的大楷，字写得很清秀。由此我知道我的母亲是读过书的。她嫁给我父亲后还能每天写一张大字，可见她还过着一种闺秀式的生活，不为柴米操心。

　　我父亲是我所知道的一个最聪明的人，多才多艺。他不但金石书画皆通，而且是一个擅长单杠的体操运动员，一名足球健将。他还练过中国的武术。他有一间画室，为了用色准确，裱糊得"四白落地"。他后来不常作画，以"懒"出名。他的画室里堆积了很多求画人送来的宣纸，上面都贴了一个红签："敬求法绘，赐呼××"。我的继母有时提醒："这几张纸，你该给人家画画了"，父亲看看红签，说："这人已经死了。"每逢春秋佳日，天气晴和，他就打开画室作画。我非常喜欢站在旁边看他画：对着宣纸端详半天，先用笔杆的一头或大拇指指甲在纸上划几道，决定布局，然后画花头、枝干、布叶、勾筋。画成了，再看看，收拾一遍；题字；盖章；用按钉钉在板壁上，再反复看看。他年轻时曾画过工笔的菊花，能辨别、表现很多菊花品种。因为他是阴历九月生的，在中国，习惯把九月叫作菊月，所以对菊花特别有感情。后来就放笔作写意花卉了。他的画，照我看是很有功力的。可惜局处在一个小县城里，未能浪游万里，多睹大家真迹，又未曾学诗，题识多用成句，只成"一方之士"，声名传得不远。很可惜！他学过很多乐器，笙箫管笛、琵琶、古琴都会。他的胡琴拉得很好。几乎所有的中国乐器我们家都有过，包括唢呐、海笛。我吹过的萧和笛子是我一生中见过的最好的萧笛。他的手很巧，心很细。我母亲的冥衣（中国人相信人死了，在另一个世界——阴间还要生活，故用纸糊制了生活用物烧了，使死者可以"冥中收用"，统称冥器）是他亲手糊的。他选购了各种砑花的色纸，糊了很多套，四季衣裳，单夹皮棉，应有尽有。"裘皮"剪得极细，和真的一样，还能分出羊皮、狐皮。他会糊风筝。有一年糊了一个蜈蚣——这是风筝最难糊的一种，带着儿女到麦田里去放。蜈蚣在天上矫矫摆动，跟活的一样。这是我永远不能忘记的一天。他放蜈蚣用的是胡琴的"老弦"。用琴弦放风筝，我还未见过第二人。他养过鸟，养过蟋蟀。他用钻石刀把玻璃裁成小片，再用胶水一片一片逗拢粘固，做成小船、小亭子、八面玲珑绣球，在里面养金铃子——一种金色的小昆虫，磨翅发声如金铃。我父亲真是一个聪明人。如果我还不算太笨，大概跟我从父亲那里接受的遗传因子有点关系。我的审美意识的形成，跟我从小看他作画有关。

我父亲是个随便的人，比较有同情心，能平等待人。我十几岁时就和他对座饮酒，一起抽烟。他说："我们是多年父子成兄弟"。他的这种脾气也传给了我。不但影响了我和家人子女、朋友后辈的关系，而且影响了我对我所写的人物的态度以及对读者的态度。

我的小学和初中是在本县读的。

小学在一座佛寺的旁边，原来即是佛寺的一部分。我几乎每天放学都要到佛寺里逛一逛，看看哼哈二将、四大天王、释迦牟尼、迦叶阿难、十八罗汉、南海观音。这些佛像塑得很生动。这是我的雕塑艺术馆。

从我家到小学要经过一条大街，一条曲曲弯弯的巷子。我放学回家喜欢东看看，西看看，看看那些店铺、手工作坊：布店、酱园、杂货店、爆仗店、烧饼店、卖石灰麻刀的铺子、染坊……我到银匠店里去看银匠在一个模子上錾出一个小罗汉，到竹器厂看师傅怎样把一根竹竿做成筢草的筢子，到车匠店看车匠用硬木车旋出各种形状的器物，看灯笼铺糊灯笼……百看不厌。有人问我是怎样成为一个作家的，我说这跟我从小喜欢东看看西看看有关。这些店铺、这些手艺人使我深受感动，使我闻嗅到一种辛苦、笃实、轻甜、微苦的生活气息。这一路的印象深深注入了我的记忆，我的小说有很多篇写的便是这座封闭的、褪色的小城的人事。

初中原是一个道观，还保留着一个放生鱼池，池上有飞梁（石桥），一座原来供奉吕洞宾（八仙之一）的小楼和一座小亭子，亭子四周长满了紫竹（竹竿深紫色）。这种竹子别处少见。学校后面有小河，河边开着野蔷薇。学校挨近东门，出东门是杀人的刑场。我每天沿着城东的护城河上学、回家，看柳树，看麦田，看河水。

我自小学五年级至初中毕业，教国文的都是一位姓高的先生。高先生很有学问。他很喜欢我。我的作文几乎每次都是"甲上"（A+）。在他所授古文中，我受影响最深的是明朝大散文家归有光的几篇代表作。归有光以轻淡的文笔写平常的人物，亲切而凄惋。这和我的气质很相近。我现在的小说里还时时回响着归有光的余韵。

我读的高中是江阴的南菁中学。这是一座创立很早的学校，至今已有百余年历史。这个学校注重数理化，轻视文史。但我买了一部词学丛书，课余常用毛笔抄宋词，既练了书法，也略窥了词意。词大都是抒情的，多写离别，这和少年人每易有的无端感伤情绪易于相合。到现在我的小说里还常有一点隐隐约约的哀愁。

读了高中二年级，日本人占领了江南，江北危急。我随祖父、父亲在离城稍远的一个村庄的小庵里避难。在庵里大概住了半年。我在《受戒》里写了和尚的生活。这篇作品引起注意，不少人问我当过和尚没有。我没有当过和尚。在这座小庵里我除了带了准备考大学的教科书，只带了两本书，一本《沈从文小说选》，一本屠格涅夫的《猎人笔记》。说得夸张一点，可以说这两本书定了我的终身。这使我对文学形成比较稳定的兴趣，并且对我的风格产生深远的影响。我父亲也看了沈从文的小说，说："小说也是可以这样写的？"我的小说也有人说是不像小说，其来有自。

一九三九年，我从上海经香港、越南到昆明考大学。到昆明，得了一场恶性疟疾，住进了医院。这是我一生第一次住院，也是唯一的一次。高烧超过四十度。护士给我注射了强心针，我问她："要不要写遗书？"我刚刚能喝一碗蛋花汤，晃晃悠悠进了考场。考完了，一点把握没有。天保佑，发了榜，我居然考中了第一志愿：西南联大中国文学系！

我成不了语言文字学家。我对古文字有兴趣的只是它的美术价值——字形。我一直没有学会国际音标。我不会成为文学史研究者或文学理论专家，我上课很少记笔记，并且时常缺课。我只能从兴趣出发，随心所欲，乱七八糟地看一些书，白天在茶馆里，夜晚在系图书馆。于是，我只能成为一个作家了。

不能说我在投考志愿书上填了西南联大中国文学系是冲着沈从

文去的，我当时有点恍恍惚惚，缺乏任何强烈的意志。但是"沈从文"是对我很有吸引力的，我在填表前是想到过的。

沈先生一共开过三门课：各体文习作、创作实习、中国小说史，我都选了。沈先生很欣赏我。我不但是他的入室弟子，可以说是得意高足。

沈先生实在不大会讲课。讲话声音小，湘西口音很重，很不好懂。他讲课没有讲义，不成系统，只是即兴的漫谈。他教创作，反反复复，经常讲的一句话是：要贴到人物来写。很多学生都不大理解这是什么意思。我是理解的。照我的理解，他的意思是：在小说里，人物是主要的，主导的，其余都是次要的，派生的。作者的心要和人物贴近，富同情，共哀乐。什么时候作者的笔贴不住人物，就会虚假。写景，是制造人物生活的环境，写景处即是写人，景和人不能游离。常见有的小说写景极美，但只是作者眼中之景，与人物无关，这样有时甚至会使人物疏远。即作者的叙述语言也须和人物相协调，不能用知识分子的语言去写农民。我相信我的理解是对的。这也许不是写小说唯一的原则（有的小说可以不着重写人，也可以有的小说只是作者在那里发议论），但是是重要的原则。至少在现实主义的小说里，这是重要原则。

沈先生每次进城（为了躲日本飞机空袭，他住在昆明附近呈贡的乡下，有课时才进城住两三天），我都去看他。还书、借书，听他和客人谈天。他上街，我陪他同去，逛寄卖行，旧货摊，买耿马漆盒（一种圆筒形的竹胎绘红黑两色花纹的缅甸漆盒），买火腿月饼。饿了，就到他的宿舍对面的小铺吃一碗加一个鸡蛋的米线（用米粉压制的面条）。有一次我喝得烂醉，坐在路边，他以为是一个生病的难民，一看，是我！他和几个同学把我架到宿舍里，灌了好些酽茶，我才清醒过来。有一次我去看他，牙疼，腮帮子肿得老高，他不说一句话，出去给我买了几个大橘子。

我读的是中国文学系，但是大部分时间是看翻译小说。当时在联大比较时髦的是A·纪德，后来是萨特。我二十岁开始发表作品。外国作家我受影响较大的是契诃夫，还有一个西班牙作家阿左林。我很喜欢阿左林，他的小说像是覆盖着阴影的小溪，安安静静的，同时又是活泼的、流动的。我读了一些弗金妮亚·沃尔芙的作品，读了普鲁斯特小说的片段。我的小说有一个时期明显地受了意识流方法的影响，如《小学校的钟声》、《复仇》。

离开大学后，我在昆明郊区一个联大同学办的中学教了两年书。《小学校的钟声》和《复仇》便是这时写的。当时没有地方发表。后来由沈先生寄给上海的《文艺复兴》，郑振铎先生打开原稿，发现上面已经叫蠹虫蛀了好些小洞。

一九四六年初秋，我由昆明到上海，经李健吾先生介绍，到一个私立中学教了两年书，一九四八年初春离开。这两年写了一些小说，结为《邂逅集》。

到北京，失业半年，后来到历史博物馆任职。陈列室在午门城楼上，展出的文物不多，游客寥寥无几。职员里住在馆里的只有我一个人。我住的那间屋据说原是锦衣卫值宿的屋子。为了防火，当时故宫范围内都不装电灯，我就到旧货摊上买了一盏白瓷罩子的古式煤油灯。晚上灯下读书，不知身在何世。北京一解放，我就报名参加了四野南下工作团。

我原想随四野一直打到广州，积累生活，写一点刚劲的作品，不想到武汉就被留下来接管文教单位，后来又被派到一个女子中学当副教导主任。一年之后，我又回到北京，到北京市文联工作。一九五四年，调中国民间文艺研究会。

自一九五〇年至一九五八年，我一直当文艺刊物编辑。编过《北京文艺》《说说唱唱》《民间文学》。我对民间文学是很有感情的。民间故事丰富的想象和农民式的幽默，民歌的比喻新鲜和韵律的精巧使我惊奇不已。但我对民间文学的感情被割断了。一九五八年，我被划成右派，下放到长城外面的一个农业科学研究所劳动。将近四年。

这四年对我来说是很重要的。我和农业工人（即是农民）一同劳动，吃一样的饭，晚上睡在一间大宿舍里，一铺大炕上（枕头挨着枕头，虱子可以自由地从最东边一个人的被窝里爬到最西边的被窝里）。我比较切实地看到中国的农村和中国的农民是怎么回事。

一九六二年初，我调到北京京剧团当编剧，一直到现在。

我二十岁开始发表作品，今年六十八岁，写作时间不可谓不长，但我的写作一直是断断续续，一阵一阵的，因此数量很少。过了六十岁，就听到有人称我为"老作家"，我觉得很不习惯。第一，我不大意识到我是一个作家；第二，我没有觉得我已经老了。近两年逐渐习惯了。有什么办法呢，岁数不饶人。杜甫诗："座下人渐多"。现在每有宴会，我常被请到上席。我已经出了几本书，有点影响，再说我不是作家，就有点矫情了。我算个什么样的作家呢？

我年轻时受过西方现代派的影响，有些作品很"空灵"，甚至很不好懂。这些作品都已散失。有人说翻翻旧报刊，是可以找到的，劝我搜集起来出一本书。我不想干这种事。实在太幼稚，而且和人民的疾苦距离太远。我近年的作品渐趋平实。在北京市作协讨论我的作品的座谈会上，我作了一个简短的发言，题为"回到民族传统，回到现实主义"，这大体上可以说是我现在的文学主张。我并不排斥现代主义。每逢有人诋毁青年作家带有现代主义倾向的作品时，我常会为他们辩护。我现在有时也偶尔还写一点很难说是纯正的现实主义的作品，比如《昙花、鹤和鬼火》。就是在通体看来是客观叙述的小说中有时还夹带一点意识流片段，不过评论家不易察觉。我的看似平常的作品其实并不那么老实。我希望能做到融奇崛于平淡，纳外来于传统，不今不古，不中不西。

我是较早意识到要把现代创作和传统文化结合起来的。和传统文化脱节，我以为是开国以后，五十年代文学的一个缺陷。——有人说这是中国文化的"断裂"，这说得严重了一点。有评论家说我的作品受了老庄思想的影响，可能有一点。我在昆明教中学时案头常放的一本书是《庄子集解》。但是我对庄子感到极大的兴趣的，主要是其文章，至于他的思想，我到现在还不甚了了。我自己想想，我受影响较深的，还是儒家。我觉得孔夫子是个很有人情味的人，并且是个诗人。他可以发脾气，赌咒发誓。我很喜欢《论语·子路曾皙冉有公西华侍坐章》。

"点，尔何如？"

鼓瑟希，铿尔，舍瑟而作，对曰："异乎三子者之撰。"

子曰："何伤乎，亦各言其志也！"

曰："暮春者，春服既成，冠者五六人，童子六七人，浴乎沂，风乎舞雩，咏而归。"

夫子喟然叹曰："吾与点也。"

这写得实在非常的美。曾点的超功利的率性自然的思想是生活境界的美的极至。

我很喜欢宋儒的诗：

> 万物静观皆自得，
> 四时佳兴与人同。

说得更实在的是：

> 顿觉眼前生意满，
> 须知世上苦人多。

我觉得儒家是爱人的，因此我自诩为"中国式的人道主义者"。

我的小说似乎不讲究结构。我在一篇谈小说的短文中，说结构的原则是：随便。有一位年龄略低我的作家每谈小说，必谈结构的重要。他说："我讲了一辈子结构，你却说：随便！"我后来在谈结构的前面加了一句话："苦心经营的随便"，他同意了。我不喜欢结构痕迹太露的小说，如莫泊桑，如欧·亨利。我倾向"为立无法"，即无定法。我很向往苏轼所说的："如行云流水，初无定质，但常行于所当行，情止于所不可不止，文理自然，姿态横生。"我的小说在国内被称为"散文化"的小说。我以为散文化是世界短篇小说发展的一种（不是唯一的）趋势。

我很重视语言，也许过分重视了。我以为语言具有内容性，语言是小说的本体，不是外部的，不只是形式、是技巧。探索一个作者气质，他的思想（他的生活态度，不是观念），必须由语言入手，并始终浸在作者的语言里。语言具有文化性。作品的语言映照出作者的全部文化修养。语言的美不在一个一个句子，而在句与句之间的关系。包世臣论王羲之字，看来参差不齐，但如老翁携带幼孙，顾盼有情，痛痒相关。好的语言正当如此。语言像树，枝干内部液汁流转，一枝摇，百枝摇。语言像水，是不能切割的。一篇作品的语言，是一个有机的整体。

我认为一篇小说是作者和读者共同创作的。作者写了，读者读了，创作过程才算完成。作者不能什么都知道，都写尽了。要留出余地，让读者去捉摸，去思索，去补充。中国画讲究"计白当黑"。包世臣论书以为当使字之上下左右皆有字。宋人论崔颢的《长干行》"无字处皆有字"。短篇小说可以说是"空白的艺术"。办法很简单：能不说的话就不说。这样一篇小说的容量就会更大，传达的信息就更多。以己少少许，胜人多多许。短了，其实是长了。少了，其实是多了。这是很划算的事。

我这篇"自报家门"实在太长了。

一九八八年三月廿日

我的"解放" ①

※

我的"解放"很富于戏剧性,是江青下的命令。江青知道我,是因为《芦荡火种》。这出戏彩排的时候,她问陪她看戏的导演(也是剧团团长)肖甲:"词写得不错,谁写的?"她看戏,导演都得陪着,好随时记住她的"指示"。其时大概是一九六四年夏天。

《芦荡火种》几经改写,定名为《沙家浜》,重排后在北京演了几场。

我又被指定参加《红岩》的改编。一九六四年冬,某日,党委书记薛恩厚带我和阎肃到中南海去参加关于《红岩》改编的座谈会。地点在颐年堂。这是我第一次见江青。在座的有《红岩》小说作者罗广斌和杨益言,林默涵,好像还有袁水拍。他们对《红岩》改编方案已经研究过,我是半路插进来的,对他们的谈话摸不着头脑,一句也插不上嘴,只是坐在沙发里听着,心里有些惶恐。江青说了些什么,我也全无印象,只因为觉得奇怪才记住她最后跟罗广斌说的那句话:"将来剧本写成了,小说也可以按照戏来改。"

自六四年冬至六五年春我们就集中起来改《红岩》剧本。先是在六国饭店,后来改到颐和园的藻鉴堂。到藻鉴堂时昆明湖结着冰,到离开时已解冻了。

---

① 初刊于《东方纪事》一九八九年第一期,初收于北师大版《汪曾祺全集》第四卷。

其后，我们随剧团大队，浩浩荡荡，到四川"体验生活"。在渣滓洞坐了牢（当然是假的），大雨之夜上华蓥山演习了"扯红"（暴动）。这种"体验生活"实在如同儿戏，只有在江青直接控制下的剧团才干得出来。"体验"结束，剧团排戏（排《沙家浜》），我们几个编剧住在北温泉的"数帆楼"改《红岩》剧本。

一九六五年四月中旬剧团由重庆至上海，排了一些时候戏，江青到剧场审查通过，定为"样板"，决定五一公演。"样板戏"的名称自此时始。剧团那时还不叫"样板团"，叫"试验田"，全称是"江青同志的试验田"。

江青对于样板戏确实是"抓"了的，而且抓得很具体，从剧本、导演、唱腔、布景、服装，包括《红灯记》铁梅的衣服上的补丁，《沙家浜》沙奶奶家门前的柳树，事无巨细，一抓到底，限期完成，不许搪塞。有人说"样板戏"都是别人搞的，江青没有做什么，江青只是"剽窃"，这种说法是不科学的。对于"样板戏"可以有不同看法，但是企图在"样板戏"和江青之间"划清界限"，以此作为"样板戏"可以"重出"的理由，我以为是不能成立的。这一点，我同意王元化同志的看法。作为"样板戏"的过来人，我是了解情况的。

从上海回来后，继续修改《红岩》。"样板戏"的创作，就是没完没了的折腾。一直折腾到年底，似乎这回可以了。我们想把戏写完了好过年。春节前两天，江青从上海打来电话，给市委宣传部长李琪，叫我们到上海去。我对阎肃说："戏只差一场，写完了再去行不行？"李琪回了电话，复电说："不要写了，马上来！"李琪于是带着薛恩厚、阎肃、我，乘飞机到上海。住东湖饭店。

李琪是不把江青放在眼里的。到了之后，他给江青写了一个便条："我们已到上海，何时接见，请示。"下面的礼节性的词句却颇奇怪，不是通常用的"此致敬礼"，而是"此问近祺"。我和阎肃不禁相互看了一眼。稍为知道一点中国的文牍习惯的，都知道这至少不够尊敬。

江青在锦江饭店接见了我们。江青对李琪说："对于他们的戏，我希望你了解情况，但是不要过问。"（这是什么话呢？我们剧团是市委领导的剧团，市委宣传部长却对我们的戏不能过问！）她对我们说："上次你们到四川去，我本来也想去。因为飞机经过一个山，我不能适应。有一次飞过的时候，几乎出了问题，幸亏总理叫来了氧气，我才缓过来。你们去，有许多情况，他们不会告诉你们。我万万没有想到：那个时候，四川党还有王明路线！"

我们当时听了虽然感到有点诧异，但是没有感到这句话的严重性，以为她掌握了什么内部材料。"文化大革命"以后，回想起来，才觉出这是一句了不得的话，她要整垮四川党的决心，早就有了。

她决定，《红岩》不搞了，另外搞一个戏：由军队党派一个干部（女的），不通过地方党，找到一个社会关系，打进兵工厂，发动工人护厂，迎接解放。

（哪有这样的事呢？一个地下工作者，不通过党的组织，去开展工作，这根本不符合党的工作原则；一个人，单枪匹马，通过社会关系，发动群众，这可能么？）

我和阎肃，按照她的意思，两天两夜，赶编了一个提纲。阎肃解放前夕在重庆，有一点生活，但是也绝没有她说的那样的生活，——那样的生活根本没有。我是一点生活也没有，但是我们居然编出一个提纲来了！"样板戏"的编剧都有这个本事：能够按照江青的意图，无中生有地编出一个戏来。不这样，又有什么办法呢？提纲出来了，定了剧名：《山城旭日》。

我们在"编"提纲时，李琪同志很"清闲"，他买了一包上海老城隍庙的奶油五香豆，一边"荡马路"，一边噇呷倒瞧。

江青虽然不让李琪过问我们的戏，我们还有点"组织性"，我们把提纲向李琪汇报了。李琪听了，说了一句不凉不酸的话："看来，没有生活也是可以搞创作的哦？"

我们向江青汇报了提纲，她挺满意！说："回去写吧！"

回到北京，着手"编"剧。

三月中，她又从上海打电话来："叫他们来一下，关于戏，还有一些问题。"

这次到上海，气氛已经很紧张了。批《海瑞罢官》已经达到高潮。李琪带了一篇他写的批判文章（作为北京市委宣传部长，他不得不写一篇文章）。他把文章交给江青看看。第二天，江青还给了他，只说了一句："太长了吧。"江青这时正在炮制军队文艺座谈会纪要。我和薛恩厚对这个座谈会一无所知。阎肃是知道这个会的，李琪当然也会知道。李琪的神色不像上一次到上海时显得那么自在了。据薛恩厚说（他们的房间相对着，当中隔一个小客厅），他半夜大叫（想是做了噩梦）。

一天，江青叫秘书打电话来，叫我们到"康办"（张春桥在康平路的办公室）去见她。李琪说："我不去了，——她找你们谈剧本。"我说："不去不好吧，还是去一下。"李琪在屋里来来回回地走。汽车已经开出来在门口等着了，但还是来回走。最后，才下了决心："好！去！"

关于剧本，其实没有谈多少意见，她这次实际上是和李琪、薛恩厚谈"试验田"的事。他们谈了些什么，我和阎肃都没有注意。大概是她提了一些要求，李琪没有爽快地同意，只见她站了起来，一边来回踱步，一边说："叫老子在这里试验，老子就在这里试验！不叫老子在这里试验，老子到别处去试验！"声音不很大，但是语气分量很重。回到东湖饭店，李琪在客厅里坐着，沉着脸，半天没有说话。薛恩厚坐在一边，汗流不止。我和阎肃看着他们。我们知道她这是向北京市摊牌。我和阎肃回到房间，阎肃说："一个女同志，'老子''老子'的！唉！"我则觉得江青说话时的神情，完全是一副"白相人面孔"。

《山城旭日》写出来了，排练了，彩排了几场，"文化大革命"起来了，戏就搁下了。江青忙着"闹革命"，也顾不上再过问这个戏。

剧团的领导都被揪了出来，他们是"走资派"。我也被揪了出来，因为是"老右派"，而且我和薛恩厚曾合作写过一个剧本《小翠》，被认为是反党反社会主义的大毒草。剧中有一个傻公子，救了一只狐狸，他说是猫，别人告诉他这不是猫，你看，这是个大尾巴，傻公子愣说"大尾巴猫"！这就不得了了，这影射什么！"文化大革命"中许多"革命群众"的想象力真是特别丰富，他们能从一句话里挖出你想象不到的意思。

批斗、罚跪、在头发当中推一剪子开出一条马路，在院内游街、挨几下打，这些都是题中应有之义，全国皆然，不必细说。

后来把我们都关到一间小楼上。这时两派斗了起来，"革命群众"对我们也就比较放松，不大管了。

小楼上关的，有被江青在"11·28"大会上点名的剧团领导，几个有历史问题的"反革命"，还有得罪了江青的赵燕侠。虽然只十来个人，但小楼很小，大家围着一张长桌坐着，凳子挨着凳子，也够挤的。坐在里边的人要下楼解手，外边的人就得站起来让他过去。我有一次下楼，要从赵燕侠身前过，她没有站起来，却刷的一下把一只左脚高举过了头顶。赵老板有《大英节烈》的底子，腿功真不错！我们按时上下班，比起"革命群众"打派仗，热火朝天，卜昼卜夜，似乎还更清静一些。每天的日程是学毛选，交待问题，劳动。"问题"只是那些，交待起来没个完，于是大家都学会了车轱辘话来回转，这次是"一、二、三、四、五"，下次是"五、四、三、二、一"。劳动主要是两项。一是劈劈柴。剧团隔一个胡同有一个小院子，里面有许多破桌子烂椅子，我们就把这些桌椅破碎供生炉子取暖用。这活劳动量不大，关起院门，与世隔绝，可以自由休息，随便说话。另外一项是抬煤。两个人抬一筐，不算太沉。吃饭自己带。有人竟然带了干烧黄鱼中段、煨牛肉、三鲜馅的饺子来，可以彼此交换品尝。应该说，我们的小楼一统的日子，没有受太大的罪。但是一天一天这么下去，到哪儿算一站呢？

一天，薛恩厚正在抬煤，李英儒（当时是中央文革小组的联络员，隔十天半月到剧团来看看）对他说："老薛，像咱们这么大的年纪，这样重的活就别干了。"我一听，奇怪，何态度亲切乃尔？过了几天，我在抬煤，李英儒看见，问我："汪曾祺，你最近在干什么哪？"我说："检查、交待。"他说："检查什么！看看毛选吧。"我心里明白，我们的问题大概快要解决了。

四月二十七日上午，革委会的一位委员上小楼叫我，说"李英儒同志找你"。我到了办公室，李英儒说："准备解放你，你准备一下，向群众作一次检查。"我回到小楼，正考虑怎样作检查，李英儒又派人来叫我，说："不用检查了，你表一个态。——不要长，五分钟就行了。"我刚出办公室，走了几步，又把我叫回去，说："不用五分钟，三分钟就行了！"

过不一会，群众已经集合起来。三分钟，说什么？除了承认错误，我说："江青同志如果还允许我在'样板戏'上尽一点力，我愿意鞠躬尽瘁，死而后已！"这几句话在四人帮垮台后，我不知道检查了多少次。但是我当时说的是真心话，而且是非常激动的。

表了态，我就"回到革命队伍当中"了，先在"干部组"呆着。和八九个月以前朝夕相处的老同志坐在一起，恍同隔世。

刚刚坐定，一位革委会委员拿了一张戏票交给我："江青同志今天来看《山城旭日》，你晚上看戏。"

过了一会，委员又把戏票要走。

过了一会，给我送来一张请帖。

过了一会，又把请帖要走。

我不知道这是怎么回事。李英儒派人来叫我到办公室，告诉我："江青同志今天来看戏，你和阎肃坐在她旁边。"

我当时囚首垢面，一身都是煤末子，衣服也破烂不堪。回家换衣服，来不及了，只好临时买了一套。

开戏前，李英儒早早在贵宾休息室坐着。我记得闻捷和李丽芳来，李英儒和他们谈了几句（这是我唯一一次见到闻捷）。快开演前，李英儒嘱咐我："不该说的话不要说。"我不知道这句话是什么意思。我没有什么话要跟江青说，也不知道有什么话不该说。恍恍惚惚，如在梦里。

快开戏了，江青来，坐下后只问我一个她所喜欢的青年演员在运动中表现怎么样，我不了解情况，只好说："挺好的。"

看戏过程中，她说了些什么，我全不记得了，只记得她说："你们用毛主席诗词作每场的标题，倒省事啊！不要用！"

散了戏，座谈。参加的人，限制得很严格。除了剧作者，只有杨成武、谢富治、陈亚丁。她坐下后，第一句话是："你们开幕的天幕上写的是'向大西南进军'（这个戏开幕后是大红的天幕，上写六个白色大字：'向大西南进军'），我们这两天正在研究向大西南进军。"

当时我们就理解，她所谓"向大西南进军"，就是搞垮大西南的党政领导，把"革命"的烈火在大西南烧得更猛。后来西南几省，尤其是四川，果然乱得一塌糊涂。

除了陈亚丁长篇大论地谈了一些对戏的意见外，他们所谈的都是关于"文化大革命"的事。我和阎肃只好装着没听见。

忽然江青发现一个穿军装的年轻女同志在一边不停地记，她脸色一变，问："你是哪来的？"

"我是军报的。"

"谁让你进来的？"

"……"

"我们在这里漫谈，你来干什么？出去！"

这位女记者满面通红，站起来往外走。

"把你的笔记本留下。你这样做，我很不放心！"

江青有个脾气，她讲话，不许记录。何况今天的讲话，非同小可，这位女同志冒冒失失闯了进来，可谓"不知天高地厚"。

杨成武说了几句，门外喊"报告！"，杨成武听出是秘书的声音。"进来！"秘书在杨成武耳边说了几句话。杨成武起立，说："打下了一架无人驾驶飞机，我去处理一下。"江青轻轻一扬手："去吧！"

江青这种说话语气，我们见过不止一次。她对任何干部，都是"见官大一级"，用"一朝国母"的语气说话。

谢富治发言，略谓"打开了重庆，我是头一个到渣滓洞去看了的。根据我对地形的观察，根本不可能跑出一个人来"！

我当时就想：坏了！按照他的逻辑，渣滓洞的幸存者，全是叛徒。我马上想到罗广斌。罗广斌后来不明不白地死掉了，我一直想，这和谢富治这句斩钉截铁的断言是有（尽管不是直接的）关系的。

座谈结束，已经是凌晨两点多钟。公共汽车、电车早已停驶。剧团不会给我留车。我也绝没想到让剧团给我派一辆车。我只好由虎坊桥步行回甘家口，走到家，天都快亮了。

我在"文化大革命"中的遭遇，我的"解放"，尘芥浮沤而已。我要揭出的是我亲自听到的江青的两句话："我万万没有想到，那个时候，四川党还有王明路线"，和"我们这两天正在研究向大西南进军"。我是一个侧面的历史见证人。因为要衬出这个历史片段的来龙去脉，遂不惮其烦地述说了我的"解放"，否则说不清楚，我的缕述，细节、日期或不准确，但是江青的这两句话，我可以保证无讹。

"无事此静坐"①

※

我的外祖父治家整饬，他家的房屋都收拾得很清爽，窗明几净。他有几间空房，檐外有几棵梧桐，室内木榻、漆桌、藤椅。这是他待客的地方。但是他的客人很少，难得有人来。这几间房子是朝北的，夏天很凉快。南墙挂着一条横幅，写着五个正楷大字：

"无事此静坐"。

我很欣赏这五个字的意思。稍大后，知道这是苏东坡的诗，下面的一句是：

"一日当两日"。

事实上，外祖父也很少到这里来。倒是我常常拿了一本闲书，悄悄走进去，坐下来一看半天。看起来，我小小年纪，就已经有了一点隐逸之气了。

静，是一种气质，也是一种修养。诸葛亮云："非淡泊无以明志，非宁静无以致远。"心浮气躁，是成不了大气候的。静是要经过锻炼的，古人叫作"习静"。唐人诗云："山中习静朝观槿，松下清斋折露葵。""习静"可能是道家的一种功夫，习于安静确实是生活于扰攘的尘世中人所不易做到的。静，不是一味地孤寂，不闻世事。我很欣赏宋儒的诗："万物静观皆自得，四时佳兴与人同。"唯静，才能观照万物，对于人间生活充满盎然的兴致。静是

---

① 初刊于一九八九年十月十八日《消费时报》，初收于《汪曾祺小品》。

顺乎自然，也是合乎人道的。

世界是喧闹的。我们现在无法逃到深山里去，唯一的办法是闹中取静。毛主席年轻时曾采取了几种锻炼自己的方法，一种是"闹市读书"。把自己的注意力高度集中起来，不受外界干扰，我想这是可以做到的。

这是一种习惯，也是环境造成的。我下放张家口沙岭子农业科学研究所劳动，和三十几个农业工人同住一屋。他们吵吵闹闹，打着马锣唱山西梆子，我能做到心如止水，照样看书、写文章。我有两篇小说，就是在震耳的马锣声中写成的。这种功夫，多年不用，已经退步了，我现在写东西总还是希望有个比较安静的环境，但也不必一定要到海边或山边的别墅中才能构思。

大概有十多年了，我养成了静坐的习惯。我家有一对旧沙发，有几十年了。我每天早上泡一杯茶，点一支烟，坐在沙发里，坐一个多小时。虽是块然独坐，然而浮想联翩。一些故人往事，一些声音、一些颜色、一些语言、一些细节，会逐渐在我的眼前清晰起来，生动起来。这样连续坐几个早晨，想得成熟了，就能落笔写出一点东西。我的一些小说散文，常得之于清晨静坐之中。曾见齐白石一小幅画，画的是淡蓝色的野藤花，有很多小蜜蜂，有颇长的题记，说这是他家山的野藤，花时游蜂无数，他有个孙子曾被蜂螫，现在这个孙子也能画这种藤花了，最后两句我一直记得很清楚："静思往事，如在目底"。这段题记是用金冬心体写的，字画皆极娟好。"静思往事，如在目底"，我觉得这是最好的创作心理状态。就是下笔的时候，也最好心里很平静，如白石老人题画所说："心闲气静时一挥"。

我是个比较恬淡平和的人，但有时也不免浮躁，最近就有点如我家乡话所说"心里长草"。我希望政通人和，使大家能安安静静坐下来，想一点事，读一点书，写一点文章。

一九八九年八月十六日

七十书怀①

※

六十岁生日，我曾经写过一首诗：

> 冻云欲湿上元灯，
> 漠漠春阴柳未青。
> 行过玉渊潭畔路，
> 去年残叶太分明。

　　这不是"自寿"，也没有"书怀"，"即事"而已。六十岁生日那天一早，我按惯例到所居近处的玉渊潭遛了一个弯，所写是即目所见。为什么提到上元灯？因为我的生日是旧历的正月十五。据说我是日落酉时建生，那么正是要"上灯"的时候。沾了元宵节的光，我的生日总不会忘记。但是小时不做生日，到了那天，我总是鼓捣一个很大的，下面安四个轱辘的兔子灯，晚上牵了自制的兔子灯，里面插了蜡烛，在家里厅堂过道里到处跑，有时还要牵到相熟的店铺中去串门。我没有"今天是我的生日"的意识，只是觉得过"灯节"（我们那里把元宵叫作"灯节"）很好玩。十九岁离乡，四方漂泊，过什么生日！后来在北京安家，孩子也大了，家里人对我的生日渐渐重视起来。到了那天，总得"表示"一下。尤其是我

---

① 初刊于《现代作家》一九九〇年第五期，初收于《汪曾祺小品》。

的孙女和外孙女，她们对我的生日比别人更为热心，因为那天可以吃蛋糕。六十岁是个整寿。但我觉得无所谓。诗的后两句似乎有些感慨，因为这时"文化大革命"过去不久，容易触景生情，但是究竟有什么感慨，也说不清。那天是阴天，好像要下雪，天气其实是很舒服的，诗的前两句隐隐约约有一点喜悦。总之，并不衰瑟，更没有过一年少一年这样的颓唐的心情。

一晃，十年过去了，我七十岁了。七十岁生日那天写了一首《七十书怀出律不改》：

> 悠悠七十犹耽酒，
> 唯觉登山步履退。
> 书画萧萧余宿墨，
> 文章淡淡忆儿时。
> 也写书评也作序，
> 不开风气不为师。
> 假我十年闲粥饭，
> 未知留得几囊诗。

这需要加一点注解。

中国人的平均寿命比以前增高多了。我记得小时候看家里大人和亲戚，过了五十，就是"老太爷"了。我祖父六十岁生日，已经被称为"老寿星"。"人生七十古来稀"，现在七十岁不算稀奇了。不过七十总是个"坎儿"。不知从什么时候起，别人对我的称呼从"老汪"改成了"汪老"。我并无老大之感。但从去年下半年，我一想我再没有六十几了，不免有一点紧张。我并不太怕死，但是进入七十，总觉得去日苦多，是无可奈何的事。所幸者，身体还好。去年年底，还上了一趟武夷山。武夷山是低山，但总是山。我一度心肌缺氧，一般不登山。这次到了武夷绝顶天游，没有感到心脏有负担。看来我的身体比前几年还要好一些，再工作几年，问题不大。当然，上山比年轻人要慢一些。因此，去年下半年偶尔会有的紧张感消失了。

我的写字画画本是遣兴自娱而已，偶尔送一两件给熟朋友。后来求字求画者渐多。大概求索者以为这是作家的字画，不同于书家画家之作，悬之室中，别有情趣耳，其实，都是不足观的。我写字画画，不暇研墨，只用墨汁。写完画完，也不洗砚盘色碟，连笔也不涮。下次再写、再画，加一点墨汁。"宿墨"是记实。今年（一九九〇）一月十五日，画水仙金鱼，题了两句诗：

> 宜入新春未是春，
> 残笺宿墨隔年人。

这幅画的调子是灰的，一望而知用的是宿墨。用宿墨，只是懒，并非追求一种风格。

有一个文学批评用语我始终不懂是什么意思，叫作"淡化"。淡化主题、淡化人物、淡化情节，当然，最终是淡化政治。"淡化"总是不好的。我是被有些人划入淡化一类了的。我所不懂的是：淡化，是本来是浓的，不淡的，或应该是不淡的，硬把它化得淡了。我的作品确实是比较淡的，但它本来就是那样，并没有经过一个"化"的过程。我想了想，说我淡化，无非是说没有写重大题材，没有写性格复杂的英雄人物，没有写强烈的，富于戏剧性的矛盾冲突。但这是我的生活经历，我的文化素养，我的气质所决定的。我没有经历过太多的波澜壮阔的生活，没有见过咤叱风云的人物，你叫我怎么写？我写作，强调真实，大都有过亲身感受，我不能靠材料写作。我只能写我所熟悉的平平常常的人和事，或者如姜白石所说"世间小儿女"。我只能用平平常常的思想感情去了解他们，用平平常常的方法表现他们。这结果就是淡。但是"你不能改变我"，我就是这样，谁也不能下命令叫我照另外一种样子去写。我想照你说的那样去写，也办不到。除非把我回一次炉，重新生活一次。我已经七十岁了，回炉怕是很难。前年《三月风》杂志发表我一篇随笔，请丁聪同志画了我一幅漫画头像，编辑部要我自己题几句话，题了四句诗：

> 近事模糊远事真，
> 双眸犹幸未全昏。
> 衰年变法谈何易，
> 唱罢莲花又一春。

《绣襦记》《教歌》两个叫花子唱的"莲花落"有句"一年春尽又是一年春"，我很喜欢这句唱词。七十岁了，只能一年又一年，唱几句莲花落。

《七十书怀出律不改》，"出律"指诗的第五六两句失粘，并因此影响最后两句平仄也颠倒了。我写的律诗往往有这种情况，五六两句失粘。为什么不改？因为这是我要说的主要两句话，特别是第六句，所书之怀，也仅此耳。改了，原意即不妥帖。

我是赞成作家写评论的，也爱看作家所写的评论。说实在的，我觉得评论家所写的评论实在有点让人受不了。结果是作法自毙。写评论的差事有时会落到我的头上。我认为评论家最让人受不了的，是他们总是那样自信。他们像我写的小说《鸡鸭名家》里的陆长庚一样，一眼就看出这只鸭是几斤几两，这个作家该打几分。我觉得写评论是非常冒险的事：你就能看得那样准？我没有这样的自信。人到一定岁数，就有为人写序的义务。我近年写了一些序。去年年底就写了三篇，真成了写序专家。写序也很难，主要是分寸不好掌握，深了不是，浅了也不是。像周作人写序那样，不着边际，是个办法。但是一，我没有那样大的学问；二，丝毫不涉及所序的作品，似乎有欠诚恳。因此，临笔踌躇，煞费脑筋。好像是法朗士说过："关于莎士比亚，我所说的只是我自己。"写书评、写序，实际上是写写书评、写序的人自己。借题发挥，拿别人来"说事"，当然不太好，但是书评和序里总会流露出本人的观点，本人的文学主张。我不太希望我的观点、主张被了解，愿意和任何人保持一定的距离；但是自设屏障，拒人千里，把自己藏起来，完全不让人了解，似也不必。因此，"也写书评也作序"。

"不开风气不为师"，是从龚定盦的诗里套出来的。龚定盦的原句是："但开风气不为师"。龚定盦的诗貌似谦虚，实很狂傲。——龚定盦是谦虚的人么？但是龚定盦是有资格说这个话的。他确实是个"开风气"的。他的带有浓烈的民主色彩的个性解放思想撼动了一代人，他的宗法公羊家的奇崛矫矢的文体对于当时和后代都起了很大的影响。他的思想不成体系，不立门户，说是"不为师"倒也是对的。近四五年，有人说我是这个那个流派的始作俑者，这很出乎我的意外。我从来没有想到提倡什么，我绝无"来吾导夫先路也"的气魄，我只是"悄没声地"自己写一点东西而已。有一些青年作家受了我的影响，甚至有人有意地学我，这情况我是知道的。我要诚恳地对这些青年作家说：不要这样。第一，不要"学"任何人。第二，不要学我。我希望青年作家在起步的时候写得新一点，怪一点，朦胧一点，荒诞一点，狂妄一点，不要过早地归于平淡。三四十岁就写得很淡，那，到我这样的年龄，怕就什么也没有了。这个意思，我在几篇序文中都说到，是真话。

看相的说我能活九十岁，那太长了！不过我没有严重的器质性的病，再对付十年，大概还行。我不愿当什么"离休干部"，活着，就还得做一点事。我希望再出一本散文集，一本短篇小说集，把《〈聊斋〉新义》写完，如有可能，把酝酿已久的长篇历史小说《汉武帝》写出来。这样，就差不多了。

七十书怀，如此而已。

一九九〇年二月二十四日

沙岭子①

※

我曾在沙岭子农业科学研究所下放劳动过四个年头——一九五八至一九六一。

沙岭子是京包线宣化至张家口之间的一个小站。从北京乘夜车，到沙岭子，天刚刚亮。从车上下来十多个旅客，四散走开了。空气是青色的。下车看看，有点凄凉。我以后请假回北京，再返沙岭子，每次都是乘的这趟车，每次下车，都有凄凉之感。

这是一个极其普通的小车站。四年中，我看到它无数次了。它总是那样。四年不见一点变化。照例是涂成浅黄色的墙壁，灰色板瓦盖顶，冷清清的。

靠站的客车一天只有几趟。过境的货车比较多。往南去的最常见的是大兴安岭下来的红松。其次是牲口，马、牛，大概来自坝上或内蒙草原。这些牛马站在敞顶的车厢里，样子很温顺。往北去的常有现代化的机器，装在高大的木箱里，矗立着。有时有汽车，都是崭新的。小汽车的车头爬在前面小车的后座上，一辆搭着一辆，像一串甲虫。

运往沙岭子到站的货物不多。有时甩下一节车皮，装的是铁矿砂。附近有一个铁厂。铁矿砂堆在月台上。矿砂运走了，月台被染成了紫红色，有时卸一车石灰，月台就被染得雪白的。紫颜色、白

---

① 初刊于《作家》一九九〇年第三期，初收于北师大版《汪曾祺全集》第四卷。

颜色，被人们的鞋底带走了，过不几天，月台又恢复了原先的浅灰的水泥颜色。

从沙岭子起运的，只有石头。东边有一个采石场——当地叫作"片石山"，每天十一点半钟放炮崩山。山已经被削去一半了。

农科所原来的房子很好，疏疏朗朗，布置井然。迎面是一排青砖的办公室，整整齐齐。办公室后是一个空场。对面是种子仓库，房梁上挂了很多整株的作物良种。更后是食堂，再后是猪舍。东面是职工宿舍，有两间大的是单身合同工住的，每间可容三十人。我就在东边一间的一张木床上睡了将近三年，直到摘了右派帽子，结束劳动后，才搬到干部宿舍里，和一个姓陈的青年技术员合住一间。种子仓库西边有一条土路，略高出于地面。路之西，有一排矮矮的圆锥形的谷仓，状如蘑菇，工人们就叫它为"蘑菇仓库"，是装牲口饲料玉米豆的。蘑菇仓库以西，是马号。更西，是菜园、温室。农科所的概貌尽于此。此外，所里还有一片稻田，在沙岭子堡（镇）以南；有一片果园，在车站南。

头两年参加劳动，扎扎实实的劳动。大部分农活我差不多都干过。除了一些全所工人一齐出动的集中的突击性的活，如插秧、锄地、割稻子之外，我相对固定在果园干活。干得最多的是喷波尔多液。硫酸铜加石灰兑水，这就是波尔多液。果园一年不知道要喷多少次波尔多液，这是果树防病所必需的。梨树、苹果要喷，葡萄更是十天八天就得喷一回。果园有一本工作日记似的本本，记录每天干的活，翻开到处是"葡萄喷波尔多液"。这日记是由果园组组长填写的。不知道什么道理，这里的干部工人都把葡萄写成"芍芍"。两个字一样，为什么会读出两个字音呢？因为我喷波尔多液喷得细致，到后来这活都交给了我。波尔多液是天蓝色的，很漂亮。因为喷波尔多液的次数太多，我的几件白衬衫都变成浅蓝的了。

结束劳动后暂时无法分配工作，我就留在所里打杂，主要是画画。我曾参加过张家口地区农业展览会的美术工作，在画布或三合板上用水粉画白菜、萝卜、大葱、大蒜、短角牛、张北马。布置过一个超声波展览馆——那年不知怎么兴起了超声波，很多单位都试验这东西，好像这是一种增产的魔术。超声波怎么表现呢？这东西又看不见。我于是画了许多动物、植物、水产，农林牧副渔，什么都有，而在所有的画面上一律加了很多同心圆，表示这是超声波的振幅！我画过一套颇有学术价值的画册：《中国马铃薯图谱》。沽源有个马铃薯研究站，集中了全国各地的，各种品种的马铃薯。研究站归沙岭子农科所领导。领导研究，要出版一套图谱，绘图的任务交给了我。在马铃薯花盛开的时候，我坐上二饼子牛车到了沽源研究站。每天蹚着露水到地里掐一把花，几枝叶子，拿回办公室，插在玻璃杯里，照着画。我的工作实在是舒服透顶，不开会，不学习，没人管，自由自在，也没有指标定额，画多少算多少。画起来是不费事的。马铃薯的花大小只有颜色的区别，花形都一样；叶片也都差不多，有的尖一点，有的圆一点。花和叶子画完，画薯块。一个整个的马铃薯，一个剖面。画完一种薯块，我就把它放进牛粪火里烤熟了，吃掉。这里的马铃薯不下七八十种，每一种我都尝过。中国吃过那么多种马铃薯的人，大概不多。天冷了，马铃薯块还没有画完，有一部分是运到沙岭子画的。还是那样的舒服。一个人一间屋子，升一个炉子，画一块，在炉子上烤烤，吃掉。我还画过一套口蘑图谱，钢笔画。口蘑都是灰白色，不需要着色。

我就这样在沙岭子度过了四个年头。

一九八三年，我应张家口市文联之邀，去给当地青年作家讲过一次课。市文联的两个同志是曾和我同时下放沙岭子农科所劳动过的，他们为我安排的活动，自然会有一项：到沙岭子看看。吉普车开到农科所门前，下车看看，可以说是面目全非。盖了一座办公楼，是灰绿色的。我没有进去，但是觉得在里面办公是不舒服的，不如原先的平房宽敞豁亮。楼上下来一个人，是老王，我们过去天天见。老王见我们很亲热。他模样未变，但是苍老了。他说起这些年的人事变化，谁得了癌症；谁受了刺激，变得胡涂了；谁病死了；谁在西边一棵树上上了吊死了。说不清是什么原因。他说起所里"文化大革命"的一些情况，说起我画的那套马铃薯图谱在"文化大革命"中毁了，很可惜。我在的时候，他是大学刚刚毕业，现在大概是室主任了。那时他还没有结婚，现在女儿已经上大学了。真是"昔别君未婚，儿女忽成行"。他原来是个很精神的小伙子，现在说话却颇有不胜沧桑之感。

老王领我们到后面去看看。原来的格局已经看不出多少痕迹。种子仓库没有了，蘑菇仓库没有了。新建了一些红砖的房屋，横七竖八。我们走到最后一排，是木匠房。一个木匠在干活，是小王！我住在工人集体宿舍的时候，小王的床挨着我的床。我在的时候，所里刚调他去学木匠，现在他已经是四级工，带两个徒弟了。小王已经有两个孩子。他说起他结婚的时候，碗筷还是我给他买的，锁门的锁也是我给他买的，这把锁他现在还在用着。这些，我可一点不记得了。

我们到果园看了看。果园可是大变样了。原来是很漂亮的，葱葱茏茏，蓬蓬勃勃。那么多的梨树。那么多的苹果。尤其是葡萄，一行一行，一架一架，整整齐齐，真是蔚为大观。葡萄有很多别处少见的名贵品种：白香蕉、柔丁香、秋紫、金铃、大粒白、白拿破仑、黑罕、巴勒斯坦……现在，全都不见了。果园给我的感觉，是荒凉。我知道果树老了，需要更新，但何至于砍伐成这样呢？有一些新种的葡萄，才一人高，挂了不多的果。

　　遇到一个熟人，在给葡萄浇水。我想不起他的名字了。他原来是猪倌，后来专管"下夜"，即夜间在所内各处巡看。这是个窝窝囊囊的人，好像总没有睡醒，说话含糊不清，而且他不爱洗脸。他的老婆跟他可大不一样，身材颀长挺拔，而且出奇的结实，我们背后叫她阿克西尼亚。老婆对他"死不待见"。有一天，我跟他一同下夜，他走到自己家门口，跟我说："老汪，你看着点，𠊎去闹渠一𢱢。"他是柴沟堡人。那里人说话很奇怪，保留了一些古音，"𠊎"即我（像客家话），"渠"即她（像广东话）。"闹渠一𢱢"是搞她一次。他进了屋，老婆先是不答应，直骂娘。后来没有声音了。呆了一会儿，他出来了，继续下夜。我见了他，不禁想起那回事，问老王："他老婆还是不待见他吗？"老王说："他们已经有了两个孩子了。"我很想见见阿克西尼亚，不知她现在是什么样子。

　　去看看稻田。

　　稻田挨着洋河。洋河相当宽，但是常常没有水，露出河底的大块卵石。水大的时候可以齐腰。不能行船，也无需架桥。两岸来往，都是徒涉。河南人过来，到河边，就脱了裤子，顶在头上，一步一步蹚着水。因此当地人揶揄之道："河南汉，咯吱咯吱两颗蛋。"

河南地薄而多山。天晴时，在稻田场上可以看到河南的大山，山是干山，无草木，山势险峻，皱皱摺摺，当地人说："像羊肚子似的。"形容得很贴切。

稻田倒还是那样。地块、田埂、水渠、渠上的小石桥、地边的柳树、柳树下一间土屋，土屋里有供烧开水用的锅灶，全都没有变。二十多年了，好像昨天我们还在这里插过秧，割过稻子。

稻田离所里比较远。到稻田干活，一般中午就不回所里吃饭了，由食堂送来。都是蒸莜面饸饹，疙瘩白熬山药，或是一人一块咸菜。我们就攥着饸饹狼吞虎咽起来。稻田里有很多青蛙。有一个同我们一起下放的同志，是浙江人。他捉了好些青蛙，撕了皮，烧一堆稻草火，烤田鸡吃。这地方的人是不吃田鸡的，有几个孩子问："这东西好吃？"他们尝了一个："好吃好吃！"于是七手八脚捉了好多，大家都来烤田鸡，不知是谁，从土屋里翻出一碗盐，烤田鸡蘸盐水，就莜面，真是美味。吃完了，各在柳荫下找个地方躺下，不大一会，都睡着了。

在水渠上看见渠对面走来两个女的，是张素花和刘美兰。我过去在果园经常跟她们一起干活。我大声叫她们的名字。刘美兰手搭凉棚望了一眼，问："是不是老汪？"

"就是！"

"你咋会来了？"

"来看看。"

"一下来家吃饭。"

"不了，我要回张家口，下午有个会。"

"没事儿来！"

"来！——你和你丈夫还打架吗？"

刘美兰和丈夫感情不好，丈夫常打她，有一次把她的小手指都打弯了。

"俺都当了奶奶了！"

刘美兰和张素花不知道说了什么，两个人嘻嘻笑着，走远了。

重回沙岭子，我似乎有些感触，又似乎没有。这不是我所记忆、我所怀念的沙岭子。也不是我所希望的沙岭子。然而我所希望的沙岭子又应是什么样子的呢？我也说不出。我只是觉得这一代的人都胡里胡涂地老了。是可悲也。

多年父子成兄弟①

※

　　这是我父亲的一句名言。

　　父亲是个绝顶聪明的人。他是画家，会刻图章，画写意花卉。图章初宗浙派，中年后治汉印。他会摆弄各种乐器，弹琵琶，拉胡琴，笙箫管笛，无一不通。他认为乐器中最难的其实是胡琴，看起来简单，只有两根弦，但是变化很多，两手都要有功夫。他拉的是老派胡琴，弓子硬，松香滴得很厚——现在拉胡琴的松香都只滴了薄薄的一层。他的胡琴音色刚亮。胡琴码子都是他自己刻的，他认为买来的不中使。他养蟋蟀养金铃子。他养过花。他养的一盆素心兰在我母亲病故那年死了，从此他就不再养花。我母亲死后，他亲手给她做了几箱子冥衣——我们那里有烧冥衣的风俗。按照母亲生前的喜好，选购了各种花素色纸作衣料，单夹皮棉，四时不缺。他做的皮衣能分得出小麦穗羊羔、灰鼠、狐肷。

　　父亲是个很随和的人，我很少见他发过脾气，对待子女，从无疾言厉色。他爱孩子，喜欢孩子，爱跟孩子玩，带着孩子玩。我的姑妈称他为"孩子头"。春天，不到清明，他领一群孩子到麦山里放风筝。放的是他自己糊的蜈蚣（我们那里叫"百脚"），是用染了色的绢糊的。放风筝的线是胡琴的老弦。老弦结实而轻，这样风筝可笔直地飞上去，没有"肚儿"。用胡琴弦放风筝，我还未见过

---

　　① 初刊于《福建文学》一九九一年第一期，初收于《汪曾祺小品》。

第二人。清明节前，小麦还没有"起身"，是不怕践踏的，而且越踏会越长得旺。孩子们在屋里闷了一冬天，在春天的田野里奔跑跳跃，身心都极其畅快。他用钻石刀把玻璃裁成不同形状的小块，再一块一块逗拢，接缝处用胶水粘牢，做成小桥、小亭子、八角玲珑水晶球。桥、亭、球是中空的，里面养了金铃子。从外面可以看到金铃子在里面自在爬行，振翅鸣叫。他会做各种灯。用浅绿透明的"鱼鳞纸"扎了一只纺织娘，栩栩如生。用西洋红染了色，上深下浅，通草做花瓣，做了一个重瓣荷花灯，真是美极了。用小西瓜（这是拉秧的小瓜，因其小，不中吃，叫作"打瓜"或"笃瓜"）上开小口挖净瓜瓤，在瓜皮上雕镂出极细的花纹，做成西瓜灯。我们在这些灯里点了蜡烛，穿街过巷，邻居的孩子都跟过来看，非常羡慕。

父亲对我的学业是关心的，但不强求。我小时候，国文成绩一直是全班第一。我的作文，时得佳评，他就拿出去到处给人看。我的数学不好，他也不责怪，只要能及格，就行了。他画画，我小时也喜欢画画，但他从不指点我。他画画时，我在旁边看，其余时间由我自己乱翻画谱，瞎抹。我对写意花卉那时还不太会欣赏，只是画一些鲜艳的大桃子，或者我从来没有见过的瀑布。我小时字写得不错，他倒是给我出过一点主意。在我写过一阵《圭峰碑》和《多宝塔》以后，他建议我写写《张猛龙》。这建议是很好的，到现在我写的字还有《张猛龙》的影响。我初中时爱唱戏，唱青衣，我的嗓子很好，高亮甜润。在家里，他拉胡琴，我唱。我的同学有几个能唱戏的。学校开同乐会，他应我的邀请，到学校去伴奏。几个同学都只是清唱。有一个姓费的同学借到一顶纱帽，一件蓝官衣，扮起来唱《硃砂井》，但是没有配角，没有衙役，没有犯人，只是一个赵廉，摇着马鞭在台上走了两圈，唱了一段"郿坞县在马上心神不定"，便完事下场。父亲那么大的人陪着几个孩子玩了一下午，还挺高兴。我十七岁初恋，暑假里，在家写情书，他在一旁瞎出主意！我十几岁就学会了抽烟喝酒。他喝酒，给我也倒一杯。抽烟，一次抽出两根，他一根，我一根。他还总是先给我点上火。我们的这种关系，他人或以为怪。父亲说："我们是多年父子成兄弟。"

我和儿子的关系也是不错的。我戴了"右派分子"的帽子下放张家口农村劳动，他那时还从幼儿园刚毕业，刚刚学会汉语拼音，用汉语拼音给我写了第一封信。我也只好赶紧学会汉语拼音，好给他写回信。"文化大革命"期间，我被打成"黑帮"，送进"牛棚"。偶尔回家，孩子们对我还是很亲热。我的老伴告诫他们"你们要和爸爸'划清界限'"，儿子反问母亲："那你怎么还给他打酒？"只有一件事，两代之间，曾有分歧。他下放山西忻县"插队落户"。按规定，春节可以回京探亲，我们等着他回来。不料他同时带回了一个同学。他的这个同学的父亲是一位正受林彪迫害，搞得人囚家破的空军将领。这个同学在北京已经没有家，按照大队的规定是不能回北京的，但是这孩子很想回北京，在一伙同学的秘密帮助下，我的儿子就偷偷地把他带回来了。他连"临时户口"也不能上，是个"黑人"，我们留他在家住，等于"窝藏"了他。公安局随时可以来查户口，街道办事处的大妈也可能举报。当时人人自危，自顾不暇，儿子惹了这么一个麻烦，使我们非常为难。我和老伴把他叫到我们的卧室，对他的冒失行为表示很不满。我责备他："怎么事前也不和我们商量一下！"我的儿子哭了，哭得很委屈，很伤心。我们当时立刻明白了：他是对的，我们是错的。我们这种怕担干系的思想是庸俗的，我们对儿子和同学之间义气缺乏理解，对他的感情不够尊重。他的同学在我们家一直住了四十多天，才离去。

对儿子的几次恋爱，我采取的态度是"闻而不问"。了解，但不干涉。我们相信他自己的选择，他的决定。最后，他悄悄和一个小学时期女同学好上了，结了婚。有了一个女儿，已近七岁。

我的孩子有时叫我"爸"，有时叫我"老头子！"连我的孙女也跟着叫。我的亲家母说这孩子"没大没小"。我觉得一个现代的，充满人情味的家庭，首先必须做到"没大没小"。父母叫人敬畏，儿女"笔管条直"，最没有意思。

儿女是属于他们自己的。他们的现在，和他们的未来，都应由他们自己来设计。一个想用自己理想的模式塑造自己的孩子的父亲是愚蠢的，而且，可恶！另外作为一个父亲，应该尽量保持一点童心。

一九九〇年九月一日

随遇而安①

※

　　我当了一回右派，真是三生有幸。要不然我这一生就更加平淡了。

　　我不是一九五七年打成右派的，是一九五八年"补课"补上的，因为本系统指标不够。划右派还要有"指标"，这也有点奇怪。这指标不知是一个什么人所规定的。

　　一九五七年我曾经因为一些言论而受到批判，那是作为思想问题来批判的。在小范围内开了几次会，发言都比较温和，有的甚至可以说很亲切。事后我还是照样编刊物，主持编辑部的日常工作，还随单位的领导和几个同志到河南林县调查过一次民歌。那次出差，给我买了一张软席卧铺车票，我才知道我已经享受"高干"待遇了。第一次坐软卧，心里很不安。我们在洛阳吃了黄河鲤鱼，随即到林县的红旗渠看了两三天。凿通了太行山，把漳河水引到河南来，水在山腰的石渠中活活地流着，很叫人感动。收集了不少民歌。有的民歌很有农民式的浪漫主义的想象，如想到将来渠里可以有"水猪"、"水羊"，想到将来少男少女都会长得很漂亮。上了一次中岳嵩山。这里运载石料的交通工具主要是用人力拉的排子车，特别处是在车上装了一面帆，布帆受风，拉起来轻快得多。帆本是船上用的，这里却施之陆行的板车上，给我十分新鲜的印象。

---

　　① 初刊于《收获》一九九一年第二期，初收于《汪曾祺小品》。

我们去的时候正是桐花盛开的季节，漫山遍野摇曳着淡紫色的繁花，如同梦境。从林县出来，有一条小河。河的一面是峭壁，一面是平野，岸边密植杨柳，河水清澈，沁人心脾。我好像曾经见过这条河，以后还会看到这样的河。这次旅行很愉快，我和同志们也相处得很融洽，没有一点隔阂，一点别扭。这次批判没有使我觉得受了伤害，没有留下阴影。

一九五八年夏天，一天（我这人很糊涂，不记日记，许多事都记不准时间），我照常去上班，一上楼梯，过道里贴满了围攻我的大字报。要拔掉编辑部的"白旗"，措辞很激烈，已经出现"右派"字样。我顿时傻了。运动，都是这样：突然袭击。其实背后已经策划了一些日子，开了几次会，做了充分的准备，只是本人还蒙在鼓里，什么也不知道。这可以说是暗算。但愿这种暗算以后少来，这实在是很伤人的。如果当时量一量血压，一定会猛然增高。我是有实际数据的。"文化大革命"中我一天早上看到一批侮辱性的大字报，到医务所量了量血压，低压110，高压170。平常我的血压是相当平稳正常的，90—130。我觉得卫生部应该发一个文件：为了保障人民的健康，不要再搞突然袭击式的政治运动。

开了不知多少次批判会。所有的同志都发了言。不发言是不行的。我规规矩矩地听着，记录下这些发言。这些发言我已经完全都忘了，便是当时也没有记住，因为我觉得这好像不是说的我，是说的另外一个别的人，或者是一个根本不存在的，假设的，虚空的对象。有两个发言我还留下印象。我为一组义和团故事写过一篇读后感，题目是《仇恨·轻蔑·自豪》。这位同志说："你对谁仇恨？轻蔑谁？自豪什么？"我发表过一组极短的诗，其中有一首《早春》，原文如下：

> （新绿是朦胧的，飘浮在树杪，完全不像是叶子……）
> 远树的绿色的呼吸。

批判的同志说：连呼吸都是绿的了，你把我们的社会主义社会污蔑到了什么程度？！听到这样的批判，我只有停笔不记，愣在那里。我想辩解两句，行么？当时我想：鲁迅曾说费厄泼赖应该缓行，现在本来应该到了可行的时候，但还是不行。中国大概永远没有费厄的时候。所谓"大辩论"，其实是"大辩认"，他辩你认。稍微辩解，便是"态度问题"。态度好，问题可以减轻；态度不好，加重。问题是问题，态度是态度，问题大小是客观存在，怎么能因为态度如何而膨大或收缩呢？许多错案都是因为本人为了态度好而屈认，而造成的。假如再有运动（阿弥陀佛，但愿真的不再有了），对实事求是、据理力争的同志应予表扬。

开了多次会，批判的同志实在没有多少可说的了。那两位批判"仇恨·轻蔑·自豪"和"绿色的呼吸"的同志当然也知道这样的批判是不能成立的。批判"绿色的呼吸"的同志本人是诗人，他当然知道诗是不能这样引申解释的。他们也是没话找话说，不得已。我因此觉得开批判会对被批判者是过关，对批判者也是过关。他们也并不好受。因此，我当时就对他们没有怨恨，甚至还有点同情。我们以前是朋友，以后的关系也不错。我记下这两个例子，只是说明批判是一出荒诞戏剧，如莎士比亚说，所有的上场的人都只是角色。

我在一篇写右派的小说里写过："写了无数次检查，听了无数次批判，……她不再觉得痛苦，只是非常的疲倦。她想：定一个什么罪名，给一个什么处分都行，只求快一点，快一点过去，不要再开会，不要再写检查。"这是我的亲身体会。其实，问题只是那一些，只要写一次检查，开一次会，甚至一次会不开，就可以定案。但是不，非得开够了"数"不可。原来运动是一种疲劳战术，非得把人搞得极度疲劳，身心交瘁，丧失一切意志，瘫软在地上不可。我写了多次检查，一次比一次更没有内容，更不深刻，但是我知道，就要收场了，因为大家都累了。

结论下来了：定为一般右派，下放农村劳动。

我当时的心情是很复杂的。我在那篇写右派的小说里写道："……她带着一种奇怪的微笑。"我那天回到家里，见到爱人说，"定成右派了"，脸上就是带着这种奇怪的微笑的。我也不知道我为什么要笑。

我想起金圣叹。金圣叹在临刑前给人写信，说"杀头，至痛也，而圣叹于无意中得之，亦奇"。有人说这不可靠。金圣叹给儿子的信中说："字谕大儿知悉，花生米与豆腐干同嚼，有火腿滋味"，有人说这更不可靠。我以前也不大相信，临刑之前，怎能开这种玩笑？现在，我相信这是真实的。人到极其无可奈何的时候，往往会生出这种比悲号更为沉痛的滑稽感，鲁迅说金圣叹"化屠夫的凶残为一笑"，鲁迅没有被杀过头，也没有当过右派，他没有这种体验。

另一方面，我又是真心实意地认为我是犯了错误，是有罪的，是需要改造的。我下放劳动的地点是张家口沙岭子。离家前我爱人单位正在搞军事化，受军事训练，她不能请假回来送我。我留了一个条子："等我五年，等我改造好了回来。"就背起行李，上了火车。

右派的遭遇各不相同，有幸有不幸。我这个右派算是很幸运的，没有受多少罪。我下放的单位是一个地区性的农业科学研究所。所里有不少技师、技术员，所领导对知识分子是了解的，只是在干部和农业工人（也就是农民）的组长一级介绍了我们的情况（和我同时下放到这里的还有另外几个人），并没有在全体职工面前宣布我们的问题。不少农业工人不知道我们是来干什么的，只说是毛主席叫我们下来锻炼锻炼的。因此，我们并未受到歧视。

初干农活，当然很累。像起猪圈、刨冻粪这样的重活，真够一呛。我这才知道"劳动是沉重的负担"这句话的意义。但还是咬着牙挺过来了。我当时想：只要我下一步不倒下来，死掉，我就得拼命地干。大部分的农活我都干过，力气也增长了，能够扛一百七十斤重的一麻袋粮食稳稳地走上和地面成四十五度角那样陡的高跳。后来相对固定在果园上班。果园的活比较轻松，也比"大田"有意思。最常干的活是给果树喷波尔多液。硫酸铜加石灰，兑上适量的水，便是波尔多液，颜色浅蓝如晴空，很好看。喷波尔多液是为了防治果树病害，是常年要喷的。喷波尔多液是个细致活。不能喷得太少，太少了不起作用；不能太多，太多了果树叶子挂不住，流了。叶面、叶背都得喷到。许多工人没这个耐心，于是喷波尔多液的工作大部分落在我的头上，我成了喷波尔多液的能手。喷波尔多液次数多了，我的几件白衬衫都变成了浅蓝色。

我们和农业工人干活在一起，吃住在一起。晚上被窝挨着被窝睡在一铺大炕上。农业工人在枕头上和我说了一些心里话，没有顾忌。我这才比较切近地观察了农民，比较知道中国的农村，中国的农民是怎么一回事。这对我确立以后的生活态度和写作态度是很有好处的。

我们在下面也有文娱活动。这里兴唱山西梆子（中路梆子），工人里不少都会唱两句。我去给他们化妆。原来唱旦角的都是用粉妆，——鹅蛋粉、胭脂，黑锅烟子描眉。我改成用戏剧油彩，这比粉妆要漂亮得多。我勾的脸谱比张家口专业剧团的"黑"（山西梆子谓花脸为"黑"）还要干净讲究。遇春节，沙岭子堡（镇）闹社火，几个年轻的女工要去跑旱船，我用油底浅妆把她们一个个打扮得如花似玉，轰动一堡，几个女工高兴得不得了。我们和几个职工还合演过戏，我记得演过的有小歌剧《三月三》、崔嵬的独幕话剧《十六条枪》。一年除夕，在"堡"里演话剧，海报上特别标出一行字：

　　台上有布景

这里的老乡还没有见过个布景。这布景是我们指导着一个木工做的。演完戏，我还要赶火车回北京。我连妆都没卸干净，就上了车。

一九五九年底给我们几个人作鉴定，参加的有工人组长和部分干部。工人组长一致认为：老汪干活不藏奸，和群众关系好，"人性"不错，可以摘掉右派帽子。所领导考虑，才下来一年，太快了，再等一年吧。这样，我就在一九六〇年在交了一个思想总结后，经所领导宣布：摘掉右派帽子，结束劳动。暂时无接受单位，在本所协助工作。

我的"工作"主要是画画。我参加过地区农展会的美术工作（我用多种土农药在展览牌上粘贴出一幅很大的松鹤图，色调古雅，这里的美术中专的一位教员曾特别带着学生来观摩）；我在所里布置过"超声波展览馆"（"超声波"怎样用图像表现？声波是看不见的，没有办法，我就画了农林牧副渔多种产品，上面一律用圆规蘸白粉画了一圈又一圈同心圆）。我的"巨著"，是画了一套《中国马铃薯图谱》。这是所里给我的任务。

这个所有一个下属单位"马铃薯研究站"，设在沽源。为什么设在沽源？沽源在坝上，是高寒地区（有一年下大雪，沽源西门外的积雪跟城墙一般高）。马铃薯本是高寒地带的作物。马铃薯在南方种几年，就会退化，需要到坝上调种。沽源是供应全国薯种的基地，研究站设在这里，理所当然。这里集中了全国各地、各个品种的马铃薯，不下百来种。我在张家口买了纸、颜色、笔，带了在沙岭子新华书店买得的《癸巳类稿》、《十驾斋养新录》和两册《容斋随笔》（沙岭子新华书店进了这几种书也很奇怪，如果不是我买，大概永远也卖不出去），就坐长途汽车，奔向沽源。其时在八月下旬。

我在马铃薯研究站画《图谱》，真是神仙过的日子。没有领导，不用开会，就我一个人，自己管自己。这时正是马铃薯开花，我每天趁着露水，到试验田里摘几丛花，插在玻璃杯里，对着花描画。我曾经给北京的朋友写过一首长诗，叙述我的生活。全诗已忘，只记得两句：

坐对一丛花，

眸子炯如虎。

下午，画马铃薯的叶子。天渐渐凉了，马铃薯陆续成熟，就开始画薯块。画一个整薯，还要切开来画一个剖面。一块马铃薯画完了，薯块就再无用处，我于是随手埋进牛粪火里，烤烤，吃掉。我敢说，像我一样吃过那么多品种的马铃薯的，全国盖无第二人。

沽源是绝塞孤城。这本来是一个军台。清代制度，大臣犯罪，往往由帝皇批示"发往军台效力"，这处分比充军要轻一些（名曰"效力"，实际上大臣自己并不去，只是闲住在张家口，花钱雇一个人去军台充数）。我于是在《容斋随笔》的扉页上，用朱笔画了一方图章，文曰：

效力军台

白天画画，晚上就看我带去的几本书。

一九六二年初，我调回北京，在北京京剧团担任编剧，直至离休。

摘掉右派分子帽子，不等于不是右派了。"文革"期间，有人来外调，我写了一个旁证材料。人事科的同志在材料上加了批注：

该人是摘帽右派，所提供情况，仅供参考。

我对"摘帽右派"很反感，对"该人"也很反感。"该人"跟"该犯"差不了多少。我不知道我们的人事干部从什么地方学来的这种带封建意味的称谓。

"文化大革命"，我是本单位第一批被揪出来的，因为有"前科"。

"文革"期间给我贴的大字报，标题是：

老右派，新表演

我搞了一些时期"样板戏"，江青似乎很赏识我，但是忽然有一天宣布："汪曾祺可以控制使用。"这主要当然是因为我曾是右派。在"控制使用"的压力下搞创作，那滋味可想而知。

一直到一九七九年给全国绝大多数右派分子平反，我才算跟右派的影子告别。我到原单位去交材料，并向经办我的专案的同志道谢："为了我的问题的平反，你们做了很多工作，麻烦你们了，谢谢！"那几位同志说："别说这些了吧！二十年了！"

有人问我："这些年你是怎么过来的？"他们大概觉得我的精神状态不错，有些奇怪，想了解我是凭仗什么力量支持过来的。我回答：

"随遇而安。"

丁玲同志曾说她从被划为右派到北大荒劳动，是"逆来顺受"。我觉得这太苦涩了，"随遇而安"，更轻松一些。"遇"，当然是不顺的境遇，"安"，也是不得已。不"安"，又怎么着呢？既已如此，何不想开些。如北京人所说："哄自己玩儿。"当然，也不完全是哄自己。生活，是很好玩的。

随遇而安不是一种好的心态，这对民族的亲和力和凝聚力是会产生消极作用的。这种心态的产生，有历史的原因（如受老庄思想的影响），本人气质的原因（我就不是具有抗争性格的人），但是更重要的是客观，是"遇"，是环境的，生活的，尤其是政治环境的原因。中国的知识分子是善良的。曾被打成右派的那一代人，除了已经死掉的，大多数都还在努力地工作。他们的工作的动力，一是要实证自己的价值。人活着，总得做一点事。二是对生我养我的故国未免有情。但是，要恢复对在上者的信任，甚至轻信，恢复年青时的天真的热情，恐怕是很难了。他们对世事看淡了，看透了，对现实多多少少是疏离的。受过伤的心总是有疐的。人的心，是脆的。

这是没有办法的事。

为政临民者，可不慎乎。

一九九一年一月三十一日

我的家乡①
——自传体系列散文《逝水》之一

※

法国人安妮·居里安女士听说我要到波士顿，特意退了机票，推迟了行期，希望和我见一面。她翻译过我的几篇小说。我们谈了约一个小时，她问了我一些问题。其中一个是，为什么我的小说里总有水？即使没有写到水，也有水的感觉。这个问题我以前没有意识到过。是这样。这是很自然的。我的家乡是一个水乡，我是在水边长大的，耳目之所接，无非是水。水影响了我的性格，也影响了我的作品的风格。

我的家乡高邮在京杭大运河的下面。我小时候常常到运河堤上去玩（我的家乡把运河堤叫作"上河堆"或"上河埫"。"埫"字一般字典上没有，可能是家乡人造出来的字，音淌。"堆"当是"堤"的声转）。我读的小学的西面是一片菜园，穿过菜园就是河堤。我的大姑妈（我们那里对姑妈有个很奇怪的叫法，叫"摆摆"，别处我从未听过有此叫法）的家，出门西望，就看见爬上河堤的石级。这段河堤有石级，因为地名"御码头"，康熙或乾隆曾在此泊舟登岸（据说御码头夏天没有蚊子）。运河是一条"悬河"，河底比东堤下的地面高，据说河堤和墙垛子一般高，站在河堤上，可以俯瞰堤下街道房屋。我们几个同学，可以指认哪一处的

---

① 初刊于《作家》一九九一年第十期，初收于《旅食集》。

屋顶是谁家的。城外的孩子放风筝，风筝在我们脚下飘。城里人家养鸽子，鸽子飞起来，我们看到的是鸽子的背。几只野鸭子贴水飞向东，过了河堤，下面的人看见野鸭子飞得高高的。

我们看船。运河里有大船。上水的大船多撑篙。弄船的脱光了上身，使劲把篙子梢头顶上肩窝处，在船侧窄窄的舷板上，从船头一步一步走到船尾。然后拖着篙子走回船头，欸的一声把篙子投进水里，扎到河底，又顶着篙子，一步一步向船尾。如是往复不停。大船上用的船篙甚长而极粗，篙头如饭碗大，有锋利的铁尖。使篙的通常是两个人，船左右舷各一人；有时只一个人，在一边。这条船的水程，实际上是他们用脚一步一步走出来的。这种船多是重载，船帮吃水甚低，几乎要漫到船上来。这些撑篙男人都极精壮，浑身作古铜色。他们是不说话的，大都眉棱很高，眉毛很重。因为长年注视着流动的水，故目光清明坚定。这些大船常有一个舵楼，住着船老板的家眷。船老板娘子大都很年轻，一边扳舵，一边敞开怀奶孩子，态度悠然。舵楼大都伸出一支竹竿，晾晒着衣裤，风吹着啪啪作响。

看打鱼。在运河里打鱼的多用鱼鹰。一般都是两条船，一船八只鱼鹰。有时也会有三条、四条，排成阵势。鱼鹰栖在木架上，精神抖擞，如同临战状态。打鱼人把篙子一挥，这些鱼鹰就劈劈啪啪，纷纷跃进水里。只见它们一个猛子扎下去，眨眼工夫，有的就叨了一条鳜鱼上来——鱼鹰似乎专逮鳜鱼。打鱼人解开鱼鹰脖子上的金属的箍（鱼鹰脖子上都有一道箍，否则它就会把逮到的鱼吞下去），把鳜鱼扔进船里，奖给它一条小鱼，它就高高兴兴，心甘情愿地转身又跳进水里去了。有时两只鱼鹰合力抬起一条大鳜鱼上来，鳜鱼还在挣蹦，打鱼人已经一手捞住了。这条鳜鱼够四斤！这真是一个热闹场面。看打鱼的，鱼鹰都很兴奋激动，倒是打鱼人显得十分冷静，不动声色。

远远地听见嘣嘣嘣嘣的响声，那是在修船、造船。嘣嘣的声音是斧头往船板上敲钉。船体是空的，故声音传得很远。待修的船翻扣过来，底朝上。这只船辛苦了很久，它累了，它正在休息。一只新船造好了，油了桐油，过两天就要下水了。看看崭新的船，叫人心里高兴——生活是充满希望的。船场附近照例有打船钉的铁匠炉，丁丁当当。有碾石粉的碾子，石粉是填船缝用的。有卖牛杂碎的摊子。卖牛杂碎的是山东人。这种摊子上还卖锅盔（一种很厚很大的面饼）。

我们有时到西堤去玩。我们那里的人都叫它西湖，湖很大，一眼望不到边，很奇怪，我竟没有在湖上坐过一次船。湖西是还有一些村镇的。我知道一个地名，菱塘桥，想必是个大镇子。我喜欢菱塘桥这个地名，引起我的向往，但我不知道菱塘桥是什么样子。湖东有的村子，到夏天，就把耕牛送到湖西去歇伏。我所住的东大街上，那几天就不断有成队的水牛在大街上慢慢地走过。牛过后，留下很大的一堆一堆牛屎。听说是湖西凉快，而且湖西有茭草，牛吃了会消除劳乏，恢复健壮。我于是想象湖西是一片碧绿碧绿的茭草。

高邮湖中，曾有神珠。沈括《梦溪笔谈》载：

> 嘉祐中，扬州有一珠甚大，天晦多见。初出于天长县陂泽中，后转入甓社湖，又后乃在新开湖中，凡十余年，居民行人常常见之。余友人书斋在湖上，一夜忽见其珠甚近，初微开

其房，光自吻中出，如横一金线；俄顷忽张壳，其大如半席，壳中白光如银，珠大如拳，灿然不可正视。十余里间林木皆有影，如初日所照；远处但见天赤如野火，倏然远去，其行如飞，浮于波中，杳杳如日。古有明月之珠，此珠色不类月，荧荧有芒焰，殆类日光。崔伯易尝为《明珠赋》。伯易，高邮人，盖常见之。近岁不复出，不知所往。樊良镇正当珠往来处，行人至此，往往维船数宵以待现，名其亭为"玩珠"。

这就是"秦邮八景"的第一景"甓射珠光"。沈括是很严肃的学者，所言凿凿，又生动细微，似乎不容怀疑。这是个什么东西呢？是一颗大珠子？嘉祐到现在也才九百多年，已经不可究诘了。高邮湖亦称珠湖，以此。我小时学刻图章，第一块刻的就是"珠湖人"，是一块肉红色的长方形图章。

湖通常是平静的，透明的。这样一片大水，浩浩森森（湖上常常没有一只船），让人觉得有些荒凉，有些寂寞，有些神秘。

黄昏了。湖上的蓝天渐渐变成浅黄，橘黄，又渐渐变成紫色，很深很浓的紫色。这种紫色使人深深感动。我永远忘不了这样的紫色的长天。

闻到一阵阵炊烟的香味，停泊在御码头一带的船上正在烧饭。

一个女人高亮而悠长的声音：

"二丫头……回来吃晚饭来……"

像我的老师沈从文常爱说的那样，这一切真是一个圣境。

高邮湖也是一个悬湖。湖面，甚至有的地方的湖底，比运河东面的地面都高。

湖是悬湖，河是悬河，我的家乡随时处在大水的威胁之中。翻开县志，水灾接连不断。我所经历过的最大的一次水灾，是民国二十年。

这次水灾是全国性的。事前已经有了很多征兆。连降大雨，西湖水位增高，运河水平了漕，坐在河堤上可以"踢水洗脚"。有许多很"瘆人"的不祥的现象。天王寺前，虾蟆爬在柳树顶上叫。老人们说：虾蟆在多高的地方叫，大水就会涨得多高。我们在家里的天井里躺在竹床上乘凉，忽然拨剌一声，从阴沟里蹦出一条大鱼！运河堤上，龙王庙里香烛昼夜不熄。七公殿也是这样。大风雨的黑夜里，人们说是看见"耿庙神灯"了。耿七公是有这个人的，生前为人治病施药，风雨之夜，他就在家门前高旗杆上挂起一串红灯，在黑暗的湖里打转的船，奋力向红灯划去，就能平安到岸。他死后，红灯还常在浓云密雨中出现，这就是耿庙神灯——"秦邮八景"中的一景。耿七公是渔民和船民的保护神，渔民称之为七公老爷，渔民每年要做会，谓之七公会。神灯是美丽的，但同时也给人一种神秘的恐怖感。阴历七月，西风大作。店铺都预备了高挑灯笼——长竹柄，一头用火烤弯如钩状，上悬一个灯笼，轮流值夜巡堤。告警锣声不绝。本来平静的水变得暴怒了。一个浪头翻上来，会把东堤石工的丈把长的青石掀起来。看来堤是保不住了。终于，我记得是七月十三（可能记错），倒了口子。我们那里把决堤叫作倒口子。西堤四处，东堤六处。湖水涌入运河，运河水直灌堤东。顷刻之间，高邮成为泽国。

我们家住进了竺家巷一个茶馆的楼上（同时搬到茶馆楼上的还有几家），巷口外的东大街成了一条河，"河"里翻滚着箱箱柜柜，死猪死牛。"河"里行了船，会水的船家各处去救人（很多人家爬在屋顶上、树上）。

约一星期后，水退了。

水退了，很多人家的墙壁上留下了水印，高及屋檐。很奇怪，水印怎么擦洗也擦洗不掉。全县粮食几乎颗粒无收。我们这样的人家还不致挨饿，但是没有菜吃。老是吃慈姑汤，很难吃。比慈姑汤还要难吃的是芋头梗子做的汤。日本人爱喝芋梗汤，我觉得真不可理解。大水之后，百物皆一时生长不出，唯有慈姑芋头却是丰收！我在小学的教务处地上发现几个特大的蚂蟥，缩成一团，有拳头大，踩也踩不破！

我小时候，从早到晚，一天没有看见河水的日子，几乎没有。我上小学，倘不走东大街而走后街，是沿河走的。上初中，如果不从城里走，走东门外，则是沿着护城河。出我家所在的巷子南头，是越塘。出巷北，往东不远，就是大淖。我在小说《异秉》中所写的老朱，每天要到大淖去挑水，我就跟着他一起去玩。老朱真是个忠心耿耿的人，我很敬重他。他下水把水桶弄满（他两腿都是筋疙瘩——静脉曲张），我就拣选平薄的瓦片打水漂。我到一沟、二沟、三垛，都是坐船。到我的小说《受戒》所写的庵赵庄去，也是坐船。我第一次离家乡去外地读高中，也是坐船——轮船。

水乡极富水产。鱼之类，乡人所重者为鳊、白、鯚（鯚鱼即鳜鱼）。虾有青白两种。青虾宜炒虾仁，呛虾（活虾酒醉生吃）则用白虾。小鱼小虾，比青菜便宜，是小户人家佐餐的恩物。小鱼有名"罗汉狗子"、"猫杀子"者，很好吃。高邮湖蟹甚佳，以做醉蟹，尤美。高邮的大麻鸭是名种。我们那里八月中秋兴吃鸭，馈送节礼必有公母鸭成对。大麻鸭很能生蛋。腌制后即为著名的高邮咸蛋。高邮鸭蛋双黄者甚多。江浙一带人见面问起我的籍贯，答云高邮，多肃然起敬，曰："你们那里出咸鸭蛋。"好像我们那里就只出咸鸭蛋似的！

我的家乡不只出咸鸭蛋。我们还出过秦少游，出过散曲作家王磐，出过经学大师王念孙、王引之父子。

县里的名胜古迹最出名的是文游台。这是秦少游、苏东坡、孙莘老、王定国文酒游会之所。台基在东山（一座土山）上，登台四望，眼界空阔。我小时常凭栏看西面运河的船帆露着半截，在密密的杨柳梢头后面，缓缓移过，觉得非常美。有一座镇国寺塔，是个唐塔，方形。这座塔原在陆上，运河拓宽后，为了保存这座塔，留下塔的周围的土地，成了运河当中的一个小岛。镇国寺我小时还去玩过，是个不大的寺。寺门外有一堵紫色的石制的照壁，这堵照壁向前倾斜，却不倒。照壁上刻着海水，故名水照壁。寺内还有一尊肉身菩萨的坐像，是一个和尚坐化后漆成的。寺不知毁于何时。另外还有一座净土寺塔，明代修建。我们小时候记不住什么镇国寺、净土寺，因其一在西门，名之为西门宝塔；一在东门，便叫它东门宝塔。老百姓都是这么叫的。

全国以邮字为地名的，似只高邮一县。为什么叫作高邮？因为秦始皇曾在高处建邮亭。高邮是秦王子婴的封地，到今还有一条河叫子婴河，旧有子婴庙，今不存。高邮为秦代始建，故又名秦邮。外地人或以为这跟秦少游有什么关系，没有。

一九九一年六月二十日

我的家①
——自传体系列散文《逝水》之二

※

十年前我回了一次家乡，一天闲走，去看了看老家的旧址，发现我们那个家原来是不算小的。我家的大门开在科甲巷（不知道为什么这条巷子起了这么个名字，其实这巷里除了我的曾祖父中过一名举人，我的祖父中过拔贡外，没有别的人家有过功名），而在西边的竺家巷有一个后门。我的家即在这两条巷子之间。临街是铺面。从科甲巷口到竺家巷口，计有这么几家店铺：一家豆腐店，一家南货店，一家烧饼店，一家棉席店，一家药店，一家烟店，一家糕店，一家剃头店，一家布店。我们家在这些店铺的后面，占地多少平米我不知道，但总是不小的，住起来是相当宽敞的。

这所老宅子分作东西两截，或两区。东边住着祖父母（我们叫"太爷"、"太太"）和大房——大伯父一家。西边是二房（我的二伯母）和三房——我父亲的一家。东西地势相差约有三尺，由东边到西边要上几层台阶。

东边正屋的东边的套间住着太爷、太太，西边是大伯父和大伯母（我们叫"大爷"、"大妈"）。当中是一个堂屋，因为敬神祭祖都在这间堂屋里，所以叫作"正堂屋"。正堂屋北面靠墙是一个很大的"老爷柜"，即神案，但我们那里都叫作"老爷柜"，这东

---

① 初刊于《作家》一九九一年第十二期，初收于《汪曾祺散文随笔选集》。

西也确实是一个很长的大柜，当中和两边都有抽屉，下面还有钉了铜环的柜门。老爷柜上，当中供的是家神菩萨，左边是文昌帝君神位，右边是祖宗龛——一个细木雕琢的像小庙一样的东西，里面放着祖宗的牌位——神主。这正堂屋大概是我的曾祖父手里盖的，因为两边板壁上贴着他中秀才、中举人的报条。有年头了。原来大概是相当恢宏的。庭柱很粗，是"布灰布漆"的——木柱外涂瓦灰，裹以夏布，再施黑漆。到我记事时漆灰有多处已经剥落。这间老堂屋的铺地的箩底砖（方砖）的边角都磨圆了，而且特别容易返潮。天将下雨，砖地上就是潮乎乎的。若遇连阴天，地面简直像涂了一层油，滑的。我很小就知道"础润而雨"。用不着看柱础，从正堂屋砖地，就知道雨一时半会晴不了。一想到正堂屋，总会想到下雨，有时接连下几天，真是烦人。雨老不停，我的一个堂姐就会剪一个纸人贴在墙上，这纸人一手拿着簸箕，一手拿笤帚，风一吹，就摇动起来，叫"扫晴娘"。也真奇怪，扫晴娘扫了一天，第二天多少会放晴。

这间正堂屋的用处是：过年时敬神，清明祭祖。祭祖时在正中的方桌上放一大碗饭，这碗特别的大，有一个小号洗脸盆那样大，很厚，是白色的古瓷的，除了祭祖装饭外，不作别的用处。饭压得很实，鼓起如坟头，上面插了好多双红漆的筷子。筷子插多少双，是有定数的，这事总是由我的祖母做。另有四样祭菜。有一盘白切肉，一盘方块粉，——绿豆粉，切成名片大小，三分厚。这方块粉在祭祖后分给两房。这粉一点味道都没有，实在不好吃，所以我一直记得。其余两样祭菜已无印象。十月朝（旧历十月初一）"烧包子"，即北方的"送寒衣"。一个一个纸口袋，内装纸钱，包上写明各代考妣冥中收用，一袋一袋排在祭桌前，下面铺一层稻草。磕头之后，由大爷点火焚化。每年除夕，要在这方桌上吃一顿团圆饭。我们家吃饭的制度是：一口锅里盛饭，大房、三房都吃同一锅饭，以示并未分家；菜则各房自炒，又似分爨。但大年三十晚上，祖父和两房男丁要同桌吃一顿。菜都是太太手制的。照例有一大碗鸭羹汤。鸭丁、山药丁、慈姑丁合烩。这鸭羹汤很好吃，平常不做，据说是徽州做法。我们的老家是徽州（姓汪的很多人的老家都是徽州），我们家有些菜的做法还保持徽州传统。比如肉丸蘸糯米蒸熟，有些地方叫珍珠丸子或蓑衣丸子，我们家则叫"徽团"。

我对大堂屋有一点特殊的记忆，是我曾在这里当过一回孝子。我的二伯父（二爷）死得早，立嗣时经过一番讨论。按说应该由长房次子，我的堂弟曾炜过继，但我的二伯母（二妈）不同意，她要我，因为她和我的生母感情很好，从小喜欢我。我是次房长子，长子过继，不合古理。后来是定了一个折衷方案，曾炜和我都过继给二妈，一个是"派继"，一个是"爱继"。二妈死后，娘家提了一些条件，一是指定要用我的祖父的寿材盛殓。太爷五十岁时就打好了寿材，逐年加漆，漆皮已经很厚了。因为二妈是年轻守节，娘家提出，不能不同意。一是要在正堂屋停灵，也只好同意了（本来上有老人，是不该在正屋停灵的）。我和曾炜于是履行孝子的职责。亲视含殓（围着棺材走一圈），戴孝披麻，一切如制。最有意思的是逢七的时候得陪张牌李牌吃饭。逢七，鬼魂要回来接受烧纸，由两个鬼役送回来。这两个鬼役即张牌李牌。一个较大的方杌凳，两副筷子，一碟白肉，一碟豆腐，两杯淡酒。我和曾炜各用一个小板凳陪着坐一会。陪鬼役吃饭，我还是头一回。六七开吊，我是孝子一直在场，所以能看到全部过程。家里办丧事，气氛和平常全不一样，所有的人都变得庄严肃穆起来。开吊像是演一场戏，大家都演得很认真。"初献"、"亚献"、"终献"，有条不紊，节奏井然。最后是"点主"。点主要一个功名高的人。给我的二伯母点主的是一个叫李芳的翰林，外号李三麻子。"点主"是在神主上加点。神主（木制小牌位）事前写好"×孺人之神王"，李三麻子就位后，礼生喝道："凝神，想象，请加墨主。"李三麻子拈起一支新笔在"王"字上加一墨点。礼生再赞："凝神，想象，请加朱主。"李三麻子用朱笔在墨点上加一点。这样死者的魂灵就进入神主了。我对"凝神，想象"印象很深，因为这很有点诗意。其实李三麻子对我的二伯母无从想象，因为他根本没有见过我的二伯母。

正堂屋对面，隔一个天井，是穿堂。

穿堂对面原来有一排三开间的房子，是我的叔曾祖父的一个老姨太太住的。房子很旧了，屋顶上长了很多瓦松，隔扇上糊的白纸都已成了灰色。这位老姨太太多年衰病，总是躺着。这一排房子里听不到一点声音，非常寂静，只有这位老姨太太的女儿——我们叫她小姑奶奶，带着孩子来住一阵，才有一点活气。

老姨太太死了，她没有儿子，由我一个叔祖父过继给她。这位叔祖父行六，我们叫他六太爷。这是个很有风趣的人，很喜欢孩子。老姨太太逢七，六太爷要来守灵烧纸。烧了纸，他弄一壶酒，慢慢喝着，给孩子讲故事——说书，说"大侠甘凤池"，一直说到深夜。因此，我们总是盼着老姨太太逢七。

祖父过六十岁的头年，把东边的房屋改建了一下。正堂屋没动。穿堂加大了。老姨太太原来住的一排房子拆了，盖了一个"敞厅"。房屋翻盖的情况我还记得。先由瓦匠头、木匠头挖出整整齐齐的一方土，供在老爷柜上。破土后，请全体瓦木匠在正堂屋吃一次饭。这顿饭的特别处是有一碗泥鳅，泥鳅我们家是不进门的，但是请瓦木匠必得有这道菜，这是规矩。我觉得这规矩对瓦木匠颇有嘲讽意味。接着是上梁竖柱，放鞭炮，撒糕馒，如式。

敞厅的特点是敞，很宽敞。盖得后，祖父的六十大寿在这里布置过寿堂，宴过客，此外就没有怎么用过，平常总是空着。我的堂姐姐有时把两张方桌拼起来，在上面缝被子。

敞厅对面，一道砖墙之外，是花园。花园原来没有园名，祖父命之曰"民圃"，因为他字铭甫，取其谐音。我父亲选了两块方砖，刻了"民圃"，两个小篆，嵌在一个六角小门的额上。但是我们还是叫它花园，不叫民圃。祖父六十大寿时自撰了一副长联，末署"民圃叟六十自寿"，"民圃"字样也只在长联里出现过，别处没有用过。

西边半截的房屋大概是祖父手里盖的，格局较小，主要房屋只是两个堂屋，上堂屋和下堂屋。

上堂屋两边的套间，东侧是三房，西侧是二房。

我的二伯父早逝，我没有见过。他房间里的板壁上挂着他的八寸放大照片，半侧身，穿着一身古典燕尾服，前身无下摆，雪白的圆角硬领衬衫，一只胳臂夹着一根象牙头的短手杖，完全是年轻的英国绅士派头，很英俊。听我父亲说，二伯父是个性格很刚烈的人。他是新党，但崇拜的不是孙文而是黄兴。有一次历史教员（那时叫作"教习"）在课堂上讲了黄兴几句不恭敬的话，他上去就给了这个教员一个嘴巴。二伯父和我父亲那时都在南京读中学（旧制中学）。他的死也跟他的负气任性的脾气有关。放暑假从南京回来，路过镇江，带着行李，镇江车站的搬运工人敲了他们一下，索价很高。二伯父一生气，把几个人的行李绑在一起，一个人就背了起来。没有走几步，一口血吐在地上，从此不起。

二伯母守节有年，她变得有些古怪。我的小说《珠子灯》里所写的孙小姐的原型，就是我的二伯母。

她变得有点古怪了，她屋里的东西都不许人动。王常生活着的时候是什么样子，永远是什么样子，不许挪动一点。王常生用过的手表、座钟、文具，还有他养的一盆雨花石，都放在原来的位置。孙小姐原是个爱洁成癖的人，屋里的桌子、椅子、茶壶茶杯，每天都要用清水洗三遍。自从王常生死后，除了过年之前，她亲自监督着一个从娘家陪嫁过来的女佣人大洗一天之外，平常不许擦拭。里屋炕几上有一套茶具：一个白瓷的茶盘，一把茶壶，四个茶杯。茶杯倒扣着，上面落了细细的尘土。茶壶是荸荠形的扁圆的，茶壶的鼓肚子下面落不着尘土，茶盘里就清清楚楚留下一个干净的圆印子。

她病了，说不清是什么病。除了逢年过节起来几天，其余的时间都在床上躺着，整天地躺着，除了那个女佣人，没有人上她屋里去。

有一个人是常上她屋里去的，我。我去了，坐在她床前的机凳上，陪她一会儿。她精神好的时候，教我《长恨歌》、《西厢记·长亭》。

春风桃李花开日，

秋雨梧桐叶落时。

碧云天，

黄花地，

西风紧，

北雁南飞。

晓来谁染霜林醉，

都是离人泪。

　　也有的时候，她也会讲一点轻松一些的文学故事，念苏东坡嘲笑小妹的诗：

人前走不上三五步，

额头先到画堂前。

　　这样的时候，她脸上也会有一点笑意。她的记忆很好，教我念诗，都是背出来的。她背诗，抑扬顿挫，节奏很强，富于感情，因此她教过我的诗词，我一直记得很清楚。她的诗词，是邑中一个老名士教的。

　　她老是叫我坐在她床前吃东西，吃饭，吃点心。吃两口，她就叫我张开嘴让她看看。接着就自言自语："王二娘个猫，王二娘个猫，王二娘个猫。"不知道这是什么意思。她是王二娘，我是她的猫？有时我不在跟前，她一个人在屋里也叨咕："王二娘个猫，王二娘个猫。"

每年夏天，她要回娘家住一阵。归宁那天，且出不了房门哩。跨出来，转身又跨进去，跨出来，又跨进去。轿子等在大门口（她回娘家都是坐轿子），轿前两盏灯笼换了几次蜡烛，她还没跨出房门。

这种精神状态，我们那里叫作"魔"。

下堂屋左边是我父亲的画室，右边是"下房"，女佣人住的地方。

下堂屋南，一道花瓦墙外，即是花园，墙上也有一个小六角门。

开开六角门，是一片砖墁的平地。更南，是花厅。花厅是我们这所住宅里最明亮的屋子，南边一溜全是大玻璃窗，听说我父亲年轻时常请一些朋友来，在花厅里喝酒，唱戏，吹弹歌舞，到我记事的时候，就没有看过这种热闹。花厅也总是闲着。放暑假，我们到花厅里来做假期作业。每年做酱的时候，我的祖母在花厅里摊晾煮熟的黄豆和烤过的发面饼，让豆、饼长毛发酵。花厅外的砖地上有一口大缸，装着豆酱，一口浅缸，装着甜面酱。

砖地东面，是一个花台，种着四棵很大的腊梅花，主干都有碗口粗，每年开很多花。这种腊梅的花心是紫檀色的。按说"磬口檀心"是腊梅的名种，但是我们那里重白心的，叫作"冰心腊梅"，而将檀心者起一个不好听的名称，叫"狗心腊梅"。下雪之后，上树摘花，是我的事，腊梅的骨朵很密。相中一大枝，折下来，养在大胆瓶里，过年。

腊梅花的对面，是两棵桂花。一棵金桂，一棵银桂。每年秋天，吐蕊开花。桂花树下，长了一片萱草，也没人管它，自己长得很旺盛。萱花未尽开时摘下，阴干，我们那里叫作金针，北方叫作黄花菜。我小时最讨厌黄花菜，觉得淡而无味。到了北方，学做打卤面，才知道缺这玩意还不行。

　　桂花树后，是南北向的花瓦墙，墙上开一圆门，即北方所说的月亮门。

　　出圆门，是一畦菜地。我的祖母每年在这里种乌青菜，即上海人所说的塌苦菜。这块菜地土很瘦，乌青菜都不肥大，而茎叶液汁浓厚，旋摘煮食，味道极好，远胜市上买来的，叫作"起水鲜"。经霜后，叶缘皆作紫红色，尤其甜美。

　　菜畦左侧有一棵紫薇，一房多高，开花时乱红一片，晃人眼睛。游蜂无数，——齐白石爱画的那种大个的黑蜂，穿花抢蕊，非常热闹。西侧，有一座六角亭，可以小坐。

　　菜畦东边有一条砖路。砖路尽处是一棵木瓜，一棵矾杏，一棵柿树，都很少结果。

　　树之外，是一座船亭。这是祖父六十大寿头年盖的。船头向东，两边墙上各开了海棠形的窗户。祖父盖船亭，是为了"无事此静坐"，但是他只来坐过几次，平常不来，经常锁着。隔着正面的玻璃隔扇，可以看到里面铁梨木琴几上摆着几件彝器，几把檀木椅子，萧萧爽爽。

　　船亭对面，有一棵很大的柳树。挨着柳树，是一个高高的花坛。花坛上原来想是栽了不少花的，但因为无人料理，只剩下一棵石榴，一丛鱼儿牡丹。鱼儿牡丹开一串一串粉红的花，花作鸡心形，像是童话里的植物。

花坛对面，是土山。这座土山不知是哪年堆成的。这些土是从园里挖出的，还是从外面运进来的，均不知道。土山左脚，种了两棵碧桃，一棵白的，一棵浅红的。碧桃花其实是很好看的，花开得很繁茂，花期也长，应该对它珍贵一点，但是大家都不把它当回事，也许因为它花开得太多，也太容易养活了。土山正面，种了四棵香橼，每年都要结很多。香橼就是"橘逾淮南则为枳"的枳，但其实枳和橘是两种植物。香橼秋天成熟。香橼的香气很冲，不大好闻。但香橼花的气味是很好的，苦甜苦甜的。花白色，瓣微厚，五出深裂，如小酒盏，很好看。山顶有两棵龙爪槐，一在东，一在西。西边的一棵是我的读书树。我常常爬上去，在分杈的树干上靠好，带一块带筋的干牛肉或一块榨菜，一边慢慢嚼着，一边看小说。土山外隔一道墙是一个尼庵，靠在树上可以看见小尼姑从井里汲水浇菜。这尼庵的尼姑是带发修行的，因此我看的小尼姑是一头黑发。

从土山东边下山，是一片空地。空地上有一口很大的缸，养着很大的金鱼，这是大伯父养的。因此，在我们的印象里这一边是大爷的地方。但是我们并未分家，小孩子是可以自由来去的。

金鱼缸的西北边有一架紫藤。盛花时，紫云拂地。花谢，垂下一根一根长长的刀豆。

鱼缸正北，一棵白丁香，一棵紫丁香。

丁香之左，一片紫鸢。

往南，墙边一丛金雀花。

紫鸢的东边，荒草而已。这片草地每年下面结不少甘露，我们那里叫作螺蛳菜或宝塔菜。甘露洗净后装白布袋，可入甜面酱缸腌渍。

草地之东有一排很大的冬青树。夏天开密密的小白花，也有香味。秋后结了很多紫色的胡椒粒大的果实。

冬青之外，是"草房"，堆草的屋子。我们那里烧草——芦柴，一次要置很多担草，垛积在一排空屋里。

冬青的北面，是花房，房顶南檐是玻璃盖的，原是大爷养花的地方，但他后来不养花了，花房就空着。一壁挂着一个老鹰风筝。据我父亲说这个老鹰是独脑线的，——只有一根脑线。老鹰风筝是大爷年轻时放过的。听我父亲说，放上去之后，曾有真的老鹰和它打过架。空空的花房里只有两盆颇大的夹竹桃。夹竹桃红花殷殷的，我忽然觉得有些紧张，因为天忽然黑下来了，只有我一个人，在空空的花园里。

听大人说，这花园里有一个白胡子老头。这白胡子老头是神仙？还是妖怪？但是，晚上是没有人到花园里去的，东边和西边的小六角门都上了铁锁。

我们这座花园实在很难叫作花园，没有精心安排布置过，草木也都是随意种植的，常有一点半自然的状态。但是这确是我童年的乐园，我在这里掏过很多蟋蟀，捉过知了、天牛、蜻蜓，捅过马蜂窝，——这马蜂窝结在冬青树上，有蒲扇大！

一九九一年九月十九日

我的父亲①

——自传体系列散文《逝水》之四

※

　　我父亲行三。我的祖母有时叫他的小名"三子"。他是阴历九月初九重阳节那天生的，故名菊生（我父亲那一辈生字排行，大伯父名广生，二伯父名常生），字淡如。他作画时有时也题别号：亚痴、灌园生……他在南京读过旧制中学。所谓旧制中学大概是十年一贯制的学堂。我见过他在学堂时用过的教科书，英文是纳氏文法，代数几何是线装的有光纸印的，还有"修身"什么的。他为什么没有升学，我不知道。"旧制中学生"也算是功名。他的这个"功名"我在我的继母的"铭旌"上见过，写的是扁宋体的泥金字，所以记得。什么是"铭旌"，看《红楼梦》贾府办秦可卿丧事那回就知道，我就不噜苏了。

　　我父亲年轻时是运动员。他在足球校队踢后卫。他是撑杆跳选手，曾在江苏全省运动会上拿过第一。他又是单杠选手。我还见过他在天王寺外边驻军所设置的单杠上表演过空中大回环两周，这在当时是少见的。他练过武术，腿上带过铁砂袋。练过拳，练过刀、枪。我见他施展过一次武功。我初中毕业后，他陪我到外地去投考高中。在小轮船上，一个初来的侦缉队以检查为名勒索乘客的钱财。我父亲一掌，把他打得一溜跟头，从船上退过跳板，一屁股坐

---

① 初刊于《作家》一九九二年第八期，初收于《汪曾祺散文随笔选集》。

在码头上。我父亲平常温文尔雅，我还没见过他动手打人，而且，真有两下子！我父亲会骑马。南京马场有一匹烈马，咬人，没人敢碰它，平常都用一截粗竹筒套住它的嘴。我父亲偷偷解开缰绳，一骗腿骑了上去。一趟马道子跑下来，这马老实了。父亲还会游泳，水性很好。这些，我都不知道他是什么时候学的。

从南京回来后，他玩过一个时期乐器。他到苏州去了一趟，买回来好些乐器，笙箫管笛、琵琶、月琴、拉秦腔的胡胡、扬琴，甚至还有大小唢呐，唢呐我从未见他吹过。这东西吵人，除了吹鼓手、戏班子，一般玩乐器人都不在家里吹。一把大唢呐，一把小唢呐（海笛）一直放在他的画室柜橱的抽屉里。我们孩子们有时翻出来玩。没有哨子，吹不响，只好把铜嘴含在嘴里，自己呜呜作声，不好玩！他的一枝洞箫、一枝笛子，都是少见的上品。洞箫箫管很细，外皮作殷红色，很有年头了。笛子不是缠丝涂了一节一节黑漆的，是整个笛管擦了荸荠紫漆的，比常见的笛子管粗。箫声幽远，笛声圆润。我这辈子吹过的箫笛无出其右者。这两枝箫笛不是从乐器店里买的，是花了大价钱从私人手里买的。他的琵琶是很好的，但是拿去和一个理发店里换了。他拿回理发店的那面琵琶又脏又旧、油里咕叽的。我问他为什么要换了这么一面脏琵琶回来，他说："这面琵琶声音好！"理发店用一面旧琵琶换了他的几乎是全新的琵琶，当然乐意。不论什么乐器，他听听别人演奏，看看指法，就能学会。他弹过一阵古琴，说：都说古琴很难，其实没有什么。我的一个远房舅舅，有一把一个法国神父送他的小提琴，我父亲跟他借回来，鼓揪鼓揪，几天工夫，就能拉出曲子来。据我父亲说：乐器里最难，最要功夫的，是胡琴。别看它只有两根弦，很简单，越是简单的东西越不好弄。他拉的胡琴我拉不了，弓子硬，马尾多，滴的松香很厚，松香拉出一道很窄的深槽，我一拉，马尾就跑到深槽的外面来了。父亲不在家的时候我有时使劲拉一小段，我父亲一看松香就知道我动过他的胡琴了。他后来不大摆弄别的乐器了，只有胡琴是一直拉着的。

摒挡丝竹以后，父亲大部分时间用于画画和刻图章。他画画并无真正的师承，只有几个画友。画友中过从较密的是铁桥，是一个和尚，善因寺的方丈。我写的小说《受戒》里的石桥，就是以他为原型的。铁桥曾在苏州邓尉山一个庙里住过，他作画有时下款题为"邓尉山僧"。我父亲第二次结婚，娶我的第一个继母，新房里就挂了铁桥的一个条幅，泥金纸，上角画了几枝桃花，两只燕子，款题"淡如仁兄嘉礼弟铁桥写贺"。在新房里挂一幅和尚的画，我的父亲可谓全无禁忌；这位和尚和俗人称兄道弟，也真是不拘礼法。我上小学的时候，就觉得他们有点"胡来"。这条画的两边还配了我的一个舅舅写的一副虎皮宣的对子："蝶欲试花犹护粉，莺初学啭尚羞簧"，我后来懂得对联的意思了，觉得实在很不像话！铁桥能画，也能写。他的字写石鼓，画法任伯年。根据我的印象，都是相当有功力的。我父亲和铁桥常来往，画风却没有怎么受他的影响。也画过一阵工笔花卉。我们那里的画家有一种理论，画画要从工笔入手，也许是有道理的。扬州有一位专画菊花的画家，这位画家画菊按朵论价，每朵大洋一元。父亲求他画了一套菊谱，二尺见方的大册页。我有个姑太爷，也是画画的，说："像他那样的玩法，我们玩不起！"兴化有一位画家徐子兼，画猴子，也画工笔花卉。我父亲也请他画了一套册页。有一开画的是罂粟花，薄瓣透明，十分绚丽。一开是月季，题了两行字："春水蜜波为花写照"。"春水"、"蜜波"是月季的两个品种，我觉得这名字起得很美，一直不忘。我见过父亲画工笔菊花，原来花头的颜色不是一次敷染，要"加"几道。扬州有菊花名种"晓色"，父亲说这种颜色最不好画。"晓色"，很空灵，不好捉摸。他画成了，我一看，是晓色！他后来改了画写意，用笔略似吴昌硕，照我看，我父亲的画是有功力的，但是"见"得少，没有行万里路，多识大家真迹，受了限制。他又不会作诗，题画多用前人陈句，故布局平稳，缺少创意。

父亲刻图章，初宗浙派，清秀规矩。他年轻时刻过一套《陋室铭》印谱，有几方刻得不错，但是过于著意，很拘谨。有"兰带"、"折钉"，都是"做"出来的。有一方"草色入帘青"是双钩，我小时觉得很好看，稍大，即觉得纤巧小气。《陋室铭》印谱只是他初学刻印的成绩。三十多岁后，渐渐豪放，以治汉印为主。他有一套端方的《匋斋印存》，经常放在案头。有时也刻浙派小印。我记得他给一个朋友张仲陶刻过一块青田冻石小长方印，文曰"中匋"，实在漂亮。"中匋"两字也很好安排。

刻印的人多喜藏石。父亲的石头是相当多的，他最心爱的是三块田黄。我在小说《岁寒三友》中写的靳彝甫的三块田黄，实际上写的是我父亲的三块图章。

他盖章用的印泥是自己做的。用的是"大劈砂"，这是朱砂里最贵重的。大劈砂深紫色的，片状，制成印泥，鲜红夺目。他说见过一些明朝画，纸色已经灰暗，而印色鲜明不变。大劈砂盖的图章可以"隐指"，即用手指摸摸，印文是鼓出的。他的画室的书橱里摆了一列装在玻璃瓶的大劈砂和陈年的蓖麻子油，蓖麻油是调印色用的。

我父亲手很巧，而且总是活得很有兴致。他会做各种玩意。元宵节，他用通草（我们家开药店，可以选出很大片的通草）为瓣，用画牡丹的西洋红（西洋红很贵，齐白石作画，有一个时期，如用西洋红，是要加价的）染出深浅，做成一盏荷花灯，点了蜡烛，比真花还美。他用蝉翼笺染成浅绿，以铁丝为骨，做了一盏纺织娘灯，下安细竹棍。我和姐姐提了，举着这两盏灯上街，到邻居家串门，好多人围着看。清明节前，他糊风筝。有一年糊了一只蜈蚣（我们那里叫"百脚"），是绢糊的。他用药店里称麝香用的小戥子约蜈蚣两边的鸡毛，——鸡毛必须一样重，否则上天就会打滚。他放这只蜈蚣不是用的一般线，是胡琴的老弦。我们那里用老弦放风筝的，家父实为第一人。（用老弦放风筝，风筝可以笔直地飞上去，没有"肚子"。）他带了几个孩子在傅公桥麦田里放风筝。这时麦子尚未"起身"，是不怕踩的，越踩越旺。春服既成，惠风和畅，我父亲这个孩子头带着几个孩子，在碧绿的麦垄间奔跑呼叫，为乐如何？我想念我的父亲（我现在还常常梦见他），想念我的童年，虽然我现在是七十二岁，皤然一老了。夏天，他给我们糊养金铃子的盒子。他用钻石刀把玻璃裁成一小块一小块，再合拢，接缝处用皮纸浆糊固定，再加两道细蜡笺条，成了一只船、一座小亭子、一个八角玲珑玻璃球，里面养着金铃子。隔着玻璃，可以看到金铃子在里面爬，吃切成小块的梨，张开翅膀"叫"。秋天，买来拉秧的小西瓜，把瓜瓤掏空，在瓜皮上镂刻出很细致的图案，做成几盏西瓜灯。西瓜灯里点了蜡烛，撒下一片绿光。父亲鼓捣半天，就为让孩子高兴一晚上。我的童年是很美的。

我母亲死后，父亲给她糊了几箱子衣裳，单夹皮棉，四时不缺。他不知从哪里搜罗来各种颜色，砑出各种花样的纸。听我的大姑妈说，他糊的皮衣跟真的一样，能分出滩羊、灰鼠。这些衣服我没看见过，但他用剩的色纸，我见过。我们用来折"手工"。有一种纸，银灰色，正像当时时兴的"慕本缎子"。

我父亲为人很随和，没架子。他时常周济穷人，参与一些有关公益的事情。因此在地方上人缘很好。民国二十年发大水，大街成了河。我每天看见他蹚着齐胸的水出去，手里横执了一根很粗的竹篙，穿一身直罗褂，他出去，主要是办赈济。我在小说《钓鱼的医生》里写王淡人有一次乘了船，在腰里系了铁链，让几个水性很好的船工也在腰里系了铁链，一头拴在王淡人的腰里，冒着生命危险，渡过激流，到一个被大水围困的孤村去为人治病。这写的实际是我父亲的事。不过他不是去为人治病，而是去送"华洋义赈会"发来的面饼（一种很厚的面饼，山东人叫"锅盔"）。这件事写进了地方上人送给我祖父的六十寿序里，我记得很清楚。

父亲后来以为人医眼为职业。眼科是汪家祖传。我的祖父、大伯父都会看眼科。我不知道父亲懂眼科医道。我十九岁离开家乡，离乡之前，我没见过他给人看眼睛。去年回乡，我的妹婿给我看了一册父亲手抄的眼科医书，字很工整，是他年轻时抄的。那么，他是在眼科上下过功夫的。听说他的医术还挺不错。有一个邻居的孩子得了眼疾，双眼肿得像桃子，眼球红得像大红缎子。父亲看过，说不要紧。他叫孩子的父亲到阴城（一片乱葬坟场，很大，很野，据说韩世忠在这里打过仗）去捉两个大田螺来。父亲在田螺里倒进两管鹅翎眼药，两撮冰片，把田螺扣在孩子的眼睛上。过了一会田螺壳裂了。据那个孩子说，他睁开眼，看见天是绿的。孩子的眼好了，一生没有再犯过眼病。田螺治眼，我在任何医书上没看见过，也没听说过。这个"孩子"现在还在，已经五十几岁了。是个理发师傅。去年我回家乡，从他的理发店门前经过，那天，他又把我父亲给他治眼的经过，向我的妹婿详细地叙述了一次。这位理发师傅希望我给他的理发店写一块招牌。当时我很忙，没有来得及给他写。我会给他写的。一两天就写了托人带去。

我父亲配制过一次眼药。这个配方现在还在，但是没有人配得起，要几十种贵重的药，包括冰片、麝香、熊胆、珍珠……珍珠要是人戴过的。父亲把祖母帽子上的几颗大珠子要了去。听我的第二个继母说，他制药极其虔诚，三天前就洗了澡（"斋戒沐浴"），一个人住在花园里，把三道门都关了，谁也不让去。

父亲很喜欢我。我母亲死后，他带着我睡。他说我半夜醒来就笑。那时我三岁（实年）。我到江阴去投考南菁中学，是他带着我去的。住在一个茶庄的栈房里，臭虫很多。他就点了一支蜡烛，见有臭虫，就用蜡烛油滴在它身上。第二天我醒来，看见席子上好多好多蜡烛油点子。我美美地睡了一夜，父亲一夜未睡。我在昆明时，他还在信封里用玻璃纸包了一小包"虾松"寄给我过。我父亲很会做菜，而且能别出心裁。我的祖父春天忽然想吃螃蟹。这时候哪里去找螃蟹？父亲就用瓜鱼（即水仙鱼），给他伪造了一盘螃蟹，据说吃起来跟真螃蟹一样。"虾松"是河虾剁成米大小粒，掺以小酱瓜丁，入温油炸透。我也吃过别人做的"虾松"，都比不上我父亲的手艺。

我很想念我的父亲。现在还常常做梦梦见他。我的那些梦本和他不相干，我梦里的那些事，他不可能在场，不知道怎么会搀和进来了。

一九九二年五月二十八日

我的母亲①
——自传体系列散文《逝水》之五

※

我父亲结过三次婚。

我的生母姓杨。我不知道她的学名。杨家不论男女都是排行的。我母亲那一辈"遵"字排行，我母亲应该叫杨遵什么。前年我写信问我的姐姐，我们的母亲叫什么。姐姐回信说：叫"强四"。我觉得很奇怪，怎么叫这么个名呢？是小名么？也不大像。我知道我母亲不是行四。一个人怎么会连自己母亲的名字都不知道呢？因为我母亲活着的时候我太小了。

我三岁的时候，母亲就故去了。我对她一点印象都没有。她得的是肺病，病后即移住在一个叫"小房"的房间里，她也不让人把我抱去看她。我只记得我父亲用一个煤油箱自制了一个炉子，煤油箱横放着，有两个火口，可以同时为母亲熬粥，熬参汤、燕窝，另外还记得我父亲雇了一只船陪她到淮城去就医，我是随船去的。我记得小船中途停泊时，父亲在船头钓鱼，我记得船舱里挂了好多大头菜。我一直记得大头菜的气味。

我只能从母亲的画像看看她。据我的大姑妈说，这张像画得很像。画像上的母亲很瘦，眉尖微蹙。样子和我的姐姐很相似。

我母亲是读过书的。她病倒之前每天还写一张大字。我曾在我

---

① 初刊于《作家》一九九三年第二期，初收于《汪曾祺散文随笔选集》。

父亲的画室里找出一摞母亲写的大字，字写得很清秀。

前年我回家乡，见着一个老邻居，她记得我母亲。看见过我母亲在花园里看花。——这家邻居和我们家的花园只隔一堵短墙。我母亲叫她"小新娘子"。"小新娘子，过来过来，给你一朵花戴。"我于是好像看见母亲在花园里看花，并且觉得她对邻居很和善。这位"小新娘子"已经是八十多岁的老太太了！

我还记得我母亲爱吃京冬菜。这东西我们家乡是没有的，是托做京官的亲戚带回来的，装在陶制的罐子里。

我母亲死后，她养病的那间"小房"锁了起来，里面堆放着她生前用的东西，全部嫁妆，——"摞橱"、皮箱和铜火盆，朱漆的火盆架子……我的继母有时开锁进去，取一两样东西，我跟着进去看过。"小房"外面有一个小天井。靠南有一个秋叶形的小花台。花台上开了一些秋海棠。这些海棠自开自落，没人管它。花很伶仃，但是颜色很红。

我的第一个继母娘家姓张。她们家原来在张家庄住，是个乡下财主。后来在城里盖了房子，才搬进城来。房子是全新的，新砖，新瓦，油漆的颜色也都很新。没有什么花木，却有一片很大的桑园。我小时就觉得奇怪，又不养蚕，种那么多桑树做什么？桑树都长得很好，干粗叶大，是湖桑。

我的继母幼年丧母，她是跟姑妈长大的，姑妈家姓吴。继母的姑妈年轻守寡。她住的房子二梁上挂着一块匾，朱地金字："松贞柏节"，下款是"大总统题"。这大总统不知是谁，是袁世凯？还是黎元洪？吴家家境不富裕，住的房子是张家的三间偏房。老姑奶奶有两个儿子，一个叫大和子，一个叫小和子。两个儿子都没上学校，念了几年私塾，专学珠算。同年龄的少年学"鸡兔同笼"，他们却每天打"归除"、"斤求两，两求斤"。他们是准备到钱庄去学生意的。

我的继母归宁，也到她的继母屋里坐坐，但大部分时间都在这三间偏房里和姑妈在一起。我父亲到老丈人那边应酬应酬，说些淡话，也都在"这边"陪姑妈闲聊。直到"那边"来请坐席了，才过去。

继母身体不好。她婚前咳嗽得很厉害，和我父亲拜堂时是服用了一种进口的杏仁露压住的。

她是长女，但是我的外公显然并不钟爱她。她的陪嫁妆奁是不丰的。她有时准备出门作客，才戴一点首饰。比较好的首饰是副翡翠耳环。有一次，她要带我们到外公家拜年，她打扮了一下，换了一件灰鼠的皮袄。我觉得她一定会冷。这样的天气穿一件灰鼠皮袄怎么行呢？然而她只有一件皮袄。我忽然对我的继母产生一种说不出来的感情。我可怜她，也爱她。

后娘不好当。我的继母进门就遇到一个局面，"前房"（我的生母）留下三个孩子：我姐姐，我，还有一个妹妹。这对于"后娘"当然会是沉重的负担。上有婆婆，中有大姑子、小姑子，还有一些亲戚邻居，她们都拿眼睛看着，拿耳朵听着。

也许我和娘（我们都叫继母为娘）有缘，娘很喜欢我。

她每次回娘家，都是吃了晚饭才回来。张家总是叫了两辆黄包车，姐姐和妹妹坐一辆，娘搂着我坐一辆。张家有个规矩（这规矩是很多人家都有的），姑娘回自己婆家，要给孩子手里拿两根点着了的安息香。我于是拿着两根安息香，偎在娘怀里。黄包车慢慢地走着。

两旁人家、店铺的影子向后移动着，我有点迷糊。闻着安息香的香味，我觉得很幸福。

小学一年级时，冬天，有一天放学回家，我大便急了，憋不住，拉在裤子里了（我记得我拉的屎是热腾腾的）。我兜着一裤兜屎，一扭一扭地回了家。我的继母一闻，二话没说，赶紧烧水，给我洗了屁股。她把我擦干净了，让我围着棉被坐着。接着就给我洗衬裤刷棉裤。她不但没有说我一句，连眉头都没有皱一下。

我妹妹长了头虱，娘煎了草药给她洗头，用篦子给她篦头发。张氏娘认识字，念过《女儿经》。《女儿经》有几个版本，她念过的那本，她从娘家带了过来，我看过。里面有这样的句子："张家长，李家短，别人的事情我不管。"她就是按照这一类道德规范做人的。她有时念经：《金刚经》、《心经》、《高王经》。她是为她的姑妈念的。

她做的饭菜有些是乡下做法，比如番瓜（南瓜）熬面疙瘩、煮百合先用油炒一下。我觉得这样的吃法很怪。

她死于肺病。

我的第二个继母姓任。任家是邵伯大地主，庄园有几座大门，庄园外有壕沟吊桥。

我父亲是到邵伯结的婚。那年我已经十七岁，读高二了。父亲写信给我和姐姐，叫我们去参加他的婚礼。任家派一个长工推了一辆独轮车到邵伯码头来接我们。我和姐姐一人坐一边。我第一次坐这种独轮车觉得很有趣。

我已经很大了，任氏娘对我们很客气，称呼我是"大少爷"。我十九岁离开家乡到昆明读大学。一九八六年回乡，这时娘才改口叫我"曾祺"。——我这时已经六十六岁，也不是什么"少爷"了。

我对任氏娘很尊敬。因为她伴随我的父亲度过了漫长的很艰苦的沧桑岁月。

她今年八十六岁。

一九九二年七月十一日

背东西的兽物①

※

毛姆描写过中国山地背运货物的伕子，从前读过，印象极为深刻，不过他称那种人为"负之兽"，觉得不免夸饰，近于舞文弄墨，而且取义殊为卑浅，令人稍稍有点反感。及至后来到了内地，在云南看到那边的脚夫，虽不能确定毛姆所见即是这一种人，但这种人若加之以毛姆那个称呼是极贴当而宜朴的，我那点反感没有了，而且隐然对他有了一种谢意。

人在活动行进之中如果骤然煞住，问一问我在这里到底是在干点儿甚么呢，大概不会有肯定答案的，都如毛姆所引庄子的那一段话中说的那样，疲疲役役，过了一生，但这一种人是问也用不着问，（别人不大会代他们问，他们自己当然不可能发问，）看一看就知道真是甚么"意义"都没有，除了背东西就没有生活了。用得着一个套语：从今天背到明天，从今年背到明年。但毛姆说他们是兽物还不是象征说法，是极其写实的，他们不但没有"人"的意义，而且也没有人形。

在我们学校旁边那条西风古道上时常可以看到他们，大都是一队一队的，少者三个五个，多的十个八个，沉默着，埋着头，一步一步走来。照例凡是使用气力做活的人多半要发出声音，或唱歌，或是"打号子"，用以排遣单调，鼓舞精力，而这种人是

---

① 初刊于一九四八年二月一日《大公报》，初收于北师大版《汪曾祺全集》第三卷。

一声也不出的，他们的嘴闭得很紧。说是"埋头"，每令人想到"苦干"，他们的埋头可不是表示发愤为雄，是他们的工作教他们不得不埋头。他们背东西都使用一个底锐、口广、深身、略呈斗斛状的竹篮。这东西或称为背篓，但有一种细竹所编，有两耳可跨套于肩臂，而且有个盖子，做得相当精致的竹篮，像昆明收旧货女人所用的那一种，也称为背篓，而他们用的是极其粗率的简陋的。背篓上高高装了货物。货物的范围很窄，虽然有时也背盐巴、松板、石块、米粮等物，大多是两样东西，柴和炭。柴，有的粗块，有的是寸径树条，也有连枝带叶的小棒子；有专背松毛的，马尾松针晒干，用以引火助燃，此地人谓之松毛，但那多是女人，且多不用背篓，捆扎成一大包而背着。炭都是横着一根一根的叠起来。柴炭都叠得很高，防它倒散，多用绳索络住。背篓上有一根棕丝所织扁带子，背即背的这一根带子。严格说不应当说是背，应当说是"顶"，他们用脑门子顶着那一根带子。这样他们不得不硬着头皮，不得不埋着头了。头稍平置，篓子即会滑脱的。柴炭从山中来，山路不便挑扛，所以才用这种特殊方法负运。他们上山下山，全身都用气力，而颈部用力尤多，所以都有极其粗壮，粗壮到变形的脖子。这样粗壮的脖子前面又多半挂了个瘿袋，累累然有如一个肉桂色的柚子。在颈子上都套着一个木板，形式如半个刑枷，毛姆似乎称之为"轭"的，这也并非故意存有暗示，真的跟耕田引车的牛头上那一个东西全无二致，而且一定是可以通互应用的。在手里，他们都提着一根杖。这根杖不知道叫甚么名堂，齐腰那么高，顶头有个月牙形的板，平着连着那根杖。这根杖用处很大，爬坡上坡，路稍陡直，用以撑杖，下雨泥滑，可防蹶倒，打站歇力时尤其用得着它，如同常说，是第三条腿。他们在路上休息时并不把背篓取下，取下时容易，再上肩费事，为养歇气力而花更大的气力，犯不着，只用那一根杖舒到后面，根着地，背篓放在月牙形手板上，自己稍为把腰伸起，两腿分开，微借着一点力而靠那么一会儿就成了。休息时要小便，也就是这么直着腰。他们一路走走歇歇，到了这儿，并没有一点载欣载奔的喜意，虽然前面马上就要到了。进了前面那个小小牌楼，就是西门，西门里就是省城了，省城是烧去他们背上的柴炭的地方，可是看不出他们对于这个日渐新兴起来的古城有甚么感情。小牌楼外有一片长长的空地，长了一点草，倒了一点垃圾，有人和狗拉的屎，他们在那里要休息相当时候。午前午后往来，都可以看得见许多这种人长长的一溜坐着，这时，他们大都把背上载着的重物卸放在墙根了，要吃饭，总不能吃饭时也顶着。

柴不知怎么卖，有没有人在路上喊住他们论价买去呢？炭则大都是交到行庄，由炭商接下来，剔选一道，整理整理，用装了石粉的布包在上面拍得一层白，漂漂亮亮的，再成斤作担卖与人家。老板卖出去的价钱跟向他们买的价钱相差多少，他们永远也无法晓得，至于这些炭怎么烧去，则更不在他们想象之内了。

他们有的科头，有的戴了一顶粗毡碗形帽子，这顶帽子吃了许多油汗，而且一定时常在吃进油汗时教他们头皮作痒。身上衣服有的是布的。但不管是甚么布衣绝对没有在他们身上新过，都是买现成的旧衣，重重补缀上身。城里有许多"收旧衣烂衫"男人女人，收了去在市集上卖，主顾里包括有这种人，虽然他们不是重要的，理想的，尤其是顶不是爽气的，只不过是最可欺骗的主顾。他们是一定买最破最烂的，而且衣服形形色色都有，他们把衣服的分类都简化了，在你是绝对不相同的，在他们是一样的。更多的是穿麻布衣服。这种麻不知是不是他们自己织的，保留最古粗的样子，印在陶器上的布纹比这还要细密些。每一经纬有铺子扎东西的索子那么粗，只是单薄一点。自然是原色，麻白色。昆明气候好，冬天也少霜雪，但天方发白的山路上总是恻恻的有风的，而有些背柴炭人还是穿一层单麻布衣服。这身衣服像一个壳子似的套在身上，仿佛跟他们的身体分不开，而又显然不是身体的一部分，跟身体离得很远，没有一处贴合，那种淡淡的白色使他们格外具有特性了。身体上不是顶要紧的地方袒露了一块，在他们不算是大事情。衣服，根本在他们就不算大事。他们的大事是吃一点东西到肚里。

他们每人都把吃的带着，结挂在腰裤间，到了，一起就取出来吃。一个一个的布口袋，口袋做成筒状，里头是一口袋红米干饭。不用碗，不用筷子，也不用手抓，以口就饭而喋接。随吃，随把口袋向外翻卷一点，饭吃完，口袋也整整翻了个个儿，抖一抖，接住几个米粒，仍旧还系于腰裤间。有的没有，有的有点菜，那是辣子面，盐，辣子面和盐，辣子面和盐和一点豆豉末，咽两口饭，以舌尖黏掉一点。看一个庄家，一个工人，一个小贩，一个劳力人，吃饭是很痛快过瘾的事，他们吃得那么香甜，那么活泼，那么酣舞，那么恣放淋漓，那么快乐，你感觉吃无论如何是人生的一点不可磨灭的真谛，而看这种人吃饭，你不会动一点食欲。他们并不厌恨食物的粗砺，可是冷淡到十分，毫不动情的，慢慢慢慢的咀嚼，就像一头牛在反刍似的！也像牛似的，他们吃得很专心，伴以一种深厚的，然而简单的思索，不断的思索着：这是饭，这是饭，这是饭……仿佛不这么想着，他们的牙齿就要不会磨动似的——很奇怪，我想不出他们是用甚么姿态喝水的，他们喝水的次数一定很少，否则不可能我没有印象。走这么长的路而能干干的吃那么些饭，真是不可了解的事。他们生在山里，或者山里人少有喝水的习惯？……我想起一个题目：水与文化。

老觉得这种人如何饮之以酒，不加限节，必至泥胡醉死。醉了，他们是甚么样子呢？他们是无内外表里，无层次，无后先，无中偏，无小大，是整个的：一个整个的醉是甚么样子呢？他们会拥抱，会砍杀，会哭会笑？还是一声不响的各自颓倒，失去知觉存在？

他们当然是有思索的，而且很深很厚，不过思索得很少，简单，没有多少题目，所以总是那么很专心似的，很难在他们的眼睛里找出甚么东西，因为我们能够追迹的，不是情意本体，而是情意的流变，在由此状况发展引度成为另一状况，在起迄之间，人才泄漏他的心。而他们几乎是永恒的，不动的，既非明，也非暗，不是明暗之间酝酿绸缪的昧暧，是一种超乎明暗的浑沌，一种没有限界的封闭。他们一个一个的坐在那里，绝对的沉默，不是有话不说，是根本没有话，各自拢有了自己，像石块拢有了石头。你无法走进他们里面去，因为他们不看你一眼，他们没有把你收到他们的视野中去。

纪德发现刚果有一种土人，他们的语言里没有相当于"为甚么"的字。……

在一个小茶馆外头，我第一次听到这种人说话，而且是在算账！从他们那个还是极少表情的眼睛里，可以知道一个数字要在他的心里写完了，就像用一根钝钉子在一片又光又硬的石板上刻字一样的难。我永远记得那个数目：二百二十二，一则这个数字太巧，而且富民话（我听出他们的话带有富民口音）二字念起来很特别，再也是他一次又一次的重复，好像一个孩子努力的想把一个跌碎了的碗拼合起来似的，"二百——二十——二，二百，——二十，——二……"

有一次警报，解除警报发了，接着又发了紧急警报，我们才近城门又立刻退回去，而小牌楼外面那些负运柴炭的人还不动。日本飞机来过炸过了，那片地上落了一个炸弹，有人告诉我炸死了两个人。我忽然心里一动，很严肃的想：炸死了两个人，我端端正正一撇一捺在心里写了那一个"人"字。我高兴我当时没有嘲弄我自己，没有蔑笑我的那点似乎是有心鼓励出来的戏剧的激情。

勿忘侬花①

※

    我至今还不知道勿忘侬花是甚么样子，我不知道我是否曾经看见过。中国大概是有的吧，但知道这种花的名字的一定比见过这种花的人多，若是不是很美呢是不是当得起这样的名字，它的形色香味真能作为一个临诀的叮咛？——虽然有点感伤，但还不致为一个很现代的聪明人所笑罢，如果还不失为诚挚，除非诚挚也是可嘲弄的，因为这个年头根本不可能有。那我们的生活就实在难得很了，见过不见过其实本无多大关系，在诗文里或信札里说"送你勿忘侬花"而实际并没有，是尽可以的，虽然这样的人现在也都没有了。大概从此这个花要更其埋没了罢，它本身，和它的声名，这不知是花的抑是我们的不幸，或者无甚所谓，连偶尔对于这些种种思念也都应当淡然逝去了，可是有机会我还是想捡起一枝来看看。

    在昆明，有一次英国政府派来一个给战地士兵演讲音乐欣赏作为慰劳的生物学家想听一点中国的乐器歌曲，在一个研究院的实验室里，开了一个小茶会，听了几个名家的琵琶笛子，那位——该叫他生物学家还是音乐家呢——也有一个节目，七弦琴独奏！他显然对这个躺着的古乐器还不顶习熟，拧弦定音，指掌太温柔了一点，——七弦琴无疑的是乐器里顶精致，顶不容易伏伺的一种，一点轻微的慌乱教他的脸上过去了又泛上来一片红，他镇静自若着，

---

    ①   初刊于一九四八年五月三日天津《民国日报》，初收于人民文学版《汪曾祺全集》第四卷。

而不时低低举目看一看，看着他的人，含笑得腼腆极了。——这一笑是感谢大家关切了这半天，现在，没有问题了！他正一正身子，轻咳一声，"普庵咒"，又向身旁的人笑了一笑：这三个中国字说得是不是差不多？普庵咒是常听到的琴曲，近乎描写音乐，比较容易了解。可是这一支庄严静穆的曲子我没有听，我一直看他，看他的明净的头和他的手。我好像曾经看过这样的手，但没有一双手我曾经这样的动情的看过——也许那样的手并不在做着这样的事情。矫健，灵活，敏感，热情，那当然，可是吸引我的是十个手指同时那么致意用力，那么认真，那么"到"，充满精神，充满思想，——有时稍见迟疑，可是通过迟疑之后却并不是含混，少见的那么好看的一双手。也许是过于白皙了，也许是乐器的关系，抚奏的手势偏于优美，显得有一点女性，然而这不是我当时就有的感觉。……喝茶谈话的中间，他忽然起身离去，捧来一瓶，他欢欢喜喜，各种各样的花，瓶是一个实验用的烧瓶，一瓶水碧清，有些很熟，有些印象，浅花都是野花，而这么一瓶插着都似乎是新鲜极了，都是我没有见过的了，开也开得特别好，花大，颜色深，有生气，他一定是满山上出了一点愉快的汗水找来的，他得意极了，一枝一枝拈起来，稍提出一点，好些野花中国跟英国山地里都生着，有的一样，有的不大同，他看见了他知道是有的花，有些英国多，中国少，有些中国多，有些分布区域不广，现存的已经不多了，很珍贵的，但这里人似乎并不大注意。……因为在异国说着本国的语言呢还是本来就惯常如此，他慢慢的说，攥着烧瓶颈子轻轻的转动，声调委宛而亲切，他不知道看到冯承植先生赞美过的鼠白草不？我看他，等有机会问他，可是老是错过，终于在他挑出一枝紫红长穗的时候，有人进门给他一封信，他得辞谢走了，我没有能问他拿进去的瓶里那种翠蓝色的小花是不是勿忘侬，他的手指在我的勿忘侬之间移动过多少次了！

　　我听说是，而且很自信的告诉过不少人了，昆明不论甚么花差不多四季都开得，而这种花更是随处都见得到，只要是土较多，人较少的地方，野地里都是坟，坟头上特别多，我们逃警报的次数简直数不清了。昆明没有甚么防空壕洞，在坟茔间挖了许多坑，我们又大都并不躲进坑里，离开了城走远些，找个地方躺躺坐坐而已，或者是这种花的颜色跟坟容易联想到一起去，我们越觉得坟的寂寞跟花的寂寞了，在记忆里于是也总是分不开，老那么坐着，躺着，蓝色的小花无聊的看在我们的眼里，从来也没有采一点带回去，花实在太小。把几个微擎着的花瓣一起展平了还不到一片榆钱大，又是在叶托间附枝而生，没有花蒂，畏缩的贴着，不敢出头一步，枝子则顽韧异常，满身老气，又是那么晦绿色毛茸茸的鄙贱小叶子，——主要还是花常稀疏零落，一枝上没有多少颜色，缺少光泽的，惨恻，伶仃的翠蓝的小点，在半闭的眼睫间一点一点的向远处漂去，似乎微有摇漾，也许它自己也有点低徊，也许动着的是别的草。可是直起身子来，伸一伸胳臂，活动活动腰腿，则一俯首间而所有的小花都微小微小，隐退隐退，要消失了，临了只剩下一点点一点点渺茫的蓝意，无形无质，不太可相信了，像甚么呢？——真是一个记忆的起点，哦！……可是尽管这并不是真的勿忘侬花罢，（是一个误会，误会常常也很有意思，特别是推究怎么有这个误会，你的推究和你的发现都不会落空。）昆明那一段逃警报的日子我们总记得。比起那些有趣的穿插，吸干了整个时间的那种倦怠，酥嫩，四肢无力，头昏昏的，近乎病态的无情状态尤其教我们往往心里发甜。我们从来没有那么休息过，那么完全的离开过自己的房屋和自己的形体，那么长久，那么没有止境的抛置在地上，呼吸着泥土，晒着太阳——究竟我们还算活着，像一块洋山芋似的活着。——太阳晒得我们一次一次的褪皮，常常晚上回来用冷水一洗脸，一撕，一大片！……太平洋战事以后，城里不再有毁坏燃烧，走到浮没着蓝花的坟野里，我们认不出我们寄居过的洞穴了。那些驮马或疾或徐走着的小道令我们迷惘。我们再也不能在身上找出从前那么熟练的躺下坐匐的姿势了，我们焦渴的嘴唇，所喝的水，我们的最后一根香烟，荸荠，地瓜，豌豆粉，凉米线，流着体温的草，松叶的辛香，土黄色的蝴蝶。……

北平的天也这么蓝。我这个楼梯真是毫无道理，除了上楼下楼之外还有甚么意义么，这么四长段，又折折曲曲？好容易我才渐渐能够适应，我的肌肉骨骼有这么一个习惯，承认它，不以为是额外的支付。——我去问一个学植物分类学的朋友，他说那种昆明人叫作狗屎花的蓝花——你猜怎么着，我并不讨厌这个名字。一个东西我们原可以当着两样看。地肥些花就长得茂盛。看见狗拉了屎，又看见了花，因而拉在了一起的，这个孩子（当然是个孩子）记出了他心里的一分惊喜。——其实并不是真正的勿忘侬，不过是有点像。有点像么？……那就好。我并不失望，我满足了，因为我可以有满足的等待。

三十七年四月

昆明的叫卖缘起①

※

　　尝读《一岁货声》而爱之。我们的国民之中竟有人认真其事的感情的留心叫卖的声音而用不大灵便的，有限制的工具——仅用文字，——传状得那么好，那么有声有色：从字的排列自然产生起落抑扬，游转摇曳，拖长与顿逗，因而想见种种风尘辛苦和透漏出来的聪明黠巧，爱美及一个尚能维持的生命在游戏中表现的欢愉，濒于饥寒代替哭泣的歌呼，那么准确，那么朴素无华而那么点动无尽的思念存惜，感怀触怅，怎么可以不涌出谢意呢。小时候我们多半都爱模仿某一种或几种叫卖。我们在折纸船纸鸟的时候，在下河游了一会起来穿衣服的时候，在挨了骂的伤心气愤消去之后，在无所事事，无聊与兴致勃勃的时候，要是没有一两句新熟或者重温的歌占据我们的喉舌，我们常常自得其乐的哼哼起卖糖卖罗葡的调子来了。有一回从昆明坐了火车到呈贡去看一个先生，一进门，刚坐定，先生问我话，我没听进去，到发现了自己的失态，才赶紧用力追捕那些漂失的字音，我的心在他的孩子身上了，他们学火车站卖面包鸡蛋糕的学得那么神似，那么快乐。从活动里生出的声音在寂静里听起来每多感动，然而我们的市声中要是除去了吆喝还剩下多少颜色呢？那么恐怕对于货卖的腔调的喜爱许是天性，不必是始于读了《一岁货声》之后了。但对于货声的兴趣更浓一点，懒惰笨拙

---

　　①　初刊于一九四八年六月二十七日《大公报》，初收于人民文学版《汪曾祺全集》第四卷。

如旧，懒惰笨拙但不能忘情，有时颇起记述昆明的几种声音的妄想，当是读了《货声》之所赐。我要是不是我，我完全的是我，这个工作也许在昆明的时候就做好了。离开昆明之后，我对于香港的太急躁刺激，近乎恐吓劫持的叫卖发过埋怨，他们大都是冒冒失失，不加修饰的报出货品名称，接着狂吼一毫子两毫子，几门几十门，用起毛发裂的声音无情的鞭打过路的人。上海的叫卖我学到的不多，有些太逶迤婀娜，男人作女人腔；有些又重浊中杂着不自然的油滑；毛里毛气，洋里洋气，恐怕大都是从苏州的，宁波的，无锡或杭州的腔调脱胎嬗化且简漏堕落而成的，真是本乡本土的本色的极少。叫卖在上海实在可怜极了，在汽车、电车、三轮车、八灯收音机和五光十色的霓虹灯的喧闹中，冲撞挤压得没有余地了。只有清晨倒马桶的，深夜卖白糖莲心粥的还能惊心动魄的，凄楚悲凉的叫。秋冬之际卖炒白果，是比较头脑清醒的时候，西风北风吹落法国梧桐，可得的温暖显得那么可爱的时候，然而里巷之间动情的听着卖白果的念叨的孩子已经渐渐的更少了。

"阿要吃糖炒熟白果。

香是香来糯是糯。

一粒白果鹅蛋大。"

底下没来由的接了一句：

"要吃白果！钱拿出来！"

甚至有的更糟：

"要吃白果！钞票拿出来！"

这实在太不客气，太不讲交情了。上海人总是那么实际又那么爱时髦。钱就是就是了，何必一定要指明现在通行的货币。既已知道要想从你手里得到碧绿如玉，娇黄微软，香是香来糯是糯的白果一定是摸过自己的口袋而走上来的，料想掏出来的还会是一把青铜钱么？为了达到目的，连最后一句的韵脚都不顾了么？你们叫着时不觉得别扭么？即使押韵稳当，话也说得更和气有礼，大概这一类的叫卖不久也就会失传了罢，上海大概从来没有游客对它的叫卖存过希望。北平是以货声出名的地方了，许多吆喝声我们在没有身历其境时就知道怎么叫了，然而"萝卜赛梨辣来换"极少配上不沙哑的嗓子，"硬面饽饽"在我的楼下也远不如我们外乡人在演曹禺的戏的时候所做的效果更有效果。而在揣摩着他们把"硬"字都念得开口过大成为"漾"字的时候，我想北平我们真是初来，乃不禁想起在昆明我们住了多久啊。"骄傲于被问路于自己，异乡人懂得水里的微笑"，对不起，那实在不算得甚么。昆明的一条一条街，一条一条弯弯曲曲巷子，高高下下的坡，都说着就和盘托出来了，有去有来，有左有右，有光暗，有颜色，有感觉，有气味，而且，升起飘出来各种各种声音，那么丰富，那么亲切，那么自然，那么现现成成的，在我们的腹下，我们的喉头，我们的烟灰缸的上空，我们头靠着椅子的背后，教我们眼睛眯□，有光亮，我们的手指交握，搓揉，我们虚胸缩颈，舔掠唇舌，摩娑下巴，吞咽唾水，简直的不在乎自己是□态可掬了。这些声音真是入于肺腑，深在意识之中，随时与我们同在了。那么我们很有理由毫无顾忌的坚持着对于昆明的叫卖的偏爱了。——是偏爱，但世上若是除去了偏爱，剩下来的即使还有，那种爱是甚么一种不可想象的样子呢？——以后我要随时想起，随时记录下来了。其实我更希望有常识与专常的有心人，利用假期，以其余力，做这件事。如果他要，我可以把我的几则一齐送给他去。那当然不限定昆明一个地方，好！我连我的偏爱都可以捐弃。我有什么话想跟他说么？没有，除了一点，是不是可以弄得不太有条理？我的意思是说，喏，弄的好玩一点。

昆明的雨[①]

※

宁坤要我给他画一张画，要有昆明的特点。我想了一些时候，画了一幅：右上角画了一片倒挂着的浓绿的仙人掌，末端开出一朵金黄色的花；左下画了几朵青头菌和牛肝菌。题了这样几行字：

　　昆明人家常于门头挂仙人掌一片以辟邪，仙人掌悬空倒挂，尚能存活开花。于此可见仙人掌生命之顽强，亦可见昆明雨季空气之湿润。雨季则有青头菌、牛肝菌，味极鲜腴。

我想念昆明的雨。

我以前不知道有所谓雨季。"雨季"，是到昆明以后才有了具体感受的。

我不记得昆明的雨季有多长，从几月到几月，好像是相当长的。但是并不使人厌烦。因为是下下停停、停停下下，不是连绵不断，下起来没完。而且并不使人气闷。我觉得昆明雨季气压不低，人很舒服。

昆明的雨季是明亮的、丰满的，使人动情的。城春草木深，孟夏草木长。昆明的雨季，是浓绿的。草木的枝叶里的水分都到了饱和状态，显示出过分的、近于夸张的旺盛。

---

① 初刊于《滇池》一九八四年第十期，初收于《汪曾祺自选集》。

我的那张画是写实的。我确实亲眼看见过倒挂着还能开花的仙人掌。旧日昆明人家门头上用以辟邪的多是这样一些东西：一面小镜子，周围画着八卦，下面便是一片仙人掌，——在仙人掌上扎一个洞，用麻线穿了，挂在钉子上。昆明仙人掌多，且极肥大。有些人家在菜园的周围种了一圈仙人掌以代替篱笆。——种了仙人掌，猪羊便不敢进园吃菜了。仙人掌有刺，猪和羊怕扎。

　　昆明菌子极多。雨季逛菜市场，随时可以看到各种菌子。最多，也最便宜的是牛肝菌。牛肝菌下来的时候，家家饭馆卖炒牛肝菌，连西南联大食堂的桌子上都可以有一碗。牛肝菌色如牛肝，滑，嫩，鲜，香，很好吃。炒牛肝菌须多放蒜，否则容易使人晕倒。青头菌比牛肝菌略贵。这种菌子炒熟了也还是浅绿色的，格调比牛肝菌高。菌中之王是鸡枞，味道鲜浓，无可方比。鸡枞是名贵的山珍，但并不真的贵得惊人。一盘红烧鸡枞的价钱和一碗黄焖鸡不相上下，因为这东西在云南并不难得。有一个笑话：有人从昆明坐火车到呈贡，在车上看到地上有一棵鸡枞，他跳下去把鸡枞捡了，紧赶两步，还能爬上火车。这笑话用意在说明昆明到呈贡的火车之慢，但也说明鸡枞随处可见。有一种菌子，中吃不中看，叫作干巴菌。乍一看那样子，真叫人怀疑：这种东西也能吃？！颜色深褐带绿，有点像一堆半干的牛粪或一个被踩破了的马蜂窝。里头还有许多草茎、松毛，乱七八糟！可是下点功夫，把草茎松毛择净，撕成蟹腿肉粗细的丝，和青辣椒同炒，入口便会使你张目结舌：这东西这么好吃？！还有一种菌子，中看不中吃，叫鸡油菌。都是一般大小，有一块银元那样大，的溜圆，颜色浅黄，恰似鸡油一样。这种菌子只能做菜时配色用，没甚味道。

雨季的果子，是杨梅。卖杨梅的都是苗族女孩子，戴一顶小花帽子，穿着扳尖的绣了满帮花的鞋，坐在人家阶石的一角，不时吆唤一声："卖杨梅——"，声音娇娇的。她们的声音使得昆明雨季的空气更加柔和了。昆明的杨梅很大，有一个乒乓球那样大，颜色黑红黑红的，叫作"火炭梅"。这个名字起得真好，真是像一球烧得炽红的火炭！一点都不酸！我吃过苏州洞庭山的杨梅、井冈山的杨梅，好像都比不上昆明的火炭梅。

雨季的花是缅桂花。缅桂花即白兰花，北京叫作"把儿兰"（这个名字真不好听）。云南把这种花叫作缅桂花，可能最初这种花是从缅甸传入的，而花的香味又有点像桂花，其实这跟桂花实在没有什么关系。——不过话又说回来，别处叫它白兰、把儿兰，它和兰花也挨不上呀，也不过是因为它很香，香得像兰花。我在家乡看到的白兰多是一人高，昆明的缅桂是大树！我在若园巷二号住过，院里有一棵大缅桂，密密的叶子，把四周房间都映绿了。缅桂盛开的时候，房东（是一个五十多岁的寡妇）和她的一个养女，搭了梯子上去摘，每天要摘下来好些，拿到花市上去卖。她大概是怕房客们乱摘她的花，时常给各家送去一些。有时送来一个七寸盘子，里面摆得满满的缅桂花！带着雨珠的缅桂花使我的心软软的，不是怀人，不是思乡。

雨，有时是会引起人一点淡淡的乡愁的。李商隐的《夜雨寄北》是为许多久客的游子而写的。我有一天在积雨少住的早晨和德熙从联大新校舍到莲花池去。看了池里的满池清水，看了着比丘尼装的陈圆圆的石像（传说陈圆圆随吴三桂到云南后出家，暮年投莲花池而死），雨又下起来了。莲花池边有一条小街，有一个小酒店，我们走进去，要了一碟猪头肉，半斤市酒（装在上了绿釉的土瓷杯里），坐了下来。雨下大了。酒店有几只鸡，都把脑袋反插在翅膀下面，一只脚着地，一动也不动地在檐下站着。酒店院子里有一架大木香花。昆明木香花很多。有的小河沿岸都是木香。但是这样大的木香却不多见。一棵木香，爬在架上，把院子遮得严严的。密匝匝的细碎的绿叶，数不清的半开的白花和饱涨的花骨朵，都被雨水淋得湿透了。我们走不了，就这样一直坐到午后。四十年后，我还忘不了那天的情味，写了一首诗：

莲花池外少行人，
野店苔痕一寸深。
浊酒一杯天过午，
木香花湿雨沉沉。

我想念昆明的雨。

一九八四年五月十九日

新校舍①

※

　　西南联大的校舍很分散。有一些是借用原先的会馆、祠堂、学校，只有新校舍是联大自建的，也是联大的主体。这里原来是一片坟地，坟主的后代大都已经式微或他徙了，联大征用了这片地并未引起麻烦。有一座校门，极简陋，两扇大门是用木板钉成的，不施油漆，露着白茬。门楣横书大字："国立西南联合大学"。进门是一条贯通南北的大路。路是土路，到了雨季，接连下雨，泥泞没足，极易滑倒。大路把新校舍分为东西两区。

　　路以西，是学生宿舍。土墼墙，草顶。两头各有门。窗户是在墙上留出方洞，直插着几根带皮的树棍。空气是很流通的，因为没有人爱在窗洞上糊纸，当然更没有玻璃。昆明气候温和，冬天从窗洞吹进一点风，也不要紧。宿舍是大统间，两边靠墙，和墙垂直，各排了十张双层木床。一张床睡两个人，一间宿舍可住四十人。我没有留心过这样的宿舍共有多少间。我曾在二十五号宿舍住过两年。二十五号不是最后一号。如果以三十间计，则新校舍可住一千二百人。联大学生约三千人，工学院住在拓东路迤西会馆；女生住"南院"，新校舍住的是文、理、法三院的男生。估计起来，可以住得下。学生并不老老实实地让双层床靠墙直放，向右看齐，不少人给它重新组合，把三张床拼成一个U字，外面挂上旧床单或

---

① 初刊于《芒种》一九九二年第十期，初收于《草花集》。

钉上纸板，就成了一个独立天地，屋中之屋。结邻而居的，多是谈得来的同学。也有的不是自己选择的，是学校派定的。我在二十五号宿舍住的时候，睡靠门的上铺，和下铺的一位同学几乎没有见过面。他是历史系的，姓刘，河南人。他是个农家子弟，到昆明来考大学是由河南自己挑了一担行李走来的。——到昆明来考联大的，多数是坐公共汽车来的，乘滇越铁路火车来的，但也有利用很奇怪的交通工具来的。物理系有个姓应的学生，是自己买了一头毛驴，从西康骑到昆明来的。我和历史系同学怎么会没有见过面呢？他是个很用功的老实学生，每天黎明即起，到树林里去读书。我是个夜猫子，天亮才回床睡觉。一般说，学生搬动床位，调换宿舍，学校是不管的，从来也没有办事职员来查看过。有人占了一个床位，却终年不来住。也有根本不是联大的，却在宿舍里住了几年。有一个青年小说家曹卣，——他很年轻时就在《文学》这样的大杂志上发表过小说，他是同济大学的，却住在二十五号宿舍。也不到同济上课，整天在二十五号写小说。

桌椅是没有的。很多人去买了一些肥皂箱。昆明肥皂箱很多，也很便宜。一般三个肥皂箱就够用了。上面一个，面上糊一层报纸，是书桌。下面两层放书，放衣物，这就书橱、衣柜都有了。椅子？——床就是。不少未来学士在这样的肥皂箱桌面上写出了洋洋洒洒的论文。

宿舍区南边，校门围墙西侧以里，是一个小操场。操场上有一副单杠和一副双杠。体育主任马约翰带着大一学生在操场上上体育课。马先生一年四季只穿一件衬衫，一件西服上衣，下身是一条猎裤，从不穿毛衣、大衣。面色红润，连光秃秃的头顶也红润，脑后一圈雪白的卷发。他上体育课不说中文，他的英语带北欧口音。学生列队，他要求学生必须站直："Boys! You must keep your body straight!"我年轻时就有点驼背，始终没有straight起来。

操场上有一个篮球场，很简陋。遇有比赛，都要临时画线，现结篮网，但是很多当时的篮球名将如唐宝华、牟作云……都在这里展过身手。

大路以东，有一条较小的路。这条路经过一个池塘，池塘中间有一座大坟，成为一个岛。岛上开了很多野蔷薇，花盛时，香扑鼻。这个小岛是当初规划新校舍时特意留下的。于是成了一个景点。

往北，是大图书馆。这是新校舍唯一的瓦顶建筑。每天一早，就有一堆学生在外面等着。一开门，就争先进去，抢座位（座位不很多），抢指定参考书（参考书不够用）。晚上十点半钟，图书馆的电灯还亮着，还有很多学生在里面看书。这都是很用功的学生。大图书馆我只进去过几次。这样正襟危坐，集体苦读，我实在受不了。

图书馆门前有一片空地。联大没有大会堂，有什么全校性的集会便在这里举行。在图书馆关着的大门上用摁钉摁两面党国旗，也算是会场。我入学不久，张清常先生在这里教唱过联大校歌（校歌是张先生谱的曲），学唱校歌的同学都很激动。每月一号，举行一次"国民月会"，全称应是"国民精神总动员月会"，可是从来没有人用全称，实在太麻烦了。国民月会有时请名人来演讲，一般都是梅贻琦校长讲讲话。梅先生很严肃，面无笑容，但说话很幽默。有一阵昆明闹霍乱，梅先生劝大家不要在外面乱吃东西，说："有一位同学说，'我吃了那么多次，也没有得过一次霍乱。'这种事情是不能有第二次的。"开国民月会时，没有人老实站着，都是东张西望，心不在焉。有一次，我发现青天白日满地红的国旗的太阳竟是十三只角（按规定应是十二只）！

"一二·一惨案"（国民党军队枪杀三位同学、一位老师）发生后，大图书馆曾布置成死难烈士的灵堂，四壁都是挽联，灵前摆满了花圈，大香大烛，气氛十分肃穆悲壮。那两天昆明各界前来吊唁的人络绎于途。

大图书馆后面是大食堂。学生吃的饭是通红的糙米，装在几个大木桶里，盛饭的瓢也是木头的，因此饭有木头的气味。饭里什么都有：砂粒、耗子屎……被称为"八宝饭"。八个人一桌，四个菜，装在酱色的粗陶碗里。菜多盐而少油。常吃的菜是煮芸豆，还有一种叫作蘑芋豆腐的灰色的凉粉似的东西。

大图书馆的东面，是教室。土墙，铁皮顶。铁皮上涂了一层绿漆。有时下大雨，雨点敲得铁皮丁丁当当地响。教室里放着一些白木椅子。椅子是特制的，右手有一块羽毛球拍大小的木板，可以在上面记笔记。椅子是不固定的，可以随便搬动，从这间教室搬到那间。吴宓先生上"《红楼梦》研究"课，见下面有女生没有坐下，就立即走到别的教室去搬椅子。一些颇有骑士风度的男同学于是追随吴先生之后，也去搬。到女同学都落座，吴先生才开始上课。

我是个吊儿郎当的学生，不爱上课。有的教授授课是很严格的。教"西洋通史"（这是文学院必修课）的是皮名举。他要求学生记笔记，还要交历史地图。我有一次画了一张马其顿王国的地图，皮先生在我的地图上批了两行字："阁下所绘地图美术价值甚高，科学价值全无。"第一学期期终考试，我得了三十七分。第二学期我至少得考八十三分，这样两学期平均，才能及格，这怎么办？到考试时我拉了两个历史系的同学，一个坐在我的左边，一个坐在我的右边。坐在右边的同学姓钮，左边的那个忘了。我就抄左边的同学一道答题，又抄右边的同学一道。公布分数时，我得了八十五，及格还有富余！

朱自清先生教课也很认真。他教我们"宋诗"。他上课时带一沓卡片，一张一张地讲。要交读书笔记，还有月考、期考。我老是缺课，因此朱先生对我印象不佳。

多数教授讲课很随便。刘文典先生教《昭明文选》，一个学期才讲了半篇木玄虚的《海赋》。

闻一多先生上课时，学生是可以抽烟的。我上过他的"楚辞"。上第一课时，他打开高一尺又半的很大的毛边纸笔记本，抽上一口烟，用顿挫鲜明的语调说："痛饮酒，熟读《离骚》——乃可以为名士。"他讲唐诗，把晚唐诗和后期印象派的画联系起来讲。这样讲唐诗，别的大学里大概没有。闻先生的课都不考试，学期终了交一篇读书报告即可。

唐兰先生教"词选"，基本上不讲。打起无锡腔调，把词"吟"一遍："'双鬟隔香红啊——玉钗头上风……'好！真好！"这首词就算讲过了。

西南联大的课程可以随意旁听。我听过冯文潜先生的"美学"。他有一次讲一首词：

汴水流，

泗水流，

流到瓜洲古渡头，

吴山点点愁。

冯先生说他教他的孙女念这首词，他的孙女把"吴山点点愁"念成"吴山点点头"，他举的这个例子我一直记得。

吴宓先生讲"中西诗之比较"，我很有兴趣地去听。不料他讲的第一首诗却是：

一去二三里，

烟村四五家，

楼台六七座，

八九十枝花。

我不好好上课，书倒真也读了一些。中文系办公室有一个小图书馆，通称系图书馆。我和另外一两个同学每天晚上到系图书馆看书。系办公室的钥匙就由我们拿着，随时可以进去。系图书馆是开架的，要看什么书自己拿，不需要填卡片这些麻烦手续。有的同学看书是有目的有系统的。一个姓范的同学每天摘抄《太平御览》。我则是从心所欲，随便瞎看。我这种乱七八糟看书的习惯一直保持到现在。我觉得这个习惯挺好。夜里，系图书馆很安静，只有哲学心理系有几只狗怪声嗥叫——一个教生理学的教授做实验，把狗的不同部位的神经结扎起来，狗于是怪叫。有一天夜里我听到墙外一派鼓乐声，虽然悠远，但很清晰。半夜里怎么会有鼓乐声？只能这样解释：这是鬼奏乐。我确实听到的，不是错觉。我差不多每夜看书，到鸡叫才回宿舍睡觉。——因此我和历史系那位姓刘的河南同学几乎没有见过面。

新校舍大门东边的围墙是"民主墙"。墙上贴满了各色各样的壁报，左、中、右都有。有时也有激烈的论战。有一次三青团办的壁报有一篇宣传国民党观点的文章，另一张"群社"编的壁报上很快就贴出一篇反驳的文章，批评三青团壁报上的文章是"咬着尾巴兜圈子"。这批评很尖刻，也很形象。"咬着尾巴兜圈子"是狗。事隔近五十年，我对这一警句还记得十分清楚。当时有一个"冬青社"（联大学生社团甚多），颇有影响。冬青社办了两块壁报，一块是《冬青诗刊》，一块就叫《冬青》，是刊载杂文和漫画的。冯友兰先生、查良钊先生、马约翰先生，都曾经被画进漫画。冯先生、查先生、马先生看了，也并不生气。

除了壁报，还有各色各样的启事。有的是出让衣物的。大都是八成新的西服、皮鞋。出让的衣物就放在大门旁边的校警室里，可以看货付钱。也有寻找失物的启事，大都写着："鄙人不慎，遗失了什么东西，如有捡到者，请开示姓名住处，失主即当往取，并备薄酬。"所谓"薄酬"，通常是五香花生米一包。有一次有一位同学贴出启事："寻找眼睛。"另一位同学在他的启事标题下用红笔画了一个大问号。他寻找的不是"眼睛"，是"眼镜"。

新校舍大门外是一条碎石块铺的马路。马路两边种着高高的有加利树（即桉树，云南到处皆有）。

马路北侧，挨新校的围墙，每天早晨有一溜卖早点的摊子。最受欢迎的是一个广东老太太卖的煎鸡蛋饼。一个瓷盆里放着鸡蛋加少量的水和成的稀面，舀一大勺，摊在平铛上，煎熟，加一把葱花。广东老太太很舍得放猪油。鸡蛋饼煎得两面焦黄，猪油吱吱作响，喷香。一个鸡蛋饼直径一尺，卷而食之，很解馋。

晚上，常有一个贵州人来卖馄饨面。有时馄饨皮包完了，他就把馄饨馅拨在汤里下面。问他："你这叫什么面？"贵州老乡毫不迟疑地说："桃花面！"

马路对面常有一个卖水果的。卖桃子，"面核桃"和"离核桃"，卖泡梨——棠梨泡在盐水里，梨肉转为极嫩、极脆。

晚上有时有云南兵骑马由东面驰向西面，马蹄铁敲在碎石块的尖棱上，迸出一朵朵火花。

有一位曾在联大任教的作家教授在美国讲学。美国人问他：西南联大八年，设备条件那样差，教授、学生生活那样苦，为什么能出那样多的人才？——有一个专门研究联大校史的美国教授以为联大八年，出的人才比北大、清华、南开三十年出的人才都多。为什么？这位作家回答了两个字：自由。

一九九二年七月五日

西南联大中文系①

※

西南联大中文系的教授有清华的，有北大的，应该也有南开的。但是哪一位教授是南开的，我记不起来了。清华的教授和北大的教授有什么不同，我实在看不出来。联大的系主任是轮流坐庄。朱自清先生当过一段系主任。担任系主任时间较长的，是罗常培先生。学生背后都叫他"罗长官"。罗先生赴美讲学，闻一多先生代理过一个时期。在他们"当政"期间，中文系还是那个老样子，他们都没有一套"施政纲领"。事实上当时的系主任"为官清简"，近于无为而治。中文系的学风和别的系也差不多：民主、自由、开放。当时没有"开放"这个词，但有这个事实。中文系似乎比别的系更自由。工学院的机械制图总要按期交卷，并且要严格评分的；理学院要做实验，数据不能马虎。中文系就没有这一套。记得我在皮名举先生的"西洋通史"课上交了一张规定的马其顿国的地图，皮先生阅后，批了两行字："阁下之地图美术价值甚高，科学价值全无。"似乎这样也可以了。总而言之，中文系的学生更为随便，中文系体现的"北大"精神更为充分。

如果说西南联大中文系有一点什么"派"，那就只能说是"京派"。西南联大有一本《大一国文》，是各系共同必修。这本书编得很有倾向性。文言文部分突出地选了《论语》，其中最突出的是

---

① 原载于《精神的魅力》，北京大学出版社一九九八年版，初收于北师大版《汪曾祺全集》第四卷。

《子路曾皙冉有公西华侍坐》。"暮春者，春服既成，冠者五六人，童子六七人，浴乎沂，风乎舞雩，咏而归"，这种超功利的生活态度，接近庄子思想的率性自然的儒家思想对联大学生有相当深广的潜在影响。还有一篇李清照的《金石录后序》。一般中学生都读过一点李清照的词，不知道她能写这样感情深挚、挥洒自如的散文。这篇散文对联大文风是有影响的。语体文部分，鲁迅的选的是《示众》。选一篇徐志摩的《我所知道的康桥》，是意料中事。选了丁西林的《一只马蜂》，就有点特别。更特别的是选了林徽音的《窗子以外》。这一本《大一国文》可以说是一本"京派国文"。严家炎先生编中国流派文学史，把我算作最后一个"京派"，这大概跟我读过联大有关，甚至是和这本《大一国文》有点关系。这是我走上文学道路的一本启蒙的书。这本书现在大概是很难找到了。如果找得到，翻印一下，也怪有意思的。

"京派"并没有人老挂在嘴上。联大教授的"派性"不强。唐兰先生讲甲骨文，讲王观堂（国维）、董彦堂（董作宾），也讲郭鼎堂（郭沫若）。——他讲到郭沫若时总是叫他"郭沫（读如妹）若"。闻一多先生讲（写）过"擂鼓的诗人"，是大家都知道的。

联大教授讲课从来无人干涉，想讲什么就讲什么，想怎么讲就怎么讲。刘文典先生讲了一年《庄子》，我只记住开头一句："《庄子》嘿，我是不懂的喽，也没有人懂。"他讲课时东拉西扯，有时扯到和庄子毫不相干的事。倒是有些骂人的话，留给我的印象颇深。他说有些搞校勘的人，只会说甲本作某，乙本作某，——"到底应该作什么？"骂有些注释家，只会说甲如何说，乙如何说，"你怎么说？"他还批评有些教授，自己拿了一个有注解的本子，发给学生的是白文，"你把注解发给学生！要不，你也拿一本白文！"他的这些意见，我以为是对的。他讲了一学期《文选》，只讲了半篇木玄虚的《海赋》。好几堂课大讲"拟声法"。他在黑板上写了一个挺长的法国字，举了好些外国例子。曾见过几篇老同学的回忆文章，说闻一多先生讲楚辞，一开头总是"痛饮酒熟读《离骚》，方称名士"。有人问我，"是不是这样？"是这样。他上课，抽烟。上他的课的学生，也抽。他讲唐诗，不蹈袭前人一语。讲晚唐诗和后期印象派的画一起讲，特别讲到"点画派"。中国用比较文学的方法讲唐诗的，闻先生当为第一人。他讲《古代神话与传说》非常"叫座"。上课时连工学院的同学都穿过昆明城，从拓东路赶来听。那真是"满坑满谷"，昆中北院大教室里里外外都是人。闻先生把自己在整张毛边纸上手绘的伏羲女娲图钉在黑板上，把相当繁琐的考证，讲得有声有色，非常吸引人。还有一堂"叫座"的课是罗庸（膺中）先生讲杜诗。罗先生上课，不带片纸。不但杜诗能背写在黑板上，连仇注都背出来。唐兰（立庵）先生讲课是另一种风格。他是教古文字学的，有一年忽然开了一门"词选"，不知道是没有人教，还是他自己感兴趣。他讲"词选"主要讲《花间集》（他自己一度也填词，极艳）。他讲词的方法是：不讲。有时只是用无锡腔调念（实是吟唱）一遍："'双鬟隔香红，玉钗头上风'——好！真好！"这首词就pass了。沈从文先生在联大开过三门课："各体文习作"、"创作实习"、"中国小说史"，沈先生怎样教课，我已写了一篇《沈从文先生在西南联大》，发表在《人民文学》上，兹不赘。他讲创作的精义，只有一句"贴到人物来写"。听他的课需要举一隅而三隅反，否则就会觉得"不知所云"。

联大教授之间，一般是不互论长短的。你讲你的，我讲我的。但有时放言月旦，也无所谓。比如唐立庵先生有一次在办公室当着一些讲师助教，就评论过两位教授，说一个"集穿凿附会之大成"，一个"集啰唆之大成"。他不考虑有人会去"传小话"，也没有考虑这两位教授会因此而发脾气。

西南联大中文系教授对学生的要求是不严格的。除了一些基础课，如文字学（陈梦家先生授）、声韵学（罗常培先生授）要按时听课，其余的，都较随便。比较严一点的是朱自清先生的"宋诗"。他一首一首地讲，要求学生记笔记，背，还要定期考试，小考，大考。有些课，也有考试，考试也就是那么回事。一般都只是学期终了，交一篇读书报告。联大中文系读书报告不重抄书，而重有无独创性的见解。有的可以说是怪论。有一个同学交了一篇关于李贺的报告给闻先生，说别人的诗都是在白地子上画画，李贺的诗是在黑地子上画画，所以颜色特别浓烈，大为闻先生激赏。有一个同学在杨振声先生教的"汉魏六朝诗选"课上，就"车轮生四角"这样的合乎情悖乎理的想象写了一篇很短的报告《方车论》。就凭这份报告，在期终考试时，杨先生宣布该生可以免考。

联大教授大都很爱才。罗常培先生说过，他喜欢两种学生：一种，刻苦治学；一种，有才。他介绍一个学生到联大先修班去教书，叫学生拿了他的亲笔介绍信去找先修班主任李继侗先生。介绍信上写的是"……该生素具创作夙慧。……"一个同学根据另一个同学的一句新诗（题一张抽象派的画的）"愿殿堂毁塌于建成之先"填了一首词，作为"诗法"课的练习交给王了一先生，王先生的评语是："自是君身有仙骨，剪裁妙处不须论。"具有"夙慧"，有"仙骨"，这种对于学生过甚其辞的评价，恐怕是不会出之于今天的大学教授的笔下的。

我在西南联大是一个不用功的学生，常不上课，但是乱七八糟看了不少书。有一个时期每天晚上到系图书馆去看书。有时只我一个人。中文系在新校舍的西北角，墙外是坟地，非常安静。在系里看书不用经过什么借书手续，架上的书可以随便抽下一本来看。而且可抽烟。有一天，我听到墙外有一派细乐的声音。半夜里怎么会有乐声，在坟地里？我确实是听见的，不是错觉。

我要不是读了西南联大，也许不会成为一个作家。至少不会成为一个像现在这样的作家。我也许会成为一个画家。如果考不取联大，我准备考当时也在昆明的国立艺专。

听遛鸟人谈戏①

※

近来我每天早晨绕着玉渊潭遛一圈。遛完了，常找一个地方坐下听人聊天。这可以增长知识，了解生活。还有些人不聊天。钓鱼的、练气功的，都不说话。游泳的闹闹嚷嚷，听不见他们嚷什么。读外语的学生，读日语的、英语的、俄语的，都不说话，专心致意把莎士比亚和屠格涅夫印进他们的大脑皮层里去。

比较爱聊天的是那些遛鸟的。他们聊的多是关于鸟的事，但常常联系到戏。遛鸟与听戏，性质上本相接近。他们之中不少是既爱养鸟，也爱听戏，或曾经也爱听戏的。遛鸟的起得早，遛鸟的地方常常也是演员喊嗓子的地方，故他们往往有当演员的朋友，知道不少梨园掌故。有的自己就能唱两口。有一个遛鸟的，大家都叫他"老包"，他其实不姓包，因为他把鸟笼一挂，自己就唱开了："包龙图打坐在开封府……"就这一句。唱完了，自己听着不好，摇摇头，接着再唱："包龙图打坐……"

因为常听他们聊，我多少知道一点关于鸟的常识。知道画眉的眉子齐不齐，身材胖瘦，头大头小，是不是"原毛"，有"口"没有，能叫什么玩意儿：伏天、喜鹊——大喜鹊、山喜鹊、苇咋子、猫、家雀打架、鸡下蛋……知道画眉的行市，哪只鸟值多少"张"。——一"张"，是一张拾圆的钞票。他们的行话不说几十

①　初刊于《北京艺术》一九八二年第二期，初收于《晚翠文谈》。

块钱，而说多少张。有一个七十八岁的老头，原先本是勤行，他的一只画眉，人称鸟王。有人问他出不出手，要多少钱，他说："二百"。遛鸟的都说："值！"

我有些奇怪了，忍不住问：

"一只鸟值多少钱，是不是公认的？你们都瞧得出来？"

几个人同时叫起来："那是！老头的值二百，那只生鸟值七块。梅兰芳唱戏卖两块四，戏校的学生现在卖三毛。老包，倒找我两块钱！那能错了？"

"全北京一共有多少画眉？能统计出来么？"

"横是不少！"

"'文化大革命'那阵没有了吧？"

"那会儿谁还养鸟哇！不过，这玩意禁不了。就跟那京剧里的老戏似的，'四人帮'压着不让唱，压得住吗？一开了禁，您瞧，呼啦——全出来了。不管是谁，禁不了老戏，也就禁不了养鸟。我把话说在这儿：多会有画眉，多会他就得唱老戏！报上说京剧有什么危机，瞧掰的事！"

这位对画眉和京剧的前途都非常乐观。

一个六十多岁的退休银行职员说："养画眉的历史大概和京剧的历史差不多长，有四大徽班那会就有画眉。"

他这个考证可不大对。画眉的历史可要比京剧长得多，宋徽宗就画过画眉。

"养鸟有什么好处呢？"我问。

"嗐，遛人！"七十八岁的老厨师说，"没有个鸟，有时早上一醒，觉着还困，就懒得起了；有个鸟，多困也得起！"

"这是个乐儿！"一个还不到五十岁的扁平脸、双眼皮很深、络腮胡子的工人——他穿着厂里的工作服，说。

"是个乐儿！钓鱼的、游泳的，都是个乐儿！"说话的是退休银行职员。

"一个画眉，不就是叫么？怎么会有那么大的差别？"

一个戴白边眼镜的穿着没有领子的酱色衬衫的中等老头儿，他老给他的四只画眉洗澡——把鸟笼放在浅水里让画眉抖擞毛羽，说：

"叫跟叫不一样！跟唱戏一样，有的嗓子宽，有的窄，有的有膛音，有的干冲！不但要声音，还得要'样'，得有'做派'，有神气。您瞧我这只画眉，叫得多好！像谁？"

像谁？

"像马连良！"

像马连良？！

我细瞧一下，还真有点像！它周身干净利索，挺拔精神，叫的时候略偏一点身子，还微微摇动脑袋。

"潇洒！"

我只得承认：潇洒！

不过我立刻不免替京剧演员感到一点悲哀，原来在这些人的心目中，对一个演员的品鉴，就跟对一只画眉一样。

"一只画眉，能叫多少年？"

勤行老师傅说："十来年没问题！"

老包说："也就是七八年。就跟唱京剧一样：李万春现在也只能看一招一势，高盛麟也不似当年了。"

他说起有一年听《四郎探母》，甬说四郎、公主，佘太君是李多奎，那嗓子，冲！他慨叹说：

"那样的好角儿，现在没有了！现在的京剧没有人看，——看的人少，那是啊，没有那么多好角儿了嘛！你再有杨小楼，再有梅兰芳，再有金少山，试试！照样满！两块四？四块八也有人看！——我就看！卖了画眉也看！"

他说出了京剧不景气的原因：老成凋谢，后继无人。这与一部分戏曲理论家的意见不谋而合。

戴白边眼镜的中等老头儿不以为然：

"不行！王师傅的鸟值二百（哦，原来老人姓王），可是你叫个外行来听听：听不出好来！就是梅兰芳、杨小楼再活回来，你叫那边那几个念洋话的学生来听听，他也听不出好来。不懂！现而今这年轻人不懂的事太多。他们不懂京剧，那戏园子的座儿就能好了哇？"

好几个人附和："那是！那是！"

他们以为京剧的危机是不懂京剧的学生造成的。如果现在的学生都像老舍所写的赵子曰，或者都像老包，像这些懂京剧的遛鸟的人，京剧就得救了。这跟一些戏剧理论家的意见也很相似。

然而京剧的老观众，比如这些遛鸟的人，都已经老了，他们大部分已经退休。他们跟我闲聊中最常问的一句话是："退了没有？"那么，京剧的新观众在哪里呢？

哦，在那里：就是那些念屠格涅夫、念莎士比亚的学生。

也没准儿将来改造京剧的也是他们。

谁知道呢！

吴大和尚和七拳半①

※

我的家乡有"吃晚茶"的习惯。下午四五点钟，要吃一点点心，一碗面，或两个烧饼或"油端子"。一九八一年，我回到阔别四十余年的家乡，家乡人还保持着这个习惯。一天下午，"晚茶"是烧饼。我问："这烧饼就是巷口那家的？"我的外甥女说："是七拳半做的。""七拳半"当然是个外号，形容这人很矮，只有七拳半那样高，这个外号很形象，不知道是哪个尖嘴薄舌而又极其聪明的人给他起的。

我吃着烧饼，烧饼很香，味道跟四十多年前的一样，就像吴大和尚做的一样。于是我想起吴大和尚。

我家除了大门、旁门，还有一个后门。这后门即开在吴大和尚住家的后墙上。打开后门，要穿过吴家，才能到巷子里。我们有时抄近，从后门出入，吴大和尚家的情况看得很清楚。

吴大和尚（这是小名，我们那里很多人有大名，但一辈子只以小名"行"）开烧饼饺面店。

我们那里的烧饼分两种。一种叫作"草炉烧饼"，是在砌得高高的炉里用稻草烘熟的。面粗，层少，价廉，是乡下人进城时买了充饥当饭的。一种叫作"桶炉烧饼"。用一只大木桶，里面糊了一层泥，炉底燃煤炭，烧饼贴在炉壁上烤熟。"桶炉烧饼"有碗

---

① 初刊于一九八八年十二月七日《人民日报》，初收于《中国当代作家选集丛书·汪曾祺》。

口大，较薄而多层，饼面芝麻多，带椒盐味。如加钱，还可"插酥"，即在擀烧饼时加较多的"油面"，烤出，极酥软。如果自己家里拿了猪油渣和霉干菜去，做成霉干菜油渣烧饼，风味独绝。吴大和尚家做的是"桶炉"。

原来，我们那里饺面店卖的面是"跳面"。在墙上挖一个洞，将木杠插在洞内，下置面案，木杠压在和得极硬的一大块面上，人坐在木杠上，反复压这一块面。因为压面时要一步一跳，所以叫作"跳面"。"跳面"可以切得极细极薄，下锅不浑汤，吃起来有韧劲而又甚柔软。汤料只有虾子、熟猪油、酱油、葱花，但是很鲜。如不加汤，只将面下在作料里，谓之"干拌"，尤美。我们把馄饨叫作饺子。吴家也卖饺子。但更多的人去，都是吃"饺面"，即一半馄饨，一半面。我记得四十年前吴大和尚家的饺面是一百二十文一碗，即十二个当十铜元。

吴家的格局有点特别。住家在巷东，即我家后门之外，店堂却在对面。店堂里除了烤烧饼的桶炉，有锅台，安了大锅，卖面及饺子用；另有一张（只一张）供顾客吃面的方桌。都收拾得很干净。

吴家人口简单。吴大和尚有一个年轻的老婆，管包饺子、下面。他这个年轻的老婆个子不高，但是身材很苗条。肤色微黑。眼睛狭长，睫毛很重，是所谓"桃花眼"。左眼上眼皮有一小疤，想是小时生疮落下来。这块小疤使她显得很俏。但她从不和顾客眉来眼去，卖弄风骚，只是低头做事，不声不响。穿着也很朴素，只是青布的衣裤。她和吴大和尚生了一个孩子，还在喂奶。吴大和尚有一个妈，整天也不闲着，翻一家的棉袄棉裤，纳鞋底，摇晃睡在摇篮里的孙子。另外，还有个小伙计，"跳"面、烧火。

表面上看起来，这家过得很平静，不争不吵。其实不然。吴大和尚经常在夜里打他的老婆，因为老婆"偷人"。我们那里把和人发生私情叫作"偷人"。打得很重，用劈柴打，我们隔着墙都能听见。这个小个子女人很倔强，不哭，不喊，一声不出。

　　第二天早起，一切如常，该干什么还干什么。吴大和尚擀烧饼，烙烧饼；他老婆包饺子，下面。

　　终于有一天吴大和尚的年轻的老婆不见了，跑了，丢下她的奶头上的孩子，不知去向。我们始终不知道她的"孤佬"（我们那里把不正当的情人，野汉子，叫作"孤佬"）是谁。

　　我从小就对这个女人充满了尊敬，并且一直记得她的模样，记得她的桃花眼，记得她左眼上眼皮上的那一小块疤。

　　吴大和尚和这个桃花眼、小身材的小媳妇大概都已经死了。现在，这条巷口出现了七拳半的烧饼店。我总觉得七拳半和吴大和尚之间有某种关联，引起我一些说不清楚的感慨。

　　七拳半并不真是矮得出奇，我估量他大概有一米五六。是一个很有精神的小伙子。他是一个名副其实的"个体户"，全店只有他一个人。他不难成为万元户，说不定已经是万元户，他的烧饼做得那样好吃，生意那样好。我无端地觉得，他会把本街的一个最漂亮的姑娘娶到手，并且这位姑娘会真心爱他，对他很体贴。我看看七拳半把烧饼贴在炉膛里的样子，觉得他对这点充满信心。

　　两个做烧饼的人所处的时代不同。我相信七拳半的生活将比吴大和尚的生活更合理一些，更好一些。

　　也许这只是我的希望。

冬天①

※

天冷了，堂屋里上了槅子。槅子，是春暖时卸下来的，一直在厢屋里放着。现在，搬出来，刷洗干净了，换了新的粉连纸，雪白的纸。上了槅子，显得严紧，安适，好像生活中多了一层保护。家人闲坐，灯火可亲。

床上拆了帐子，铺了稻草。洗帐子要拣一个晴朗的好天，当天就晒干。夏布的帐子，晾在院子里，夏天离得远了。稻草装在一个布套里，粗布的，和床一般大。铺了稻草，暄腾腾的，暖和，而且有稻草的香味，使人有幸福感。

不过也还是冷的。南方的冬天比北方难受，屋里不升火。晚上脱了棉衣，钻进冰凉的被窝里，早起，穿上冰凉的棉袄棉裤，真冷。

放了寒假，就可以睡懒觉。棉衣在铜炉子上烘过了，起来就不是很困难了。尤其是，棉鞋烘得热热的，穿进去真是舒服。

我们那里生烧煤的铁火炉的人家很少。一般取暖，只是铜炉子，脚炉和手炉。脚炉是黄铜的，有多眼的盖。里面烧的是粗糠。粗糠装满，铲上几铲没有烧透的芦柴火（我们那里烧芦苇，叫作"芦柴"）的红灰盖在上面。粗糠引着了，冒一阵烟，不一会，烟尽了，就可以盖上炉盖。粗糠慢慢延烧，可以经很久。老太太们离

---

① 初刊于《中国作家》一九九八年第一期，初收于北师大版《汪曾祺全集》第四卷。

不开它。闲来无事，抹抹纸牌，每个老太太脚下都有一个脚炉。脚炉里粗糠太实了，空气不够，火力渐微，就要用"拨火板"沿炉边挖两下，把粗糠拨松，火就旺了。脚炉暖人。脚不冷则周身不冷。焦糠的气味也很好闻。仿日本俳句，可以作一首诗："冬天，脚炉焦糠的香。"手炉较脚炉小，大都是白铜的，讲究的是银制的。炉盖不是一个一个圆窟窿，大都是镂空的松竹梅花图案。手炉有极小的，中置炭墼（煤炭研为细末，略加蜜，筑成饼状），以纸煤头引着。一个炭墼能经一天。

冬天吃的菜，有乌青菜、冻豆腐、咸菜汤。乌青菜塌棵，平贴地面，江南谓之"塌苦菜"，此菜味微苦。我的祖母在后园辟小片地，种乌青菜，经霜，菜叶边缘作紫红色，味道苦中泛甜。乌青菜与"蟹油"同煮，滋味难比。"蟹油"是以大螃蟹煮熟剔肉，加猪油"炼"成的，放在大海碗里，凝成蟹冻，久贮不坏，可吃一冬。豆腐冻后，不知道为什么是蜂窝状。化开，切小块，与鲜肉、咸肉、牛肉、海米或咸菜同煮，无不佳。冻豆腐宜放辣椒、青蒜。我们那里过去没有北方的大白菜，只有"青菜"。大白菜是从山东运来的，美其名曰"黄芽菜"，很贵。"青菜"似油菜而大，高二尺，是一年四季都有的，家家都吃的菜。咸菜即是用青菜腌的。阴天下雪，喝咸菜汤。

冬天的游戏：踢毽子，抓子儿，下"逍遥"。"逍遥"是在一张正方的白纸上，木版印出螺旋的双道，两道之间印出八仙、马、兔子、鲤鱼、虾……；每样都是两个，错落排列，不依次序。玩的时候各执铜钱或象棋子为子儿，掷骰子，如果骰子是五点，自"起马"处数起，向前走五步，是兔子，则可向内圈寻找另一个兔子，以子儿押在上面。下一轮开始，自里圈兔子处数起，如是六点，进六步，也许是铁拐李，就寻另一个铁拐李，把子儿押在那个铁拐李上。如果数数至里圈的什么图上，则到外圈去找，退回来。点数够了，子儿能进入终点（终点是一座宫殿式的房子，不知是月宫还是龙门），就算赢了。次后进入的为"二家"、"三家"。"逍遥"两个人玩也可以，三个四个人玩也可以。不知道为什么叫作"逍遥"。

早起一睁眼，窗户纸上亮晃晃的，下雪了！雪天，到后园去折腊梅花、天竺果。明黄色的腊梅、鲜红的天竺果，白雪，生意盎然。腊梅开得很长，天竺果尤为耐久，插在胆瓶里，可经半个月。

春粉子。有一家邻居，有一架碓。这架碓平常不大有人用，只在冬天由附近的一二十家轮流借用。碓屋很小，除了一架碓，只有一些筛子、箩。踩碓很好玩，用脚一踏，吱扭一声，碓嘴扬了起来，嘭的一声，落在碓窝里。粉子春好了，可以蒸糕，做"年烧饼"（糯米粉为蒂，包豆沙白糖，作为饼，在锅里烙熟），搓圆子（即汤团）。春粉子，就快过年了。

一九八八年十二月二十二日

闹市闲民①

※

　　我每天在西四倒一〇一路公共汽车回甘家口。直对一〇一站牌有一户人家。一间屋，一个老人。天天见面，很熟了。有时车老不来，老人就搬出一个马扎儿来："车还得会子，坐会儿。"

　　屋里陈设非常简单（除了大冬天，他的门总是开着），一张小方桌，一个方机凳，三个马扎儿，一张床，一目了然。

　　老人七十八岁了，看起来不像，顶多七十岁。气色很好。他经常戴一副老式的圆镜片的浅茶晶的养目镜——这副眼镜大概是他身上唯一值钱的东西。眼睛很大，一点没有混浊，眼角有深深的鱼尾纹。跟人说话时总带着一点笑意，眼神如一个天真的孩子。上唇留了一撮疏疏的胡子，花白了。他的人中很长，唇髭不短，但是遮不住他的微厚而柔软的上唇。——相书上说人中长者多长寿，信然。他的头发也花白了，向后梳得很整齐。他长年穿一套很宽大的蓝制服，天凉时套一件黑色粗毛线的很长的背心。圆口布鞋、草绿色线袜。

　　从攀谈中我大概知道了他的身世。他原来在一个中学当工友，早就退休了。他有家。有老伴。儿子在石景山钢铁厂当车间主任。孙子已经上初中了。老伴跟儿子，他不愿跟他们一起过，说是："乱！"他愿意一个人。他的女儿出嫁了。外孙也大了。儿子有时

---

　　①　初刊于《天涯》一九九〇年第九期，初收于《草花集》。

进城办事，来看看他，给他带两包点心，说会子话。儿媳妇、女儿隔几个月来给他拆洗拆洗被窝。平常，他和亲属很少来往。

他的生活非常简单。早起扫扫地，扫他那间小屋，扫门前的人行道。一天三顿饭。早点是干馒头就咸菜喝白开水。中午晚上吃面。一年三百六十五天，天天如此。他不上粮店买切面，自己做。抻条，或是拨鱼儿。他的拨鱼儿真是一绝。小锅里坐上水，用一根削细了的筷子把稀面顺着碗口"赶"进锅里。他拨的鱼儿不断，一碗拨鱼儿是一根，而且粗细如一。我为看他拨鱼儿，宁可误一趟车。我跟他说："你这拨鱼儿真是个手艺！"他说："没什么，早一点把面和上，多搅搅。"我学着他的法子回家拨鱼儿，结果成了一锅面糊糊疙瘩汤。他吃的面总是一个味儿！浇炸酱。黄酱，很少一点肉末。黄瓜丝、小萝卜，一概不要。白菜下来时，切几丝白菜，这就是"菜码儿"。他饭量不小，一顿半斤面。吃完面，喝一碗面汤（他不大喝水），涮涮碗，坐在门前的马扎儿上，抱着膝盖看街。

我有时带点新鲜菜蔬，青蛤、海蛎子、鳝鱼、冬笋、木耳菜，他总要过来看看："这是什么？"我告诉他是什么，他摇摇头："没吃过。南方人会吃。"他是不会想到吃这样的东西的。

他不种花，不养鸟，也很少遛弯儿。他的活动范围很小，除了上粮店买面，上副食店买酱，很少出门。

他一生经历了很多大事。远的不说。敌伪时期，吃混合面。傅作义。解放军进城，扭秧歌，呛呛七呛七。开国大典，放礼花。没完没了的各种运动。三年自然灾害，大家挨饿。"文化大革命"。"四人帮"。"四人帮"垮台。华国锋。华国锋下台……

然而这些都与他无关，没有在他身上留下多少痕迹。他每天还是吃炸酱面，——只要粮店还有白面卖，而且北京的粮价长期稳定——坐在门口马扎儿上看街。

他平平静静，没有大喜大忧，没有烦恼，无欲望亦无追求，天然恬淡，每天只是吃抻条面、拨鱼儿，抱膝闲看，带着笑意，用孩子一样天真的眼睛。

这是一个活庄子。

一九九〇年五月五日

食道旧寻[1]
——《学人谈吃》序

※

《学人谈吃》，我觉得这个书名有点讽刺意味。学人是会吃，且善于谈吃的。中国的饮食艺术源远流长，千年不坠，和学人的著述是有关系的。现存的古典食谱，大都是学人的手笔。但是学人一般比较穷的，他们爱谈吃，但是不大吃得起。

抗日战争以前，学人的生活相当优裕的，大学教授一月可以拿到三四百元，有的教授家里是有厨子的。抗战以后，学人生活一落千丈。我认识一些学人正是在抗战以后。我读的大学是西南联大，西南联大是名教授荟萃的学府。这些教授肚子里有学问，却少油水。昆明的一些名菜，如"培养正气"的汽锅鸡、东月楼的锅贴乌鱼、映时春的油淋鸡，新亚饭店的过油肘子、小西门马家牛肉馆的牛肉、甬道街的红烧鸡枞……能够偶尔一吃的，倒是一些"准学人"——学生或助教。这些准学人两肩担一口，无牵无挂，有一点钱——那时的大学生大都在校外兼职，教中学，当家庭教师，作会计……不时有微薄的薪水，多是三朋四友，一顿吃光。有一次有一个四川同学，家里给他寄了一件棉袍来，我们几个人和他一块到邮局去取。出了邮局，他把包裹拆了，把棉袍搭在胳臂上，站在文明街上，大声喊："谁要这件棉袍？"当场有人买了。我们几个人钻

---

① 初刊于《中国烹饪》一九九〇年第十一期，初收于《草花集》。

进一家小馆子，风卷残云，一会的工夫，就把这件里面三新的棉袍吃掉了。教授们有家，有妻儿老小，当然不能这样的放诞。有一位名教授，外号"二云居士"，谓其所嗜之物为云土与云腿，我想这不可靠。走进大西门外凤翥街的本地馆子里，一屁股坐下来，毫不犹豫地先叫一盘"金钱片腿"的，只有赶马的马锅头。教授只能看看。唐立厂①（兰）先生爱吃干巴菌，这东西是不贵的，但必须有瘦肉、青辣椒同炒，而且过了雨季，鲜干巴菌就没有了，唐先生也不能老吃。沈从文先生经常在米线店就餐。巴金同志的《怀念从文》中提到："我还记得在昆明一家小饮食店里几次同他相遇，一两碗米线作为晚餐，有西红柿，还有鸡蛋，我们就满足了。"这家米线店在文林街他的宿舍对面，我就陪沈先生吃过多次米线。文林街上除了米线店，还有两家卖牛肉面的小馆子。西边那一家有一位常客，是吴雨僧（宓）先生。他几乎每天都来。老板和他很熟，也对他很尊敬。那时物价以惊人的速度飞涨，牛肉面也随时要涨价。每涨一次价，老板都得征求吴先生的同意。吴先生听了老板的陈述，认为有理，就用一张红纸，毛笔正楷，写一张新订的价目表，贴在墙上。穷虽穷，不废风雅。云南大学成立了一个曲社，定期举行"同期"。参加拍曲的有陶重华（光）、张宗和、孙凤竹、崔芝兰、沈有鼎、吴征镒诸先生，还有一位在民航公司供职的许茹香老先生。"同期"后多半要聚一次餐。所谓"聚餐"，是到翠湖边一家小铺去吃一顿馅儿饼，费用公摊。不到吃完，账已经算得一清二楚，谁该多少钱。掌柜的直纳闷，怎么算得这么快？他不知道算账

---

① 这个字读庵，不是工厂的厂。

的是许宝骦先生。许先生是数论专家,这点小九九还在话下!许家是昆曲世家,他的曲子唱得细致规矩是不难理解的,从本书俞平伯先生文中,我才知道他的字也写得很好。昆明的学人清贫如此,重庆、成都的学人也好不到哪里去。我在观音寺一中学教书时,于金启华先生壁间见到胡小石先生写给他的一条字,是胡先生自作的有点打油味道的诗。全诗已忘,前面说广文先生如何如何,有一句我是一直记得的:"斋钟顿顿牛皮菜"。牛皮菜即恭菜,茎叶可炒食或做汤,北方叫作"根头菜",也还不太难吃,但是顿顿吃牛皮菜,是会叫人"嘴里淡出鸟来"的!

抗战胜利,大学复员。我曾在北大红楼寄住过半年,和学人时有接触,他们的生活比抗战时要好一些,但很少于吃喝上用心的。谭家菜近在咫尺,我没有听说有哪几位教授在谭家菜预定过一桌鱼翅席去解馋。北大附近只有松公府夹道拐角处有一家四川馆子,就是本书李一氓同志文中提到过许倩云、陈书舫曾照顾过的,屋小而菜精。李一氓同志说是这家的菜比成都还做得好,我无从比较。除了鱼香肉丝、炒回锅肉、豆瓣鱼……之外,我一直记得这家的泡菜特别好吃,——而且是不算钱的。掌勺的是个矮胖子,他的儿子也上灶。不知为了什么事,两父子后来闹翻了。常到这里来吃的,以助教、讲师为多,教授是很少来的。除了这家四川馆,红楼附近只有两家小饭铺,卖筋面炒饼,还有一种叫作"炒和菜戴帽"或"炒和菜盖被窝"的菜,——菠菜炒粉条,上面摊一层薄薄的鸡蛋盖住。从大学附近饭铺的菜蔬,可以大体测量出学人和准学人的生活水平。

教授、讲师、助教忽然阔了一个时期。国民党政府改革币制,从法币改为金元券，这一下等于增加薪水十倍。于是，我们几乎天天晚上到东安市场去吃。吃森隆、五芳斋的时候少，常吃的是"苏造肉"——猪肉及下水加砂仁、豆蔻等药料共煮一锅，吃客可以自选一两样，由大师傅夹出，剁块，和黄宗江在《美食随笔》里提到的言慧珠请他吃过的爆肚，和白汤杂碎。东安市场的爆肚真是一绝，脆，嫩，绝对干净，爆散丹、爆肚仁都好。白汤杂碎，汤是雪白的。可惜好景不长，阔也就是阔了一个月光景。金元券贬值，只能依旧回沙滩吃炒和菜。

教授很少下馆子。他们一般都在家里吃饭，偶尔约几个朋友小聚，也在家里。教授夫人大都会做菜。我的师娘，三姐张兆和是会做菜的。她做的八宝糯米鸭，酥烂入味，皮不破，肉不散，是个杰作。但是她平常做的只是家常炒菜。四姐张充和多才多艺，字写得极好；曲子唱得极好，——我们在昆明曲会学唱的《思凡》就是用的她的腔，曾听过她的《受吐》的唱片，真是细腻宛转；她善写散曲，也很会做菜。她做的菜我大都忘了，只记得她做的"十香菜"。"十香菜"，苏州人过年吃的常菜耳，只是用十种咸菜丝，分别炒出，置于一盘。但是充和所制，切得极细，精致绝伦，冷冻之后，于鱼肉饮饱之余上桌，拈箸入口，香留齿颊！

解放后我在北京市文联工作过几年。那时文联编着两个刊物：《北京文艺》和《说说唱唱》，每月有一点编辑费。编辑费都是吃掉。编委、编辑，分批开向饭馆。那两年，我们几乎把北京的有名的饭馆都吃遍了。预订包桌的时候很少，大都是临时点菜。"主点"的是老舍先生，执笔写菜单的是王亚平同志。有一次，菜点齐了，老舍先生又斟酌了一次，认为有一个菜不好，不要，亚平同志掏出笔来在这道菜四边画了一个方框，又加了一个螺旋形的小尾巴。服务员接过菜单，端详了一会，问：“这是什么意思？”亚平真是个老编辑，他把校对符号用到菜单上来了！

老舍先生好客，他每年要把文联的干部约到家里去喝两次酒，一次是菊花开的时候，赏菊；一次是腊二十三，他的生日。菜是地道老北京的味儿，很有特点。我记得很清楚的是芝麻酱炖黄花鱼，是一道汤菜。我以前没有吃过这个菜，以后也没有吃过。黄花鱼极新鲜，而且是一般大小，都是八寸。装这个菜得一个特制的器皿——瓷盦子，即周壁直上直下的那么一个家伙。这样黄花鱼才能一条一条顺顺溜溜平躺在汤里。若用通常的大海碗，鱼即会拗弯甚至断碎。老舍夫人胡絜青同志善做“芥末墩”，我以为是天下第一。有一次老舍先生宴客的是两个盒子菜。盒子菜已经绝迹多年，不知他是从哪一家订来的。那种里面分隔的填雕的朱红大圆漆盒现在大概也找不到了。

学人中有不少是会自己做菜的。但都只能做一两只拿手小菜。学人中真正精于烹调的，据我所知，当推北京王世襄。世襄以此为一乐。有时朋友请他上家里做几个菜，主料、配料、酱油、黄酒……都是自己带去。据说过去连圆桌面都是自己用自行车驮过去的。听黄永玉说，有一次有几个朋友在一家会餐，规定每人备料去表演一个菜。王世襄来了，提了一捆葱。他做了一个菜：焖葱。结果把所有的菜全压下去了。此事不知是否可靠。如不可靠，当由黄永玉负责！

客人不多，时间充裕，材料凑手，做几个菜是很愉快的事。成天伏案，改换一下身体的姿势，也是好的，——做菜都是站着的。

做菜，得自己去买菜。买菜也是构思的过程。得看菜市上有什么菜，捉摸一下，才能掂配出几个菜来。不可能在家里想做几个什么菜，菜市上准有。想炒一个雪里蕻冬笋，没有冬笋，菜架上却有新到的荷兰豆，只好"改戏"。买菜，也多少是运动。我是很爱逛菜市场的。到了一个新地方，有人爱逛百货公司，有人爱逛书店，我宁可去逛逛菜市。看看生鸡活鸭、鲜鱼水菜、碧绿的黄瓜、通红的辣椒，热热闹闹，挨挨挤挤，让人感到一种生之乐趣。

学人所做的菜很难说有什么特点，但大都存本味，去增饰，不勾浓芡，少用明油，比较清淡，和馆子菜不同。北京菜有所谓"宫廷菜"（如仿膳）、"官府菜"（如谭家菜、"潘鱼"）。学人做的菜该叫个什么菜呢？叫作"学人菜"，不大好听，我想为之拟一名目，曰"名士菜"，不知王世襄等同志能同意否。

《学人谈吃》的编者叫我为《学人谈吃》写一篇序，我不知说什么好，就东拉西扯地写了上面一些。

一九九〇年六月三十日

后台①

※

道具树

我躺在道具树下面看书。

道具树不是树，只是木板、稻草、麻袋、帆布钉出来的，刷了颜色，很粗糙。但是搬到台上，打了灯光，就像是一棵树了。

道具树不是树。然而我觉得它是树，是一棵真的树。树下面有新鲜的空气流动。

我躺在道具树下面看书，看弗吉尼亚·伍尔芙的《果园里》。

凝视

她愿意我给她化妆，愿意我凝视她的脸。我每天给她化妆，把她的脸看得很熟了。我给她打了底彩，揉了胭脂，描了眉（描眉时得屏住气，否则就会画得一边高一边低，——我把她的眉梢画得稍为扬起一点），勾了眼线，涂了口红（用小指尖抹匀），在下唇下淡淡地加了一点阴影。

在我给她化妆的时候，在我长久地凝视她的脸的时候，她很乖。

---

① 初刊于《江南》一九九三年第二期，初收于北师大版《汪曾祺全集》第五卷。

大姐

大姐是管服装的。她并不喜欢演戏，她可以说是一个毫无浪漫主义气质的人。她来管服装只是因为人好，有一副热心肠，愿意帮助人。她管服装很尽职，有条有理。她总是带了一个提包到后台来，包里是剪刀、刷子、熨斗……她胸前总是别着几根带着线头的针。哪件服装绽了线，就缝几针。她倾听着台上的戏，下一场谁该换什么服装了，就准备好放在顺手的地方。大家都很尊敬她，都叫她大姐。

大姐是个好人。她愿意陪人上街买衣料，买皮鞋。也愿意陪人去吃一碗米线。她给人传递情书。一对情人闹别扭了，她去劝解。学校什么社团在阳宗海举办夏令营，她去管伙食。

鄟

鄟是个半职业演员。她的身世很复杂。她是清末民初一个大名士的孙女。她的父亲是姨太太生的，她也是姨太太生的。她父亲曾经在海防当过领事。她在北京读了一年大学，就休学做了演员……她爱跟人谈她的曲折的身世，有些话似乎不太可信。她是个情绪型的人，容易激动，说话表情丰富，手势很多，似乎随时都是在演戏。她不知怎么到了昆明。她很会演戏。《雷雨》里的鲁妈、《原野》里的焦大妈都演得很好。但是昆明演话剧的机会不是很多，不知道她是靠什么生活的。

她和一个经济系四年级的大学生同居了一个时期。这个大学生跑仰光，跑腊戌，倒卖尼龙丝袜、PONO'S口红，有几个钱。郾把他们的房间布置得很别致。藤编的凉帽翻过来当灯罩，云南绿釉陶罐里插着大把的康乃馨，墙上挂着很大的克拉克·盖博和蓓蒂·黛维斯的照片，没有椅子凳子，客人来了坐在草蒲团上，地下没有地毯，铺了一地松毛。

有一天，经济系大学生到后台来，郾忽然当着很多人，扬起手来打了大学生一个很响亮的耳光。大学生被别的演员劝走了。郾在化妆室里又哭又闹，说是大学生欺负了她。正哭得不可开交，剧务来催场："郾！该你上了！"郾立刻不哭了，稍微整了整妆，扑了一点粉，上场，立刻进了角色，好像刚才什么事也没有发生。真奇怪，她哭成那样，脸上的妆并没有花了。

黑妞

大家都叫她黑妞。她长得黑黑的，眼睛很大，很亮，看起来有点野，但实际上很温顺，性格朴素。她爱睁大了眼睛听人说话。她和我不一样。我是个吊儿郎当的人，写一些虚无缥缈的诗。她在学校参加进步的学生社团，参加歌咏队，参加纪念"一二·九"运动的大会。我演戏，只是为了好玩，为艺术而艺术；她参加演戏，是一种进步活动，当然也是为了玩。我们演的都不是重要的角色，最后一场没有戏，卸了妆，就提前离开剧场。从舞台的侧门下来到剧场门口，要经过一个狭狭的巷子，只有一点路灯的余光，很暗。她伸出手来拉住我的手。我很高兴。我知道她很喜欢我。以后每次退出舞台，她都在巷口等我，很默契。我们一直手拉着手，走完狭巷，到剧场大门，分手。仅此而已。我们并没有吻一下。我还从来没有吻过人。她大概也没有。

十多年以后，我到一个中学去做报告，讲鲁迅，见到了她。她在这个中学教语文，来听我的报告。见面，都还认得。她还是那样，眼睛还很大，只是，不那样亮了。她神情有点忧郁，我觉得她这十多年的生活大概经历了不少坎坷。

一九九二年十月十九日

故乡的元宵①

※

故乡的元宵是并不热闹的。

没有狮子、龙灯，没有高跷，没有跑旱船，没有"大头和尚戏柳翠"，没有花担子、茶担子。这些都在七月十五"迎会"——赛城隍时才有，元宵是没有的。很多地方兴"闹元宵"，我们那里的元宵却是静静的。

有几年，有送麒麟的。上午。三个乡下的汉子，一个举着麒麟，——一张长板凳，外面糊着纸扎的麒麟，一个敲小锣，一个打镲，咚咚哐哐敲一气，齐声唱一些吉利的歌。每一段开头都是"格炸炸"：

格炸炸，格炸炸，
麒麟送子到你家……

我对这"格炸炸"印象很深。这是什么意思呢？这是状声词？状的什么声呢？送麒麟的没有表演，没有动作，曲调也很简单。送麒麟的来了，一点也不叫人兴奋，只听得一连串的"格炸炸"。"格炸炸"完了，祖母就给他们一点钱。

街上掷骰子"赶老羊"的赌钱的摊子上没有人。六颗骰子静静

---

① 初刊于一九九三年三月十八日《武汉晚报》，初收于《草花集》。

地在大碗底卧着。摆赌摊的坐在小板凳抱着膝盖发呆。年快过完了，准备过年输的钱也输得差不多了，明天还有事，大家都没有赌兴。

草巷口有个吹糖人的。孙猴子舞大刀、老鼠偷油。

北市口有个捏面人的。青蛇、白蛇、老渔翁。老渔翁的蓑衣是从药店里买来的夏枯草做的。

到天地坛看人拉"天嗡子"——即抖空竹，拉得很响，天嗡子蛮牛似的叫。

到泰山庙看老妈妈烧香。一个老妈妈鞋底有牛屎，干了。

一天快过去了。

不过元宵要等到晚上，上了灯，才算。元宵元宵嘛。我们那里一般不叫元宵，叫灯节。灯节要过几天，十三上灯，十七落灯。"正日子"是十五。

各屋里的灯都点起来了。大妈（大伯母）屋里是四盏玻璃方灯。二妈屋里是画了红寿字的白明角琉璃灯，还有一张珠子灯。我的继母屋里点的是红琉璃泡子。一屋子灯光，明亮而温柔，显得很吉祥。

上街去看走马灯。连万顺家的走马灯很大。"乡下人不识走马灯，——又来了"。走马灯不过是来回转动的车、马、人（兵）的影子，但也能看它转几圈。后来我自己也动手做了一个，点了蜡烛，看着里面的纸轮一样转了起来，外面的纸屏上一样映出了影子，很欣喜。乾陞和的走马灯并不"走"，只是一个长方的纸箱子，正面白纸上有一些彩色的小人，小人连着一根头发丝，烛火烘热了发丝，小人的手脚会上下动。它虽然不"走"，我们还是叫它走马灯。要不，叫它什么灯呢？这外面的小人是唐僧、孙悟空、猪八戒、沙和尚。整个画面表现的是《西游记》唐僧取经。

孩子有自己的灯。兔子灯、绣球灯、马灯……兔子灯大都是自己动手做的。下面安四个轱辘，可以拉着走。兔子灯其实不大像兔子，脸是圆的，眼睛是弯弯的，像人的眼睛，还有两道弯弯的眉毛！绣球灯、马灯都是买的。绣球灯是一个多面的纸扎的球，有一个篾制的架子。架子上有一根竹竿，架子下有两个轱辘，手执竹竿，向前推移，球即不停滚动。马灯是两段，一个马头，一个马屁股，用带子系在身上。西瓜灯、虾蟆灯、鱼灯，这些手提的灯，是小孩玩的。

有一个习俗可能是外地所没有的：看围屏。硬木长方框，约三尺高，尺半宽，镶绢，上画工笔的演义小说人物故事，灯节前装好，一堂围屏约三十幅，屏后点蜡烛。这实际上是照得透亮的连环画。看围屏有两处，一处在炼阳观的偏殿，一处在附设在城隍庙里的火神庙。炼阳观画的是《封神榜》，火神庙画的是《三国》。围屏看了多少年，但还是年年看。好像不看围屏就不算过灯节似的。

街上有人放花。

有人放高升（起火），不多的几枝。起火升到天上，嗤——灭了。

天上有一盏红灯笼。竹篾为骨，外糊红纸，一个长方的筒，里面点了蜡烛，放到天上。灯笼是很好放的，连脑线都不用，在一个角上系上线，就能飞上去。灯笼在天上微微飘动，不知道为什么，看了使人有一点薄薄的凄凉。

年过完了，明天十六，所有店铺就"大开门"了。我们那里，初一到初五，店铺都不开门。初六打开两扇排门，卖一点市民必需的东西，叫作"小开门"。十六把全部排门卸掉，放一挂鞭，几个炮仗。叫作"大开门"，开始正常营业。年，就这样过去了。

一九九三年二月十二日

牌坊①
——故乡杂忆

※

臭河边南岸有三座贞节牌坊。三座牌坊大小、高矮、式样差不多，好像三姊妹，都是白石头。重檐，方柱。横枋当中有一块微向前倾的长方石头，像一本洋装书。上刻两个字："圣旨"。这三座牌坊旌表的是什么人，谁也没有注意过。立牌坊的年月是刻在横枋的左侧的，但是也没有人注意过。反正是有了年头了。牌坊整天站着，默默无言。太阳好的时候，牌坊把影子齐齐地落在前面的土地上。下雨天，在大雨里淋着。每天黄昏，飞来很多麻雀，落在石檐下面、石枋石柱的缝隙间，叽叽喳喳，叫成一片。远远走过来，好像牌坊自己在叫。

听到过一个关于牌坊的故事。

有一家，姓徐，是个书香人家，徐少爷娶妻白氏，貌美而贤惠，知书达理。不幸徐少爷得了一场伤寒，早离尘世。徐少奶奶这时才二十四五岁，年轻守寡。徐少爷留下一个孩子，才三岁。徐少奶奶就守着这个孩子，教他读书习字。

转眼二十年过去了，孩子已经长大成人。孩子很聪明，也用功，功名顺利，由秀才、举人，一直到中了进士。

这年清明祭祖，徐氏族人聚会，说起白夫人年轻守节，教子成

---

① 初刊时间、初刊处未详，初收于《草花集》。

牌坊

名，应该申报旌表，为她立牌坊。儿子觉得在理，就回家对母亲说明族人所议。

白夫人一听，大怒，说：

"我不要立牌坊！"

说着从床下拖出一条柳条笆斗，笆斗里是一斗铜钱。白夫人把铜钱往地板上一倒，说：

"这就是我的贞节牌坊！"

原来白夫人每到欲念升起，脸红心乱时，就把一斗铜钱倒在地板上，滚得哪儿都是，然后俯身一枚一枚地拾起来，这样就岔过去了。

儿子从此再也不提立牌坊的事。

金陵王气①

※

我对南京几乎一无所知，也一无可记。

解放前我只去过南京一次，一九三六年夏天，去接受蒋介石检阅，听他"训话"。

国民党在学校里实行军事化，所有中学都派了军事教官，设军事课。当时强邻虎视，我们从初中时就每天听到"国难当头"的宣传教育，学生的救国意识都很浓厚，对军事化并无反感。

国民党政府规定高中一年级学生暑假要分地区集中军训。苏州、扬州、无锡、常州、江阴等地的高一学生在镇江集训。地点在镇江郊区的三十六标。"标"即营房，这名称大概是从清朝的绿营兵时代沿袭下来的。

集训无非是学科、术科、"筑城教范"、"打野外"、打靶……这一套。再就是听国民党中要人的演讲。如"中国国民党是中国青年的党，中国青年是中国国民党的青年"（叶楚伧语）；"信仰领袖要信仰到迷信的地步，服从领袖要服从到盲从的地步"（周佛海语）……等等。

集训队有一个特殊人物，蒋纬国。他那时在苏州东吴大学读一年级（大学一年级学生也和高中一年级一同参加集训）。一到星期六下午，就听到政治处的秘书大声呼叫："二少爷！二少爷！"不

① 初刊于《银潮》一九九三年第九期，初收于北师大版《汪曾祺全集》第六卷。

是南京来了长途电话，就是来接二少爷的汽车到了。"二少爷"长得什么模样，我当时就没有记住。

集中军训快要结束时，江浙两省的高一学生调集南京，去听委员长训话。

从镇江坐铁闷子车，到南京出站后整队齐步走开往宿营处中央军校。一个个全都挺胸收腹，气宇轩昂。受了两个月的训，步伐很整齐，鞋底踏地，夸、夸、夸、夸……人行道上有两个外国年轻女人，看样子是使馆外交官的家属，随着我们的大队走，也是齐步走。我们喊："一、二、三——四！"她们也跟着一块喊。她们觉得很有趣，我们也觉得很有趣。这里有使馆，有使馆的年轻女人，让人感觉到这是"国府"所在地。

看了一些在当时看来是很高大华美的建筑，如励志社，觉得"国都"果然气势不凡。

树木很多。南京的绿化搞得很好，那时就打下了基础。听说现在有些高大的法国梧桐还是蒋介石时期种的。

听蒋介石训话的地方在中山陵。

中山陵设计得很好，甚至可以说是完美。蓝琉璃瓦顶，白墙、白柱。陵在半山，自平地至半山享堂有很多层极宽的石级，也是白色的。石级两侧皆植松柏。这种蓝白两色的设计思想想来是和国民党的党旗青天白日有关，但来谒陵的人似乎不大有人联想到三民主义，只觉得很美，既很素静，又很有气魄。我在美国曾和参加爱荷华写作计划的外国作家一同参观林肯墓，一位哥伦比亚诗人说他在南京看过中山陵，认为林肯墓不能和中山陵比，不如中山陵有气魄。他不知道林肯墓是"墓"，中山陵是"陵"呀！

蒋介石来了。穿的是草绿色毛料军服，裁剪得很合身。露出裤口外的马刺则是金色的。蒋介石这时的身体还挺不错，从平地到上面的平台，是缓步走上去的。

检阅的总指挥是桂永清，他那时是师长，是蒋介石的嫡系亲信。他上去向蒋介石报告。这家伙真有两下子，从平地到蒋介石站着的平台，是一直用正步走上去的！蒋介石的"训话"实在不精彩，只是把国民党的党歌像讲国文似的从头至尾讲了一遍。他讲一段，就用一个很大的玻璃杯喝一大杯水。有人猜想，这水是参汤。幸亏国民党的党歌很短，蒋介石的"训话"时间也不长，否则在大太阳下面立正太久，真受不了。

这一天给我们每人发了一个纸袋，内装一块榨菜、一块牛肉、两个小圆面包。这一袋东西我是什么时候吃掉的，记不得了。很好吃。以致我一想起南京，就想起榨菜牛肉圆面包。

第二天一早，我们就回镇江了。在南京，除了中山陵，哪儿也没去。

一九九三年十月九日

蔡德惠[1]

※

　　我与蔡德惠君说不上甚么交情，只是我很喜欢他这个人。同在联大新校舍住了几年，彼此似乎是毫无往来。他不大声说话，也没有引人注意的举动，除了他系里学术上的集会，他大概很少参加人多的场合，（我印象如此，许是错了，也未可知，）我们那个时候认得他的人恐怕不多。我只记得有一次，一个假日，人多出去了，新校舍显得空空的，树木特别的绿，他一个人在井边草地上洗衣服，一脸平静自然，样子非常的好。自此他成为我一个不能忘去的人。他仿佛一直是如此。既是一个人，照理都有忧苦激愤，感情失常的时候，蔡君短短一生之中自必也见过遇过若干足以搅乱他的事情，我与他相知甚浅，不能接触到他生活全面，无由知道。凡我历次所见，他都是那么对世界充满温情，平静而自然的样子。我相信他这样的时候最多。也不知怎么一来，彼此知道名字，路上见到也点点头。他人颇瘦小，精神还不错。

　　我离开联大到昆明乡下一个中学去教书，就不大再看到他。学校同事中也有熟识他的人，可是谈话中未听见提过他名字。想是他们以为我不认得他。再者他人极含蓄，一身也无甚"故事"可以作谈话资料，或说无甚可以作为谈话资料的故事。我就知道他在生物系书读得极好，毕业后研究植物分类学，很有希望，研究室在甚么

---

　　① 初刊于一九四六年十月二十九日上海《大公报》，初收于北师大版《汪曾祺全集》第三卷。

地方，我亦熟悉，他大概经常在里面工作。有一次学校里教生物的两个先生告诉我要带学生出去看一次，问我高兴不高兴一起去走走，说："蔡德惠也来的。"果然没有几天他就来了。带了一大队学生出去，大家都围着他，随便掐一片叶子，找一朵花，问他，他都娓娓的说出这东西叫甚么，生活情形，分布情形如何，有个甚么故事与这有关，哪一篇诗里提到过它。说话还是轻轻的，温和清楚。现在想起来，当时不觉得，他似乎比以前更瘦了些。是秋天，野地里开了许多红白蓼花。他好像是穿了一件灰色长衫。

后来，有一次，雨季，我到联大去。太阳一收，雨忽然来了，相当的大，当时正走过他的研究室，心想何不看看他去。一推门就进去了，我来，他毫不觉得突兀。稍为客气的接待我。仿佛谁都可以推开他的门进去的一样。一进门我就看见他墙上一只蛾子，颜色如红宝石，略有黑色斑纹。他指点给我看，说了一些关于蛾蝶的事。他四壁都是植物标本，层层叠叠，尚待整理。他说有好些都是从滇西采集来的，拿出好些东西给我看，都极其特别。他让我拣两样带回去玩，我挑了几片木瑚蝶。这几片东西一直夹在我一本达尔文的书里。到他死后，有一天还翻出来过。现在那本书丢在昆明，若有人翻出，大概会不知道它是甚么玩意，更无从想象是如何得来的了。那天他说话依然极其平和，如说家常，无一分讲堂气。但有一种隐隐的热烈，他把感情都倾注在工作上了，真是一宗爱的事业。

天晴了，我们出来，在他手营的小花圃里看了看，花圃里最亮的一块是金蝶花，正在盛开，黄闪闪的。几丛石竹，则在深深的绿色之中郁郁的红。新雨之后，草头全是水珠。我停步于土墙上一方白色之前，他说，"是个日规"。所谓日规，是方方的涂了一块石灰，大小一手可掩，正中垂直于墙面插了一支竹丁。看那根竹丁的影子，知道是什么时候了。不知甚么道理，这东西叫人感动，蔡君平时在室内工作，大概常常要出来看一看墙上的影子的吧。我离开那间绿阴深蔽的房子不到几步，已经听到打字机答答的响起来。

这以后我就一直没有看见过他。偶然因为一件小事，想起这么一个沈默的谦和的人品，那么庄严认真的工作，觉得人世甚不寂寞，大有意思。

忽然有一天，朋友告诉我，"蔡德惠进了医院，已经不行了，肺差不多烂完了，一点办法都没有，明天，最多是后天的事情。"

"以前没有听说他有病呀？"

"是呢。一直也没有发现。一定很久了，不知道他自己怎么没觉得，一来就吐了血，送医院一检查。……"

当时我竟未到医院里去看看他。过两天，有人通知我甚么时候在联大新校舍后面广场上火化，我又糊里糊涂没有去参加。现在人死了已近半年，大家都离开云南，我不知道他孤坟何处，在上海这个人海之中，却又因为一件小事而想起他来，因而写了这篇短文，遥示悼念，希望他生前朋友能够见到。

我离开昆明较晚，走之前曾到联大看过几次。那间研究室锁着锁，外面藤萝密密缠满木窗，小花圃已经零落，犹有几枝残花在寂寞中开放，草长得非常非常高。那个日规还好好的在，雪白，竹丁影子斜斜的落在右边。——这样的结尾，不免俗套，近乎完成一个文章格局，谁如此说，只好由他了。原说过，是想给德惠生前朋友看看的。

书《寂寞》后①

※

深宵读《寂寞》，心情紧恻，四边一点声音都没有，想起瑞娟的许多事情，想起她的死，想起她住过的屋子，就离这里不远，渐渐有点不能自持起来。人在过度疲倦中，一切状态每有与白日不同者。骤然而来的一阵神经紧张过去，我拿起原稿，这才发现，刚才只看本文，没有注意题目，为甚么是《寂寞》呢？全文字句的意义也消失脱散了，只有这两个字坚实的留下来，在我的头里，异常的重。

瑞娟的死已经证实。这一阵子常常想起来，觉得凄凉而气闷。为甚么要死呢？我不知道她究竟因为甚么而死，而且以为根本不应当去知道。我认识瑞娟大概是三十三年顷，往来得比较多是她结婚前后。她长得瘦削而高，说话声音也高——并不是大，话说得快，走路也快。联大路上多有高过人头的树，有时看她才在这一棵树那里，一闪一下，再一看，她已经在那一头露出身子了，超过了一大截子路，我们在两条平行的路上走。她一进屋，常常是高声用一个"哎呀"作为招呼，也作为她急于要说的话的开头。她喜欢说"急煞了""等煞了""热煞了"之类短促句子，性子也许稍为有点急，但不是想象中的容易焦躁，不是那么不耐烦。大概说着这样的话的时候多半是笑，脸因为走路，也因为欢喜兴奋而发红了，而且

① 初刊于一九四八年五月二十九日《益世报》（同日刊出西南联大学生薛瑞娟作短篇小说《寂寞》），初收于人民文学版《汪曾祺全集》第四卷。

是对很熟的人，表示她多想早点来，早点看见你们，或赶快做好了那件事。她总是有热心，有好意。而且热心与好意都是"无所谓"的，率直的，不太忖度收束，不措意，不人为的。说这是简单自然也可以。但凡跟她熟识的都无须提防警觉，可以放心把你整个人拿出来，永远不致有一点悔意。偶尔接触的，也从来没有人能挑剔她甚么。谈起她和立丰，全都是由衷的赞叹："这——是好人，真的两个好人！"朋友中有时有点难于理绪的骚乱纠结，她没有办法——谁都没有办法！可是她真着急。她说的话，做的事或者全无意义，她自己有点恨她为甚么不能深切的明白这一切到底是怎么一回事呢，可是她尽了她的心力。她的浪漫的忧郁气质都不太重，常是清醒而健康的。也许这点清醒和健康教那个在痛楚中的于疲倦中忽然恢复一点理智，觉得人生原来就是这样子，不必太追求意义而意义自然是有的，于是从而得到生活的力量与兴趣。她就会给你打洗脸水，擦擦镜子，问你穿哪一件衣服，准备好陪你去吃点东西或者上哪儿看电影去。

她自己当也有绊倒了的时候，因为一点挫折伤心事情弄得灰白软弱的时候，更熟的人知道那是甚么样子，我们很少看见过。是的，她有一点感伤。说老实话，她要是活着，我们也许会笑她的。她会为《红楼梦》的情节感动，为《祭妹文》心酸，她对苏曼殊还没有厌倦，她不忍心说大部分的词都是浅薄的。可是并不是很令人担忧的严重。而且只是在读书的时候，携入实际生活的似乎不多。她总是爽朗而坚强的生活下来。她甚至没有意识到自己的坚强，没有觉得这是一种美德。我们看她一直表现着坚强而从来没有说过这两个字，若有深意的，又委屈又自负的说过这两个字。她也希望生活得好一点，然而竟然如此了，也似乎本应如此。她爱她的丈夫，愿意他能安心研究，让他的聪明才智，尤其是他的谦和安静性情能尽量用于工作。她喜欢孩子。我在昆明还有时去看看他们时才生了第一个。他们住在浙江同乡会一间房里，房子实在极糟，昏暗局促荒凉而古旧，庭柱阶石都驳落缺窜，灰垩油漆早已失去，院子里砖缝中生小草，窗上铰链锈得起了鳞，木头的气味，泥土的气味，浓烈而且永久，令人消沉怅惘，不能自已。然而她能在这里活得很有劲。她一面教书，一面为同乡会做一些琐屑猥杂到不可想象的事。一天到晚看她在外面跑来跑去，与纸烟店理发店打交道，——同乡会有房子租给人住居开店，这种事她也得管！与党部保甲军队打交道，——一个"民众团体"直属或相关的机构有多少！编造名册，管理救济，跟同乡老太太谈话，听她诉苦，安慰她，而且去给她想办法，给她去跑！她一天简直不知道跑多少路。

我记得她那一阵穿了一双暗红色的鞋子，底极薄，脚步仍是一样的轻快匆忙。可是她并不疲倦，她用手掠上披下来的头发，高高兴兴的抱出孩子来给人看，看他的小床铺，小被褥，小披肩，小鞋子。提到她的生活，她做的事，语气中若有点称道，她还是用一个"哎呀"回答。这个"哎呀"不过不大同，声音低一点，呀字拖长，意思是"没有道理，别提它罢"。那种光景当然很难说是美满，但她实在是用一种力量维持了一个家庭的信心，教它不暗淡，不颓丧，在动乱中不飘摇惶恐。这也许是不足道的，有幻想的，聪明的，好看的女孩不愿或不屑做的。是的，但是这并不容易。用不着说崇高，单那点质朴实有不可及处。为了活下来，她做过许多卑微粗鄙的活计劳役，与她的身份全不相符的事，但都是正直而高贵的去做，没有在她的良心上通不过的。——当然结果都是白赔气力，不见得有好处，她为她自己的时候实在太少了。

许多陈迹我们知道得少而虚浮，时期也短暂，只是很概念的想起来，若在立丰和她更亲近人，一定一一都是悲痛的种子。她那么不矜持的想活，为甚么放得下来了呢？从前我们常讨论死，讨论死的方式，似乎极少听见她说过惊人的或沉重的话。到北平后的情形不大清楚，但这一个时候或者某一时刻会移变捩转她的素性么？人生有甚么东西是诚然足以致命的，就在那一点上，不可挽回了？……这一切都近于费词，剩下的还是一句老话，愿她的灵魂安息罢。

瑞娟平生所写文章不多。我见过的很少。她的功力才分我都不大清楚。她并无以此立身名世之意，不过那样的生活竟然没有完全摧残她的兴趣，一直都还写一点，即使对别人都说不上甚么太大意义，但这是一点都不妨害人的事情，她若还活着，也许还会写下去的。对她个人说起来，生命用这一个方式使用，无论如何，总应当有其价值。这一篇篇末所书日期是十二月，当是去年，距离现在不过五个月。地点在北大东斋，是离平之前所写。手迹犹新，人已不在世上，她的朋友熟人若能看到，应当都有感慨的。

五月二十日谨记

我的老师沈从文①

※

　　一九三七年，日本人占领了江南各地，我不能回原来的中学读书，在家闲居了两年。除了一些旧课本和从祖父的书架上翻出来的《岭表录异》之类的杂书，身边的"新文学"只有一本屠格涅夫的《猎人日记》和一本上海一家野鸡书店盗印的《沈从文小说选》。两年中，我反反复复地看着的，就是这两本书。所以反复地看，一方面是因为没有别的好书看，一方面也因为这两本书和我的气质比较接近。我觉得这两本书某些地方很相似。这两本书甚至形成了我对文学，对小说的概念。我的父亲见我反复地看这两本书，就也拿去看。他是看过《三国》《水浒》《红楼梦》的。看了这两本书，问我："这也是小说吗？"我看过林琴南翻译的《说部丛刊》，看过张恨水的《啼笑因缘》，也看过巴金、郁达夫的小说，看了《猎人日记》和沈先生的小说，发现：哦，原来小说是可以这样的，是写这样一些人和事，是可以这样写的。我在中学时并未有志于文学。在昆明参加大学联合招生，在报名书上填写"志愿"时，提笔写下了"西南联大中国文学系"，是和读了《沈从文小说选》有关系的。当时许多学生报考西南联大都是慕名而来。这里有朱自清、闻一多、沈从文。——其他的教授是入学后才知道的。

　　沈先生在联大开过三门课："各体文习作"、"创作实习"和

---

① 初刊于《收获》二〇〇九年第三期，初收于人民文学版《汪曾祺全集》第四卷。

"中国小说史"。"各体文习作"是本系必修课，其余两门是选修，我是都选了的。因此一九四一、四二、四三年，我都上过沈先生的课。

"各体文习作"这门课的名称有点奇怪，但倒是名副其实的，教学生习作各体文章。有时也出题目。我记得沈先生在我的上一班曾出过"我们小庭院有什么"这样的题目，要求学生写景物兼及人事。有几位老同学用这题目写出了很清丽的散文，在报刊上发表了，我都读过。据沈先生自己回忆，他曾给我的下几班同学出过一个题目，要求他们写一间屋子里的空气。我那一班出过什么题目，我倒都忘了。为什么出这样一些题目呢？沈先生说：先得学会做部件，然后才谈得上组装。大部分时候，是不出题目的，由学生自由选择，想写什么就写什么。这课每周一次。学生在下面把车好、刨好的文字的零件交上去。下一周，沈先生就就这些作业来讲课。

说实在话，沈先生真不大会讲课。看了《八骏图》，那位教创作的达士先生好像对上课很在行，学期开始之前，就已经定好了十二次演讲的内容，你会以为沈先生也是这样。事实上全不是那回事。他不像闻先生那样：长髯垂胸，双目炯炯，富于表情，语言的节奏性很强，有很大的感染力；也不像朱先生那样：讲解很系统，要求很严格，上课带着卡片，语言朴素无华，然而扎扎实实。沈先生的讲课可以说是毫无系统，——因为就学生的文章来谈问题，也很难有系统，大都是随意而谈，声音不大，也不好懂。不好懂，是因为他的湘西口音一直未变，——他能听懂很多地方的方言，也能学说得很像，可是自己讲话仍然是一口凤凰话；也因为他的讲话内容不好捉摸。沈先生是个思想很流动跳跃的人，常常是才说东，忽而又说西。其至他写文章时也是这样，有时真会离题万里，不知说到哪里去了，用他自己的话说，是"管不住手里的笔"。他的许多小说，结构很均匀缜密，那是用力"管"住了笔的结果。他的思想的跳动，给他的小说带来了文体上的灵活，对讲课可不利。沈先生真不是个长于逻辑思维的人，他从来不讲什么理论。他讲的都是自己从刻苦的实践中摸索出来的经验之谈，没有一句从书本上抄来的话。——很多教授只会抄书。这些经验之谈，如果理解了，是会终身受益的。遗憾的是，很不好理解。比如，他经常讲的一句话是："要贴到人物来写。"这句话是什么意思呢？你可以作各种深浅不同的理解。这句话是有很丰富的内容的。照我的理解是：作者对所写的人物不能用俯视或旁观的态度。作者要和人物很亲近。作者的思想感情，作者的心要和人物贴得很紧，和人物一同哀乐，一同感觉周围的一切（沈先生很喜欢用"感觉"这个词，他老是要学生训练自己的感觉）。什么时候你"捉"不住人物，和人物离得远了，你就只好写一些似是而非的空话。一切从属于人物。写景、叙事都不能和人物游离。景物，得是人物所能感受得到的景物。得用人物的眼睛来看景物，用人物的耳朵来听，人物的鼻子来闻嗅。《丈夫》里所写的河上的晚景，是丈夫所看到的晚景。《贵生》里描写的秋天，是贵生感到的秋天。写景和叙事的语言和人物的语言（对话）要相协调。这样，才能使通篇小说都渗透了人物，使读者在字里行间都感觉到人物，——同时也就感觉到作者的风格。风格，是作者对人物的感受。离开了人物，风格就不存在。这些，是要和沈先生相处较久，读了他许多作品之后，才能理解得到的。单是一句"要贴到人物来写"，谁知道是什么意思呢？又如，他曾经批评过我的一篇小说，说："你这是两个聪明脑袋在打架！"让一个第三者来听，他会说："这是什么意思？"我是明白的。我这篇小说用了大量的对话，我尽量想把对话写得深一点，美一点，有诗意，有哲理。事实上，没有人会这样的说话，就是两个诗人，也不会这样的交谈。沈先生这句话等于说：这是不真实的。沈先生自己小说里的对话，大都是平平常常的话，但是一样还是使人感到人物，觉得美。从此，我就尽量把对话写得朴素一点，真切一点。

沈先生是那种"用手来思索"的人①。他用笔写下的东西比用口讲出的要清楚得多，也深刻得多。使学生受惠的，不是他的讲话，而是他在学生的文章后面所写的评语。沈先生对学生的文章也改的，但改得不多，但是评语却写得很长，有时会比本文还长。这些评语有的是就那篇习作来谈的，也有的是由此说开去，谈到创作上某个问题。这实在是一些文学随笔。往往有独到的见解，文笔也很讲究。老一辈作家大都是"执笔则为文"，不论写什么，哪怕是写一个便条，都是当一个"作品"来写的。——这样才能随时锻炼文笔。沈先生历年写下的这种评语，为数是很不少的，可惜没有一篇留下来。否则，对今天的文学青年会是很有用处的。

除了评语，沈先生还就学生这篇习作，挑一些与之相近的作品，他自己的，别人的，——中国的外国的，带来给学生看。因此，他来上课时都抱了一大堆书。我记得我有一次写了一篇描写一家小店铺在上板之前各色各样人的活动，完全没有故事的小说，他就介绍我看他自己写的《腐烂》（这篇东西我过去未看过）。看看

---

① 巴甫连科说作家是用手来思考的。

自己的习作，再看看别人的作品，比较吸收，收效很好。沈先生把他自己的小说总集叫作《沈从文小说习作选》，说这都是为了给上创作课的学生示范，有意地试验各种方法而写的，这是实情，并非故示谦虚。

沈先生这种教写作的方法，到现在我还认为是一种很好的方法，甚至是唯一可行的方法。我倒希望现在的大学中文系教创作的老师也来试试这种方法。可惜愿意这样教的人不多；能够这样教的，也很少。

"创作实习"上课和"各体文习作"也差不多，只是有时较有系统地讲讲作家论。"小说史"使我读了不少中国古代小说。那时小说史资料不易得，沈先生就自己用毛笔小行书抄录在昆明所产的竹纸上，分给学生去看。这种竹纸高可一尺，长约半丈，折起来像一个经卷。这些资料，包括沈先生自己辑录的罕见的资料，辗转流传，全都散失了。

沈先生是我见到的一个少有的勤奋的人。他对闲散是几乎不能容忍的。联大有些学生，穿着很"摩登"的西服，头上涂了厚厚的发蜡，走路模仿克拉克·盖博①，一天喝咖啡、参加舞会，无所事事。沈先生管这种学生叫"火奴鲁鲁"——"哎，这是个火奴鲁鲁！②"他最反对打扑克，以为把生命这样的浪费掉，实在不可思议。他曾和几个作家在井冈山住了一些时候，对他们成天打扑克很不满意，"一天打扑克，——在井冈山这种地方！哎！"除了陪客

---

① 克拉克·盖博是三十到四十年代的美国电影明星。

② 火奴鲁鲁即檀香山。至于沈先生为什么把这样的学生叫做"火奴鲁鲁"，我到现在还不明白。

人谈天，我看到沈先生，都是坐在桌子前面，写。他这辈子写了多少字呀。有一次，我和他到一个图书馆去，在一排一排的书架前面，他说："看到有那么多人写了那么多的书，我真是什么也不想写了。"这句话与其说是悲哀的感慨，不如说是对自己的鞭策。他的文笔很流畅，有一个时期且被称为多产作家，三十年代到四十年代，十年中他出了四十个集子，你会以为他写起来很轻易。事实不是那样。除了《从文自传》是一挥而就，写成之后，连看一遍也没有，就交出去付印之外，其余的作品都写得很艰苦。他的《边城》不过六七万字，写了半年。据他自己告诉我，那时住在北京的达子营，巴金住在他家。他那时还有个"客厅"。巴金在客厅里写，沈先生在院子里写。半年之间，巴金写了一个长篇，沈先生却只写了一个《边城》，我曾经看过沈先生的原稿（大概是《长河》），他不用稿纸，写在一个硬面的练习本上，把横格竖过来写。他不用自来水笔，用蘸水钢笔（他执钢笔的手势有点像执毛笔，执毛笔的手势却又有点像拿钢笔）。这原稿真是"一塌糊涂"，勾来划去，改了又改。他真干过这样的事：把原稿一条一条地剪开，一句一句地重新拼合。他说他自己的作品是"一个字一个字地雕出来的"，这不是夸张的话。他早年常流鼻血。大概是因为血小板少，血液不易凝固，流起来很难止住。有时夜里写作，鼻血流了一大摊，邻居发现他伏在血里，以为他已经完了。我就亲见过他的沁着血的手稿。

因为日本飞机经常到昆明来轰炸，很多教授都"疏散"到了乡下。沈先生也把家搬到了呈贡附近的桃源新村。他每个星期到城里来住几天，住在文林街教员宿舍楼上把角临街的一间屋子里，房屋很简陋。昆明的房子，大都不盖望板，瓦片直接搭在椽子上，晚上从瓦缝中可见星光、月光。下雨时，漏了，可以用竹竿把瓦片顶一顶，移密就疏，办法倒也简便。沈先生一进城，他这间屋子里就不断有客人。来客是各色各样的，有校外的，也有校内的教授和学生。学生也不限于中文系的，文、法、理、工学院的都有。不论是哪个系的学生都对文学有兴趣，都看文学书，有很多理工科同学能写很漂亮的文章，这大概可算是西南联大的一种学风。这种学风，我以为今天应该大力的提倡。沈先生只要进城，我是一定去的。去还书，借书。

沈先生的知识面很广，他每天都看书。现在也还是这样。去年，他七十八岁了，我上他家去，沈师母还说："他一天到晚看书，——还都记得！"他看的书真是五花八门，他叫这是"杂知识"。他的藏书也真是兼收并蓄。文学书、哲学书、道教史、马林诺斯基的人类学、亨利·詹姆斯、弗洛伊德、陶瓷、髹漆、糖霜、观赏植物……大概除了《相对论》，在他的书架上都能找到。我每次去，就随便挑几本，看一个星期（我在西南联大几年，所得到的一点"学问"，大部分是从沈先生的书里取来的）。他的书除了自己看，买了来，就是准备借人的。联大很多学生手里都有一两本扉页上写着"上官碧"的名字的书。沈先生看过的书大都做了批注。看一本陶瓷史，铺天盖地，全都批满了，又还粘了许多纸条，密密地写着字。这些批注比正文的字数还要多，很多书上，做了题记。题记有时与本书无关，或记往事，或抒感慨。有些题记有着只有本人知道的"本事"，别人不懂。比如，有一本书后写着："雨季已过，无虹可看矣。"有一本后面题着："某月日，见一大胖女人从桥上过，心中十分难过。"前一条我可以约略知道，后一条则不知所谓了。为什么这个大胖女人使沈先生心中十分难过呢？我对这些题记很感兴趣，觉得很有意思，而且自成一种文体，所以到现在还记得。他的藏书几经散失。去年我去看他，书架上的书大都是近年买的，我所熟识的，似只有一函《少室山房全集》了。

沈先生对美有一种特殊的敏感。他对美的东西有着一种炽热的、生理的、近乎是肉欲的感情。美使他惊奇，使他悲哀，使他沉醉。他搜罗过各种美术品。在北京，他好几年搜罗瓷器。待客的茶杯经常变换，也许是一套康熙青花，也许是鹧鸪斑的浅盏，也许是日本的九谷瓷。吃饭的时候，客人会放下筷子，欣赏起他的雍正粉彩大盘，把盘里的韭黄炒鸡蛋都搁凉了。在昆明，他不知怎么发现了一种竹胎的缅漆的圆盒，黑红两色的居多，间或有描金的，盒盖周围有极繁复的花纹，大概是用竹笔刮绘出来的，有云龙花草，偶尔也有画了一圈趺坐着的小人的。这东西原是食具，不知是什么年代的，带有汉代漆器的风格而又有点少数民族的色彩。他每回进城，除了置买杂物，就是到处寻找这东西（很便宜的，一只圆盒比一个粗竹篮贵不了多少）。他大概前后搜集了有几百，而且鉴赏越来越精，到后来，稍一般的，就不要了。我常常随着他满城乱跑，去衰货摊上觅宝。有一次买到一个直径一尺二的大漆盒，他爱不释手，说："这可以做一个《红黑》的封面！"有一阵又不知从哪里找到大批苗族的挑花。白色的土布，用色线（蓝线或黑线）挑出精致而天真的图案。有客人来，就摊在一张琴案上，大家围着看，一人手里捧着一杯茶，不断发出惊叹的声音。抗战后，回到北京，他又买了很多旧绣货：扇子套、眼镜套、槟榔荷包、枕头顶，乃至帐檐、飘带……（最初也很便宜，后来就十分昂贵了）后来又搞丝绸，搞服装。他搜罗工艺品，是最不功利，最不自私的。他花了大量的钱买这些东西，不是以为奇货可居，也不是为了装点风雅，他是为了使别人也能分尝到美的享受，真是"与朋友共，敝之而无憾"。他的许多藏品都不声不响地捐献给国家了。北京大学博物馆初成立的时候，玻璃柜里的不少展品就是从中老胡同沈家的架上搬去的。昆明的熟人的案上几乎都有一个两个沈从文送的缅漆圆盒，用来装芙蓉糕、萨其马或邮票、印泥之类杂物。他的那些名贵的瓷器，我近二年去看，已经所剩无几了，就像那些扉页上写着"上官碧"名字的书一样，都到了别人的手里。

沈从文欣赏的美，也可以换一个字，是"人"。他不把这些工艺品只看成是"物"，他总是把它和人联系在一起的。他总是透过"物"看到"人"。对美的惊奇，也是对人的赞叹。这是人的劳绩，人的智慧，人的无穷的想象，人的天才的、精力弥满的双手所创造出来的呀！他在称赞一个美的作品时所用的语言是充满感情的，也颇特别，比如："那样准确，准确得可怕！"他常常对着一幅织锦缎或者一个"七色晕"的绣片惊呼："真是了不得！""真不可想象！"他到了杭州，才知道故宫龙袍上的金线，是瞎子在一个极薄的金箔上凭手的感觉割出来的，"真不可想象！"有一次他和我到故宫去看瓷器，有几个莲子盅造型极美，我还在流连赏玩，他在我耳边轻轻地说："这是按照一个女人的奶子做出来的。"

沈从文从一个小说家变成一个文物专家，国内国外许多人都觉得难以置信。这在世界文学史上似乎尚无先例。对我说起来，倒并不认为不可理解。这在沈先生，与其说是改弦更张，不如说是轻车熟路。这有客观的原因，也有主观原因。但是五十岁改行，总是件冒险的事。我以为沈先生思想缺乏条理，又没有受过"科学方法"的训练，他对文物只是一个热情的欣赏者，不长于冷静的分析，现在正式"下海"，以此作为专业，究竟能搞出多大成就，最初我是持怀疑态度的。直到前二年，我听他谈了一些文物方面的问题，看到他编纂的《中国服装史资料》的极小一部分图片，我才觉得，他钻了二十年，真把中国的文物钻通了。他不但钻得很深，而且，用他自己的说法：解决了一个问题，其他问题也就"顷刻"解决了。服装史是个拓荒工作。他说现在还是试验，成不成还不知道。但是我觉得：填补了中国文化史研究的一个重要的空白，对历史、戏剧等方面将发生很大作用，一个人一辈子做出这样一件事，也值了！《服装史》终于将要出版了，这对于沈先生的熟人，都是很大的安慰。因为治服装史，他又搞了许多副产品。他搞了扇子的发展，马戏的发展（沈从文这个名字和"马戏"联在一起，真是谁也没有想到的）。他从人物服装，断定号称故宫藏画最早的一幅展子虔《游春图》不是隋代的而是晚唐的东西。他现在在手的研究专题就有四十个。其中有一些已经完成了（如陶瓷史），有一些正在做。他在去年写的一篇散文《忆翔鹤》的最后说"一息尚存，即有责任待尽"，不是一句空话。沈先生是一个不知老之将至的人，另一方面又有"时不我与"之感，所以他现在工作加倍地勤奋。沈师母说他常常一坐下来就是十几个小时。沈先生是从来没有休息的。他的休息只是写写字。是一股什么力量催着一个年近八十的老人这样孜孜矻矻，不知疲倦地工作着的呢？我以为：是炽热而深沉的爱国主义。

沈从文从一个小说家变成了文物专家，对国家来说，孰得孰失，且容历史去做结论吧。许多人对他放下创作的笔感到惋惜，希望他还能继续写文学作品。我对此事已不抱希望了。人老了，驾驭文字的能力就会衰退。他自己也说他越来越"管不住手里的笔"了。但是看了《忆翔鹤》，改变了我的看法。这篇文章还是写得那样流转自如，毫不枯涩，旧日文风犹在，而且更加炉火纯青了。他的诗情没有枯竭，他对人事的感受还是那样精细锐敏，他的抒情才分因为世界观的成熟变得更明净了。那么，沈老师，在您的身体条件许可下，兴之所至，您也还是写一点吧。

朱光潜先生在一篇谈沈从文的短文中，说沈先生交游很广，但朱先生知道，他是一个寂寞的人。吴祖光有一次跟我说："你们老师不但文章写得好，为人也是那样好。"他们的话都是对的。沈先生的客人很多，但都是君子之交，言不及利。他总是用一种含蓄的热情对人，用一种欣赏的、抒情的眼睛看一切人。对前辈、朋友、学生、家人、保姆，都是这样。他是把生活里的人都当成一个作品中的人物去看的。他津津乐道的熟人的一些细节，都是小说化了的细节。大概他的熟人也都感觉到这一点，他们在沈先生的客座（有时是一张破椅子，一个小板凳）上也就不大好意思谈出过于庸俗无聊的话，大都是上下古今，天南地北地闲谈一阵，喝一盏清茶，抽几枝烟，借几本书和他所需要的资料（沈先生对来借资料的，都是有求必应），就走了。客人一走，沈先生就坐到桌子跟前拿起笔来了。

沈先生对曾经帮助过他的前辈是念念不忘的，如林宰平先生、杨今甫（振声）先生、徐志摩。林老先生我未见过，只在沈先生处见过他所写的字。杨先生也是我的老师，这是个非常爱才的人。沈先生在几个大学教书，大概都是出于杨先生的安排。他是中篇小说

《玉君》的作者。我在昆明时曾在我们的系主任罗莘田先生的案上见过他写的一篇游戏文章《释鳏》，是写联大的光棍教授的生活的。杨先生多年过着独身生活。他当过好几个大学的文学院长，衬衫都是自己洗烫，然而衣履精整，窗明几净，左图右史，自得其乐，生活得很潇洒。他对后进青年的作品是很关心的。他曾经托沈先生带话，叫我去看看他。我去了，他亲自洗壶涤器，为我煮了咖啡，让我看了沈尹默给他写的字，说"尹默的字超过明朝人"；又让我看了他的藏画，其中有一套姚茫父的册页，每一开的画芯只有一个火柴盒大，却都十分苍翠雄浑，是姚画的难得的精品。坐了一个多小时，我就告辞出来了。他让我去，似乎只是想跟我随便聊聊，看看字画。沈先生夫妇是常去看杨先生的，想来情形亦当如此。徐志摩是最初发现沈从文的才能的人。沈先生说过，如果没有徐志摩，他就不会成为作家，他也许会去当警察，或者随便在哪条街上倒下来，胡里胡涂地死掉了。沈先生曾和我说过许多这位诗人的佚事。诗人，总是有些倜傥不羁的。沈先生说他有一次上课，讲英国诗，从口袋里摸出一个大烟台苹果，一边咬着，说："中国是有好东西的！"

沈先生常谈起的三个朋友是梁思成、林徽因、金岳霖。梁思成后来我在北京见过，林徽因一直没有见着。他们都是学建筑的。我因为沈先生的介绍，曾看过《营造法式》之类的书，知道什么叫"一斗三升"，对赵州桥、定州塔发生很大的兴趣。沈先生的好多册《营造学报》一直在我手里，直到"文化大革命"，才被"处理"了。从沈先生口中，我知道梁思成有一次为了从一个较远的距离观测一座古塔内部的结构，一直往后退，差一点从塔上掉了下去。林徽因对文学艺术的见解是为徐志摩、杨今甫、沈从文等一代名流所倾倒的。这是一个真正的中国的"沙龙女性"，一个中国的弗吉尼亚·沃尔芙。她写的小说如《窗子以外》《九十九度中》，别具一格，和废名的《桃园》《竹林的故事》一样，都是现代中国文学里的不可忽视的作品。现在很多人在谈论"意识流"，看看林徽因的小说，就知道不但外国有，中国也早就有了。她很会谈话，发着三十九度以上的高烧，还半躺在客厅里，和客人剧谈文学艺术问题。

金岳霖是个通人情、有学问的妙人，也是一个怪人。他是我的老师，大学一年级时，教"逻辑"，这是文法学院的共同必修课。教室很大，学生很多。他的眼睛有病，有一个时期戴的眼镜一边的镜片是黑的，一边是白的。头上整年戴一项旧呢帽。每学期上第一课都要首先声明："对不起，我的眼睛有病，不能摘下帽子，不是对你们不礼貌。""逻辑"课有点近似数学，是有习题的。他常常当堂提问，叫学生回答。那指名的方式却颇为特别。"今天，所有穿红毛衣的女士回答。"他闭着眼睛用手一指，一个女士就站了起来。"今天，梳两条辫子的回答。"因为"逻辑"这玩意对乍从中学出来的女士和先生都很新鲜，学生也常提出问题来问他。有一个归侨学生叫林国达，最爱提问，他的问题往往很奇怪。金先生叫他问得没有办法，就反过来问他："林国达，我问你一个问题：'林国达先生是垂直于黑板的'，这是什么意思？"——林国达后来在一次游泳中淹死了。金先生教逻辑，看的小说却很多，从乔依思的《尤利西斯》到平江不肖生的《江湖奇侠传》，无所不看。沈先生有一次拉他来做了一次演讲。有一阵，沈先生曾给联大的一些写写小说、写写诗的学生组织过讲座，地点在巴金的夫人萧珊的住处，与座者只有十来个人。金先生讲的题目很吸引人，大概是沈先生出的："小说和哲学"。他的结论却是：小说和哲学没有关系，《红楼梦》里所讲的哲学也不是哲学。那次演讲给我留下印象最深的是，讲着讲着，他忽然停了下来，说："对不起，我身上好像有个小动物。"随即把手伸进脖领，擒住了这只小动物，并当场处死了。我们曾问过他，为什么研究哲学，——在我们看来，哲学很枯燥，尤其是符号哲学。金先生想了一想，说："我觉得它很好玩。"他一个人生活。在昆明曾养过一只大斗鸡。这只斗鸡极其高大，经常把脖子伸到桌上来，和金先生一同吃饭。他又曾到处去买大苹果、大梨、大石榴，并鼓励别的教授的孩子也去买，拿来和他的比赛。谁的比他的大，他就照价收买，并把原来较小的一个奉送。他和沈先生的友谊是淡而持久的，直到金先生八十多岁了，还时常坐了平板三轮到沈先生的住处来谈谈。——因为毛主席告他要接触社会，他就和一个蹬平板三轮的约好，每天坐着平板车到王府井一带各处去转一圈。

和沈先生不多见面，但多年往还不绝的，还有一个张奚若先生、一个丁西林先生。张先生是个老同盟会员，曾拒绝参加蒋介石召开的参议会，人矮矮的，上唇留着短髭，风度如一个日本的大藏相，不知道为什么和沈先生很谈得来。丁西林曾说，要不是沈先生的鼓励，他这个写过《一只马蜂》的物理研究所所长，就不会再写出一个《等太太回来的时候》。

沈先生对于后进的帮助是不遗余力的。他曾自己出资给初露头角的青年诗人印过诗集。曹禺的《雷雨》发表后，是沈先生建议《大公报》给他发一笔奖金的。他的学生的作品，很多是经他的润饰后，写了热情揄扬的信，寄到他所熟识的报刊上发表的。单是他代付的邮资，就是一个不小的数目。前年他收到一封现在在解放军的知名作家的信，说起他当年丧父，无力葬埋，是沈先生为他写了好多字，开了一个书法展览，卖了钱给他，才能回乡办了丧事的。此事沈先生久已忘记，看了信想想，才记起仿佛有这样一回事。

沈先生待人，有一显著特点，是平等。这种平等，不是政治信念，也不是宗教教条，而是由于对人的尊重而产生的一种极其自然的生活的风格。他在昆明和北京都请过保姆。这两个保姆和沈家一家都相处得极好。昆明的一个，人胖胖的，沈先生常和她闲谈。沈先生曾把她的一生琐事写成了一篇亲切动人的小说。北京的一个，被称为王嫂。她离开多年，一直还和沈家来往。她去年在家和儿子怄了一点气，到沈家来住了几天，沈师母陪着她出出进进，像陪着一个老姐姐。

沈先生的家庭是我所见到的一个最和谐安静，最富于抒情气氛的家庭。这个家庭一切民主，完全没有封建意味，不存在任何家长制。沈先生、沈师母和儿子、儿媳、孙女是和睦而平等的。从他的儿子把板凳当马骑的时候，沈先生就不对他们的兴趣加以干涉，一切听便。他像欣赏一幅名画似的欣赏他的儿子、孙女，对他们的"耐烦"表示赞赏。"耐烦"是沈先生爱用的一个词藻。儿子小时候用一个小钉锤乒乒乓乓敲打一件木器，半天不歇手，沈先生就说："要算耐烦。"孙女做功课，半天不抬脑袋，他也说："要算耐烦。""耐烦"是在沈先生影响下形成的一种家风。他本人不论在创作或从事文物研究，就是由于"耐烦"才取得成绩的。有一阵，儿子、儿媳不在身边，孙女跟着奶奶过。这位祖母对孙女全不像是一个祖母，倒像是一个大姐姐带着最小的妹妹，对她的一切情绪都尊重。她读中学了，对政治问题有她自己的看法，祖母就提醒客人，不要在她的面前谈教她听起来不舒服的话。去年春节，孙女要搞猜谜活动，祖母就帮着选择、抄写，在屋里拉了几条线绳，把谜语一条一条粘挂在线绳上。有客人来，不论是谁，都得受孙女的约束：猜中一条，发糖一块。有一位爷爷，一条也没猜着，就只好喝清茶。沈先生对这种约法不但不呵斥，反而热情赞助，十分欣赏。他说他的孙女："最会管我，一到吃饭，就下命令：'洗手！'"这个家庭自然也会有痛苦悲哀，油盐柴米，风风雨雨，别别扭扭，然而这一切都无妨于它和谐安静抒情的气氛。

看了沈先生对周围的人的态度，你就明白为什么沈先生能写出《湘行散记》里那些栩栩如生的角色，为什么能在小说里塑造出那样多的人物，并且也就明白为什么沈先生不老，因为他的心不老。

去年沈先生编他的选集，我又一次比较集中地看了他的作品。有一个中年作家一再催促我写一点关于沈先生的小说的文章。谈作品总不可避免要谈思想，我曾去问过沈先生："你的思想到底是什么？属于什么体系？"我说："你是一个抒情的人道主义者。"

沈先生微笑着，没有否认。

一九八一年一月十四日

艺坛逸事①

※

萧长华

萧先生八十多岁时身体还很好，腿脚利落，腰板不塌。他的长寿之道有三：饮食清淡，经常步行，问心无愧。

萧先生从不坐车。上哪儿去，都是地下走。早年在宫里"当差"，上颐和园去唱戏，也都是走着去，走着回来。从城里到颐和园，少说也有三十里。北京人说：走为百练之祖，是一点不错的。

萧老自奉甚薄。他到天津去演戏，自备伙食。一棵白菜，两刀切四爿，一顿吃四分之一。餐餐如此：窝头，熬白菜。他上女婿家去看女儿，问："今儿吃什么呀？"——"芝麻酱拌面，炸点花椒油。""芝麻酱拌面，还浇花椒油呀？！"

萧先生偶尔吃一顿好的：包饺子。他吃饺子还不蘸醋。四十个饺子，装在一个盘子里，浇一点醋，特喽特喽，就给"开"了。

萧先生不是不懂得吃。有人看见，在酒席上，清汤鱼翅上来了，他照样扁着筷子挟了一大块往嘴里送。

懂得吃而不吃，这是真的节俭。

萧先生一辈子挣的钱不少，都为别人花了。他买了几处"义地"，是专为死后没有葬身之所的穷苦的同行预备的。有唱戏的

---

① 本篇原载《文汇月刊》一九八一年第二期。

"苦哈哈"，死了老人，办不了事，到萧先生那儿，磕一个头报丧，萧先生问，"你估摸着，大概其得多少钱，才能把事办了哇？"一面就开箱子取钱。

三、五反的时候，一个演员被打成了"老虎"，在台上挨斗，斗到热火燎辣的时候，萧先生在台下喊：

"××，你承认得了，这钱，我给你拿！"

赞曰：窝头白菜，寡欲步行，

问心无愧，人间寿星。

姜妙香

姜先生真是温柔敦厚到了家了。

他的学生上他家去，他总是站起来，双手当胸捏着扇子，微微躬着身子："您来啦！"临走时，一定送出大门。

他从不生气。有一回陪梅兰芳唱《奇双会》，他的赵宠。穿好了靴子，总觉得不大得劲。"唔，今儿是怎样搞的，怎么总觉得一脚高一脚低的？我的腿有毛病啦？"伸出脚来看看，两只靴子的厚底一只厚二寸，一只二寸二。他的跟包叫申四。他把申四叫过来："老四哎，咱们今儿的靴子拿错了吧？"你猜申四说什么？——"你凑合着穿吧！"

姜先生从不争戏。向来梅先生演《奇双会》，都是他的赵宠。偶尔俞振飞也陪梅先生唱，赵宠就是俞的。管事的说："姜先生，您来个保童。"——"哎好好好。"有时叶盛兰也陪梅先生唱。"姜先生，您来个保童。"——"哎好好好。"

姜先生有一次遇见了劫道的。就是琉璃厂西边北柳巷那儿。那是敌伪的时候。姜先生拿了"戏份儿"回家。那会唱戏都是当天开份儿。戏打住了，管事的就把份儿分好了。姜先生这天赶了两"包"，华乐和长安。冬天，他坐在洋车里，前面挂着棉车帘。"站住！把身上的钱都拿出来！"——他也不知道里面是谁。姜先生不慌不忙地下了车，从左边口袋里掏出一沓（钞票），从右边又掏出了一沓。"这是我今儿的戏份儿。这是华乐的，这是长安的。都在这儿，一个不少。您点点。"

那位不知点了没有。想来大概是没有。

在上海也遇见过那么一回。"站住，把身浪厢值钿（钱）格物事（东西）才（都）拿出来！"此公把姜先生身上搜刮一空，扬长而去。姜先生在后面喊：

"回来，回来！我这还有一块表哪，您要不要？"

事后，熟人问姜先生："您真是！他走都走了，您干嘛还叫他回来？他把您什么都抄走了，您还问'我这还有一块表哪，您要不要？'"

姜妙香答道："他也不容易。"

姜先生有一次似乎是生气了。"文化大革命"，红卫兵上姜先生家去抄家，抄出一双尖头皮鞋，当场把鞋尖给他剁了。姜先生把这双剁了尖、张着大嘴的鞋放在一个显眼的地方。有人来的时候，就指指，摇头。

赞曰：温柔敦厚，有何不好？

文革英雄，愧对此老。

贯盛吉

在京剧丑角里，贯盛吉的格调是比较高的。他的表演，自成一格，人称"贯派"。他的念白很特别，每一句话都是高起低收，好像一个孩子在被逼着去做他不情愿做的事情时的嘟囔。他是个"冷面小丑"，北京人所谓"绷着脸逗"。他并不存心逗人乐。他的"哏"是淡淡的，不是北京人所谓"胳支人"，上海人所谓"硬滑稽"。他的笑料，在使人哄然一笑之后，还能想想，还能回味。有人问他："你怎么这么逗呀？"他说："我没有逗呀，我说的都是实话。""说实话"是丑角艺术的不二法门。说实话而使人笑，才是一个真正的丑角。喜剧的灵魂，是生活，是真实。

不但在台上，在生活里，贯盛吉也是那么逗。临死了，还逗。

他死的时候，才四十岁，太可惜了。

他死于心脏病，病了很长时间。

家里人知道他的病不治了，已经为他准备了后事，买了"装裹"——即寿衣。他有一天叫家里人给他穿戴起来。都穿齐全了，说："给我拿个镜子来。"

他照照镜子："唔，就这德行呀！"

有一天，他让家里给他请一台和尚，在他的面前给他放一台焰口。

他跟朋友说："活着，听焰口，有谁这么干过没有？——没有。"

有一天，他很不好了，家里忙着，怕他今天过不去。他嗡声嗡气地说："你们别忙。今儿我不走。今儿外面下雨，我没有伞。"

一个人能够病危的时候还能保持生气盎然的幽默感，能够拿死来"开逗"，真是不容易。这是一个真正的丑角，一生一世都是丑角。

赞曰：拿死开逗，滑稽之雄。

虽东方朔，无此优容。

郝寿臣

郝老受聘为北京市戏校校长。就职的那天，对学生讲话。他拿着秘书替他写好的稿子，讲了一气。讲到要知道旧社会的苦，才知道新社会的甜。旧社会的梨园行，不养小，不养老。多少艺人，唱了一辈子戏，临了是倒卧街头，冻饿而死。说到这里，郝校长非常激动，一手高举讲稿，一手指着讲稿，说：

"同学们！他说得真对呀！"

这件事，大家都当笑话传。细想一下，这有什么可笑呢？本来嘛，讲稿是秘书捉刀，这是明摆着的事。自己戳穿，有什么丢人？倒是"他说得真对呀"，才真是本人说出的一句实话。这没有什么可笑。这正是前辈的不可及处：老老实实，不装门面。

许多大干部作大报告，在台上手舞足蹈，口若悬河，其实都应该学学郝老，在适当的时候，用手指指秘书所拟讲稿，说：

"同志们！他说得真对呀！"

赞曰：人为立言，己不居功。

老老实实，古道可风。

老舍先生①

北京东城迺兹府丰盛胡同有一座小院。走进这座小院，就觉得特别安静、异常豁亮。这院子似乎经常布满阳光。院里有两棵不大的柿子树（现在大概已经很大了），到处是花，院里、廊下、屋里，摆得满满的。按季可换，都长得很精神，很滋润，叶子很绿，花开得很旺。这些花都是老舍先生和夫人胡絜青亲自莳弄的。天气晴和，他们把这些花一盆一盆抬到院子里，一身热汗。刮风下雨，又一盆一盆抬进屋，又是一身热汗。老舍先生曾说："花在人养。"老舍先生爱花，真是到了爱花成性的地步，不是可有可无的了。汤显祖曾说他的词曲"俊得江山助"。老舍先生的文章也可以说是"俊得花枝助"。叶浅予曾用白描为老舍先生画像，四面都是花，老舍先生坐在百花丛中的藤椅里，微仰着头，意态悠远。这张画不是写实，意思恰好。

客人被让进了北屋当中的客厅，老舍先生就从西边的一间屋子走出来。这是老舍先生的书房兼卧室。里面陈设很简单，一桌、一椅、一榻。老舍先生腰不好，习惯睡硬床。老舍先生是文雅的、彬彬有礼的。他的握手是轻轻的，但是很亲切。茶已经沏出色了，老舍先生执壶为客人倒茶。据我的印象，老舍先生总是自己给客人倒茶的。

---

① 初刊于《北京文学》一九八四年第五期，初收于《蒲桥集》。

老舍先生爱喝茶，喝得很勤，而且很酽。他曾告诉我，到莫斯科去开会，旅馆里倒是为他特备了一只暖壶。可是他沏了茶，刚喝了几口，一转眼，服务员就给倒了。"他们不知道，中国人是一天到晚喝茶的！"

有时候，老舍先生正在工作，请客人稍候，你也不会觉得闷得慌。你可以看看花。如果是夏天，就可以闻到一阵一阵香白杏的甜香味儿。一大盘香白杏放在条案上，那是专门为了闻香而摆设的。你还可以站起来看看西壁上挂的画。

老舍先生藏画甚富，大都是精品。所藏齐白石的画可谓"绝品"。壁上所挂的画是时常更换的。挂的时间较久的，是白石老人应老舍点题而画的四幅屏。其中一幅是很多人在文章里提到过的"蛙声十里出山泉"。"蛙声"如何画？白石老人只画了一脉活泼的流泉，两旁是乌黑的石崖，画的下端画了几只摆尾的蝌蚪。画刚刚裱起来时，我上老舍先生家去，老舍先生对白石老人的设想赞叹不止。

老舍先生极其爱重齐白石，谈起来总是充满感情。我所知道的一点白石老人的逸事，大都是从老舍先生那里听来的。老舍先生谈这四幅里原来点的题有一句是苏曼殊的诗（是哪一句我忘记了），要求画卷心的芭蕉。老人踌躇了很久，终于没有应命，因为他想不起芭蕉的心是左旋还是右旋的了，不能胡画。老舍先生说："老人是认真的。"老舍先生谈起过，有一次要拍齐白石的画的电影，想要他拿出几张得意的画来，老人说："没有！"后来由他的学生再三说服动员，他才从画案的隙缝中取出一卷（他是木匠出身，他的画案有他自制的"消息"），外面裹着好几层报纸，写着四个大字："此是废纸。"打开一看，都是惊人的杰作，——就是后来纪录片里所拍摄的。白石老人家里人口很多，每天煮饭的米都是老人亲自量，用一个香烟罐头。"一下、两下、三下……行了！"——"再添一点，再添一点！"——"吃那么多呀！"有人曾提出把老人接出来住，这么大岁数了，不要再操心这样的家庭琐事了。老舍先生知道了，给拦了，说："别！他这么着惯了。不叫他干这些，他就活不成了。"老舍先生的意见表现了他对人的理解，对一个人生活习惯的尊重，同时也表现了对白石老人真正的关怀。

老舍先生很好客，每天下午，来访的客人不断。作家，画家，戏曲、曲艺演员……老舍先生都是以礼相待，谈得很投机。

每年，老舍先生要把市文联的同人约到家里聚两次。一次是菊花开的时候，赏菊。一次是他的生日，——我记得是腊月二十三。酒菜丰盛，而有特点。酒是"敞开供应"，汾酒、竹叶青、伏特卡，愿意喝什么喝什么，能喝多少喝多少。有一次很郑重地拿出一瓶葡萄酒，说是毛主席送来的，让大家都喝一点。菜是老舍先生亲自掂配的。老舍先生有意叫大家尝尝地道的北京风味。我记得有次有一瓷钵芝麻酱炖黄花鱼。这道菜我从未吃过，以后也再没有吃过。老舍家的芥末墩是我吃过的最好的芥末墩！有一年，他特意订了两大盒"盒子菜"。直径三尺许的朱红扁圆漆盒，里面分开若干格，装的不过是火腿、腊鸭、小肚、口条之类的切片，但都很精致。熬白菜端上来了，老舍先生举起筷子："来来来！这才是真正的好东西！"

老舍先生对他下面的干部很了解，也很爱护。当时市文联的干部不多，老舍先生对每个人都相当清楚。他不看干部的档案，也从不找人"个别谈话",只是从平常的谈吐中就了解一个人的水平和才气,那是比看档案要准确得多的。老舍先生爱才,对有才华的青年,常常在各种场合称道,"平生不解藏人善,到处逢人说项斯"。而且所用的语言在有些人听起来是有点过甚其词,不留余地的。老舍先生不是那种惯说模棱两可、含糊其词、温吞水一样的官话的人。我在市文联几年,始终感到领导我们的是一位作家。他和我们的关系是前辈与后辈的关系,不是上下级关系。老舍先生这样"作家领导"的作风在市文联留下很好的影响,大家都平等相处,开诚布公,说话很少顾虑,都有点书生气、书卷气。他的这种领导风格,正是我们今天很多文化单位的领导所缺少的。

老舍先生是市文联的主席,自然也要处理一些"公务",看文件,开会,做报告(也是由别人起草的)……但是作为一个北京市的文化工作的负责人,他常常想一些别人没有想到或想不到的问题。

北京解放前有一些盲艺人,他们沿街卖艺,有时还兼带算命,生活很苦。他们的"玩意儿"和睁眼的艺人不全一样。老舍先生和一些盲艺人熟识,提议把这些盲艺人组织起来,使他们的生活有出路,别让他们的"玩意儿"绝了。为了引起各方面的重视,他把盲艺人请到市文联演唱了一次。老舍先生亲自主持,作了介绍,还特烦两位老艺人翟少平、王秀卿唱了一段《当皮箱》。这是一个喜剧性的牌子曲,里面有一个人物是当铺的掌柜,说山西话;有一个牌子叫"鹦哥调",句尾的和声用喉舌作出有点像母猪拱食的声音,很特别,很逗。这个段子和这个牌子,是睁眼艺人没有的。老舍先生那天显得很兴奋。

北京有一座智化寺，寺里的和尚作法事和别的庙里的不一样，演奏音乐。他们演奏的乐调不同凡响，很古。所用乐谱别人不能识，记谱的符号不是工尺，而是一些奇奇怪怪的笔道。乐器倒也和现在常见的差不多，但主要的乐器却是管。据说这是唐代的"燕乐"。解放后，寺里的和尚多半已经各谋生计了，但还能集拢在一起。老舍先生把他们请来，演奏了一次。音乐界的同志对这堂活着的古乐都很感兴趣。老舍先生为此也感到很兴奋。

《当皮箱》和"燕乐"的下文如何，我就不知道了。

老舍先生是历届北京市人民代表。当人民代表就要替人民说话。以前人民代表大会的文件汇编是把代表提案都印出来的。有一年老舍先生的提案是：希望政府解决芝麻酱的供应问题。那一年北京芝麻酱缺货。老舍先生说："北京人夏天离不开芝麻酱！"不久，北京的油盐店里有芝麻酱卖了，北京人又吃上了香喷喷的麻酱面。

老舍是属于全国人民的，首先是属于北京人的。

一九五四年，我调离北京市文联，以后就很少上老舍先生家里去了。听说他有时还提到我。

一九八四年三月二十日

沈从文先生在西南联大[①]

※

沈先生在联大开过三门课：各体文习作、创作实习和中国小说史。三门课我都选了，——各体文习作是中文系二年级必修课，其余两门是选修。西南联大的课程分必修与选修两种。中文系的语言学概论、文字学概论、文学史（分段）……是必修课，其余大都是任凭学生自选。诗经、楚辞、庄子、昭明文选、唐诗、宋诗、词选、散曲、杂剧与传奇……选什么，选哪位教授的课都成。但要凑够一定的学分（这叫"学分制"）。一学期我只选两门课，那不行。自由，也不能自由到这种地步。

创作能不能教？这是一个世界性的争论问题。很多人认为创作不能教。我们当时的系主任罗常培先生就说过：大学是不培养作家的，作家是社会培养的。这话有道理。沈先生自己就没有上过什么大学。他教的学生后来成为作家的，也极少。但是也不是绝对不能教。沈先生的学生现在能算是作家的，也还有那么几个。问题是由什么样的人来教，用什么方法教。现在的大学里很少开创作课的，原因是找不到合适的人来教。偶尔有大学开这门课的，收效甚微，原因是教得不甚得法。

教创作靠"讲"不成。如果在课堂上讲鲁迅先生所讥笑的"小说作法"之类，讲如何作人物肖像，如何描写环境，如何结构，结

[①] 初刊于《人民文学》一九八六年第五期，初收于《汪曾祺自选集》。

构有几种——攒珠式的、橘瓣式的……那是要误人子弟的。教创作主要是让学生自己"写"。沈先生把他的课叫作"习作"、"实习"，很能说明问题。如果要讲，那"讲"要在"写"之后。就学生的作业，讲他的得失。教授先讲一套，让学生照猫画虎，那是行不通的。

沈先生是不赞成命题作文的，学生想写什么就写什么。但有时在课堂上也出两个题目。沈先生出的题目都非常具体。我记得他曾给我的上一班同学出过一个题目："我们的小庭院有什么"，有几个同学就这个题目写了相当不错的散文，都发表了。他给比我低一班的同学曾出过一个题目："记一间屋子里的空气"！我的那一班出过些什么题目，我倒不记得了。沈先生为什么出这样的题目？他认为：先得学会车零件，然后才能学组装。我觉得先作一些这样的片段的习作，是有好处的，这可以锻炼基本功。现在有些青年文学爱好者，往往一上来就写大作品，篇幅很长，而功力不够，原因就在零件车得少了。

沈先生的讲课，可以说是毫无系统。前已说过，他大都是看了学生的作业，就这些作业讲一些问题。他是经过一番思考的，但并不去翻阅很多参考书。沈先生读很多书，但从不引经据典，他总是凭自己的直觉说话，从来不说阿里斯多德怎么说、福楼拜怎么说、托尔斯泰怎么说、高尔基怎么说。他的湘西口音很重，声音又低，有些学生听了一堂课，往往觉得不知道听了一些什么。沈先生的讲课是非常谦抑，非常自制的。他不用手势，没有任何舞台道白式的腔调，没有一点哗众取宠的江湖气。他讲得很诚恳，甚至很天真。但是你要是真正听"懂"了他的话，——听"懂"了他的话里并未发挥罄尽的余意，你是会受益匪浅，而且会终生受用的。听沈先生的课，要像孔子的学生听孔子讲话一样："举一隅而三隅反。"

沈先生讲课时所说的话我几乎全都忘了（我这人从来不记笔记）！我们有一个同学把闻一多先生讲唐诗课的笔记记得极详细，现已整理出版，书名就叫《闻一多论唐诗》，很有学术价值，就是不知道他把闻先生讲唐诗时的"神气"记下来了没有。我如果把沈先生讲课时的精辟见解记下来，也可以成为一本《沈从文论创作》。可惜我不是这样的有心人。

沈先生关于我的习作讲过的话我只记得一点了，是关于人物对话的。我写了一篇小说（内容早已忘记干净），有许多对话。我竭力把对话写得美一点，有诗意，有哲理。沈先生说："你这不是对话，是两个聪明脑壳打架！"从此我知道对话就是人物所说的普普通通的话，要尽量写得朴素。不要哲理，不要诗意。这样才真实。

沈先生经常说的一句话是："要贴到人物来写"。很多同学不懂他的这句话是什么意思。我以为这是小说学的精髓。据我的理解，沈先生这句极其简略的话包含这样几层意思：小说里，人物是主要的，主导的；其余部分都是派生的，次要的。环境描写，作者的主观抒情、议论，都只能附着于人物，不能和人物游离，作者要和人物同呼吸、共哀乐。作者的心要随时紧贴着人物。什么时候作者的心"贴"不住人物，笔下就会浮、泛、飘、滑，花里胡哨，故弄玄虚，失去了诚意。而且，作者的叙述语言要和人物相协调。写农民，叙述语言要接近农民；写市民，叙述语言要近似市民。小说要避免"学生腔"。

我以为沈先生这些话是浸透了淳朴的现实主义精神的。

沈先生教写作，写的比说的多，他常常在学生的作业后面写很长的读后感，有时会比原作还长。这些读后感有时评析本文得失，也有时从这篇习作说开去，谈及有关创作的问题。见解精到，文笔讲究。——一个作家应该不论写什么都写得讲究。这些读后感也都没有保存下来，否则是会比《废邮存底》还有看头的。可惜！

沈先生教创作还有一种方法，我以为是行之有效的，学生写了一个作品，他除了写很长的读后感之外，还会介绍你看一些与你这个作品写法相近似的中外名家的作品看。记得我写过一篇不成熟的小说《灯下》，记一个店铺里上灯以后各色人的活动，无主要人物、主要情节，散散漫漫。沈先生就介绍我看了几篇这样的作品，包括他自己写的《腐烂》。学生看看别人是怎样写的，自己是怎样写的，对比借鉴，是会有长进的。这些书都是沈先生找来，带给学生的。因此他每次上课，走进教室里时总要夹着一大摞书。

沈先生就是这样教创作的。我不知道还有没有别的更好的方法教创作。我希望现在的大学里教创作的老师能用沈先生的方法试一试。

学生习作写得较好的，沈先生就作主寄到相熟的报刊上发表。这对学生是很大的鼓励。多年以来，沈先生就干着给别人的作品找地方发表这种事。经他的手介绍出去的稿子，可以说是不计其数了。我在一九四六年前写的作品，几乎全都是沈先生寄出去的。他这辈子为别人寄稿子用去的邮费也是一个相当可观的数目了。为了防止超重太多，节省邮费，他大都把原稿的纸边裁去，只剩下纸芯。这当然不大好看。但是抗战时期，百物昂贵，不能不打这点小算盘。

沈先生教书，但愿学生省点事，不怕自己麻烦。他讲"中国小说史"，有些资料不易找到，他就自己抄，用夺金标毛笔，筷子头大的小行书抄在云南竹纸上。这种竹纸高一尺，长四尺，并不裁断，抄得了，卷成一卷。上课时分发给学生。他上创作课夹了一摞书，上小说史时就夹了好些纸卷。沈先生做事，都是这样，一切自己动手，细心耐烦。他自己说他这种方式是"手工业方式"。他写了那么多作品，后来又写了很多大部头关于文物的著作，都是用这种手工业方式搞出来的。

沈先生对学生的影响，课外比课堂上要大得多。他后来为了躲避日本飞机空袭，全家移住到呈贡桃园新村，每星期上课，进城住两天。文林街二十号联大教职员宿舍有他一间屋子。他一进城，宿舍里几乎从早到晚都有客人。客人多半是同事和学生，客人来，大都是来借书，求字，看沈先生收到的宝贝，谈天。

沈先生有很多书，但他不是"藏书家"，他的书，除了自己看，是借给人看的，联大文学院的同学，多数手里都有一两本沈先生的书，扉页上用淡墨签了"上官碧"的名字。谁借了什么书，什么时候借的，沈先生是从来不记得的。直到联大"复员"，有些同学的行装里还带着沈先生的书，这些书也就随之而漂流到四面八方了。沈先生书多，而且很杂，除了一般的四部书、中国现代文学、外国文学的译本，社会学、人类学、黑格尔的《小逻辑》、弗洛伊德、亨利·詹姆斯、道教史、陶瓷史、《髹饰录》、《糖霜谱》……兼收并蓄，五花八门。这些书，沈先生大都认真读过。沈先生称自己的学问为"杂知识"。一个作家读书，是应该杂一点的。沈先生读过的书，往往在书后写两行题记。有的是记一个日期，那天天气如何，也有时发一点感慨。有一本书的后面写道：

"某月某日，见一大胖女人从桥上过，心中十分难过。"这两句话我一直记得，可是一直不知道是什么意思。大胖女人为什么使沈先生十分难过呢？

沈先生对打扑克简直是痛恨。他认为这样地消耗时间，是不可原谅的。他曾随几位作家到井冈山住了几天。这几位作家成天在宾馆里打扑克，沈先生说起来就很气愤："在这种地方，打扑克！"沈先生小小年纪就学会掷骰子，各种赌术他也都明白，但他后来不玩这些。沈先生的娱乐，除了看看电影，就是写字。他写章草，笔稍偃侧，起笔不用隶法，收笔稍尖，自成一格。他喜欢写窄长的直幅，纸长四尺，阔只三寸。他写字不择纸笔，常用糊窗的高丽纸。他说："我的字值三分钱！"从前要求他写字的，他几乎有求必应。近年有病，不能握管，沈先生的字变得很珍贵了。

沈先生后来不写小说，搞文物研究了，国外、国内，很多人都觉得很奇怪。熟悉沈先生的历史的人，觉得并不奇怪。沈先生年轻时就对文物有极其浓厚的兴趣。他对陶瓷的研究甚深，后来又对丝绸、刺绣、木雕、漆器……都有广博的知识。沈先生研究的文物基本上是手工艺制品。他从这些工艺品看到的是劳动者的创造性。他为这些优美的造型、不可思议的色彩、神奇精巧的技艺发出的惊叹，是对人的惊叹。他热爱的不是物，而是人。他对一件工艺品的孩子气的天真激情，使人感动。我曾戏称他搞的文物研究是"抒情考古学"。他八十岁生日，我曾写过一首诗送给他，中有一联："玩物从来非丧志，著书老去为抒情"，是记实。他有一阵在昆明收集了很多耿马漆盒。这种黑红两色刮花的圆形缅漆盒，昆明多的是，而且很便宜。沈先生一进城就到处逛地摊，选买这种漆盒。他屋里装甜食点心、装文具邮票……的，都是这种盒子。有一次买得一个直径一尺五寸的大漆盒，一再抚摩，说："这可以作一期《红黑》杂志的封面！"他买到的缅漆盒，除了自用，大多数都送人了。有一回，他不知从哪里弄到很多土家族的挑花布，摆得一屋子，这间宿舍成了一个展览室。来看的人很多，沈先生于是很快乐。这些挑花图案天真稚气而秀雅生动，确实很美。

沈先生不长于讲课，而善于谈天。谈天的范围很广，时局、物价……谈得较多的是风景和人物。他几次谈及玉龙雪山的杜鹃花有多大，某处高山绝顶上有一户人家，——就是这样一户！他谈某一位老先生养了二十只猫。谈一位研究东方哲学的先生跑警报时带了一只小皮箱，皮箱里没有金银财宝，装的是一个聪明女人写给他的信。谈徐志摩上课时了一个很大的烟台苹果，一边吃，一边讲，还说："中国东西并不都比外国的差，烟台苹果就很好！"谈梁思成在一座塔上测绘内部结构，差一点从塔上掉下去。谈林徽因发着高烧，还躺在客厅里和客人谈文艺。他谈得最多的大概是金岳霖。金先生终生未娶，长期独身。他养了一只大斗鸡。这鸡能把脖子伸到桌上来，和金先生一起吃饭。他到处搜罗大石榴、大梨。买到大的，就拿去和同事的孩子的比，比输了，就把大梨、大石榴送给小朋友，他再去买！……沈先生谈及的这些人有共同特点。一是都对工作、对学问热爱到了痴迷的程度；二是为人天真到像一个孩子，对生活充满兴趣，不管在什么环境下永远不消沉沮丧，无机心、少俗虑。这些人的气质也正是沈先生的气质。"闻多素心人，乐与数晨夕"，沈先生谈及熟朋友时总是很有感情的。

文林街文林堂旁边有一条小巷，大概叫作金鸡巷，巷里的小院中有一座小楼。楼上住着联大的同学：王树藏、陈蕴珍（萧珊）、施载宣（萧荻）、刘北汜。当中有个小客厅。这小客厅常有熟同学来喝茶聊天，成了一个小小的沙龙。沈先生常来坐坐。有时还把他的朋友也拉来和大家谈谈。老舍先生从重庆过昆明时，沈先生曾拉他来谈过"小说和戏剧"。金岳霖先生也来过，谈的题目是"小说和哲学"。金先生是搞哲学的，主要是搞逻辑的，但是读很多小说，从普鲁斯特到《江湖奇侠传》。"小说和哲学"这题目是沈先生给他出的。不料金先生讲了半天，结论却是：小说和哲学没有关系。他说《红楼梦》里的哲学也不是哲学。他谈到兴浓处，忽然停下来，说："对不起，我这里有个小动物！"说着把右手从后脖领伸进去，捉出了一只跳蚤，甚为得意。我们问金先生为什么搞逻辑，金先生说："我觉得它很好玩！"

沈先生在生活上极不讲究。他进城没有正经吃过饭，大都是在文林街二十号对面一家小米线铺吃一碗米线。有时加一个西红柿，打一个鸡蛋。有一次我和他上街闲逛，到玉溪街，他在一个米线摊上要了一盘凉鸡，还到附近茶馆里借了一个盖碗，打了一碗酒。他用盖碗盖子喝了一点，其余的都叫我一个人喝了。

沈先生在西南联大是一九三八年到一九四六年。一晃，四十多年了！

一九八六年一月二日上午

贺路翎重写小说①

※

路翎是一位才华横溢的不可多得的作家。他的创作精力一度非常旺盛，写过不少震惊一时的好小说。他挨了整，很久没有听到他的消息，我以为他大概已经不在人世。有人告诉我：路翎还活着，住在一个不为人知的什么地方，每天扫大街。扫街之后，回到没有光线的小屋里，一声不响地枯坐着。他很少说话，甚至连笑也不会了。我心里很难过。怎么能把人折磨成这个样子呢？

后来听说他好一些了，能写一点东西了。在《北京晚报》上看到他写的几篇短文，我们几个朋友都觉得很不是滋味：这哪里像是路翎写的文章呢！我对朋友说：对一个人最大的摧残，无过于摧残了他的才华。

在《读书》上读到绿原记路翎的文章，对路翎增加了了解，心里也就更加难受。我想：路翎完了！

有位编辑到我家来组稿，说路翎最近的一篇小说写得不错。我很惊奇，说："是吗？"找来《人民文学》便赶紧翻到《钢琴学生》，接连读了两遍。我真是比在公园里忽然看到一个得了半身不遂的老朋友居然丢了手杖在茂草繁花之间步履轻捷、满面春风地散着步还要高兴。我在心里说：路翎同志，你好了！

我不是说《钢琴学生》是一篇多么了不得的好作品，但是的确

---

① 初刊于一九八七年二月二十四日《人民日报》，初收于北师大版《汪曾祺全集》第四卷。

写得不错！应该庆贺的是：路翎恢复了艺术感，恢复了语感，恢复了对生命的喜悦，对生活的欢呼。这是多不容易呀。年轻的读者，你们要是知道路翎受过多少苦难，现在还能写出这样泽润葱茏的小说，你们就会觉得这是一个不小的胜利。路翎是好样的，路翎很顽强。

劫灰深处拨寒灰，
谁信人间二度梅。
拨尽寒灰翻不说，
枝头窈窕迎春晖。

一九八七年一月二十四日

金岳霖先生①

※

　　西南联大有许多很有趣的教授，金岳霖先生是其中的一位。金先生是我的老师沈从文先生的好朋友。沈先生当面和背后都称他为"老金"。大概时常来往的熟朋友都这样称呼他。关于金先生的事，有一些是沈先生告诉我的。我在《沈从文先生在西南联大》一文中提到过金先生。有些事情在那篇文章里没有写进去，觉得还应该写一写。

　　金先生的样子有点怪。他常年戴着一顶呢帽，进教室也不脱下。每一学年开始，给新的一班学生上课，他的第一句话总是："我的眼睛有毛病，不能摘帽子，并不是对你们不尊重，请原谅。"他的眼睛有什么病，我不知道，只知道怕阳光。因此他的呢帽的前檐压得比较低，脑袋总是微微地仰着。他后来配了一副眼镜。这副眼镜一只的镜片是白的，一只是黑的。这就更怪了。后来在美国讲学期间把眼睛治好了，——好一些了，眼镜也换了，但那微微仰着脑袋的姿态一直还没有改变。他身材相当高大，经常穿一件烟草黄色的麂皮夹克，天冷了就在里面围一条很长的驼色的羊绒围巾。联大的教授穿衣服是各色各样的。闻一多先生有一阵穿一件式样过时的灰色旧夹袍，是一个亲戚送给他的，领子很高，袖口极窄。联大有一次在龙云的长子，蒋介石的干儿子龙绳武家里开校友

---

　　①　初刊于《读书》一九八七年第五期，初收于《蒲桥集》。

会，——龙云的长媳是清华校友，闻先生在会上大骂"蒋介石，王八蛋！混蛋！"那天穿的就是这件高领窄袖的旧夹袍。朱自清先生有一阵披着一件云南赶马人穿的蓝色毡子的一口钟。除了体育教员，教授里穿夹克的，好像只有金先生一个人。他的眼神即使是到美国治了后也还是不大好，走起路来有点深一脚浅一脚。他就这样穿着黄夹克，微仰着脑袋，深一脚浅一脚地在联大新校舍的一条土路上走着。

金先生教逻辑。逻辑是西南联大规定文学院一年级学生的必修课，班上学生很多，上课在大教室，坐得满满的。在中学里没有听说有逻辑这门学问，大一的学生对这课很有兴趣。金先生上课有时要提问，那么多的学生，他不能都叫得上名字来，——联大是没有点名册的，他有时一上课就宣布："今天，穿红毛衣的女同学回答问题。"于是所有穿红衣的女同学就都有点紧张，又有点兴奋。那时联大女生在蓝阴丹士林旗袍外面套一件红毛衣成了一种风气。——穿蓝毛衣、黄毛衣的极少。问题回答得流利清楚，也是件出风头的事。金先生很注意地听着，完了，说："Yes！请坐！"

学生也可以提出问题，请金先生解答。学生提的问题深浅不一，金先生有问必答，很耐心。有一个华侨同学叫林国达，操广东普通话，最爱提问题，问题大都奇奇怪怪。他大概觉得逻辑这门学问是挺"玄"的，应该提点怪问题。有一次他又站起来提了一个怪问题，金先生想了一想，说："林国达同学，我问你一个问题：'Mr.林国达 is perpendicular to the blackboard（林国达君垂直于黑板）'，这是什么意思？"林国达傻了。林国达当然无法垂直于黑板，但这句话在逻辑上没有错误。

林国达游泳淹死了。金先生上课，说："林国达死了，很不幸。"这一堂课，金先生一直没有笑容。

有一个同学，大概是陈蕴珍，即萧珊，曾问过金先生："您为什么要搞逻辑？"逻辑课的前一半讲三段论，大前提、小前提、结论、周延、不周延、归纳、演绎……还比较有意思。后半部全是符号，简直像高等数学。她的意思是：这种学问多么枯燥！金先生的回答是："我觉得它很好玩。"

除了文学院大一学生必修课逻辑，金先生还开了一门"符号逻辑"，是选修课。这门学问对我来说简直是天书。选这门课的人很少，教室里只有几个人。学生里最突出的是王浩。金先生讲着讲着，有时会停下来，问："王浩，你以为如何？"这堂课就成了他们师生二人的对话。王浩现在在美国。前些年写了一篇关于金先生的较长的文章，大概是论金先生之学的，我没有见到。

王浩和我是相当熟的。他有个要好的朋友王景鹤，和我同在昆明黄土坡一个中学教书，王浩常来玩。来了，常打篮球。大都是吃了午饭就打。王浩管吃了饭就打球叫"练盲肠"。王浩的相貌颇"土"，脑袋很大，剪了一个光头，——联大同学剪光头的很少，说话带山东口音。他现在成了洋人——美籍华人，国际知名的学者，我实在想象不出他现在是什么样子。前年他回国讲学，托一个同学要我给他画一张画。我给他画了几个青头菌、牛肝菌，一根大葱，两头蒜，还有一块很大的宣威火腿。——火腿是很少入画的。我在画上题了几句话，有一句是"以慰王浩异国乡情"。王浩的学问，原来是师承金先生的。一个人一生哪怕只教出一个好学生，也值得了。当然，金先生的好学生不止一个人。

金先生是研究哲学的，但是他看了很多小说。从普鲁斯特到福尔摩斯，都看。听说他很爱看平江不肖生的《江湖奇侠传》。有几个联大同学住在金鸡巷。陈蕴珍、王树藏、刘北汜、施载宣（萧荻）。楼上有一间小客厅。沈先生有时拉一个熟人去给少数爱好文学，写写东西的同学讲一点什么，金先生有一次也被拉了去。他讲的题目是《小说和哲学》。题目是沈先生给他出的。大家以为金先生一定会讲出一番道理。不料金先生讲了半天，结论却是：小说和哲学没有关系。有人问：那么《红楼梦》呢？金先生说："《红楼梦》里的哲学不是哲学。"他讲着讲着，忽然停下来："对不起，我这里有个小动物。"他把右手伸进后脖领，捉出了一个跳蚤，捏在手指里看看，甚为得意。

　　金先生是个单身汉（联大教授里不少光棍，杨振声先生曾写过一篇游戏文章《释鳏》，在教授间传阅），无儿无女，但是过得自得其乐。他养了一只很大的斗鸡（云南出斗鸡）。这只斗鸡能把脖子伸上来，和金先生一个桌子吃饭。他到处搜罗大梨、大石榴，拿去和别的教授的孩子比赛。比输了，就把梨或石榴送给他的小朋友，他再去买。

　　金先生朋友很多，除了哲学系的教授外，时常来往的，据我所知，有梁思成、林徽因夫妇，沈从文，张奚若……君子之交淡如水，坐定之后，清茶一杯，闲话片刻而已。金先生对林徽因的谈吐才华，十分欣赏。现在的年轻人多不知道林徽因。她是学建筑的，但是对文学的趣味极高，精于鉴赏，所写的诗和小说如《窗子以外》、《九十九度中》风格清新，一时无二。林徽因死后，有一年，金先生在北京饭店请了一次客，老朋友收到通知，都纳闷：老金为什么请客？到了之后，金先生才宣布："今天是徽因的生日。"

金先生晚年深居简出。毛主席曾经对他说："你要接触接触社会。"金先生已经八十岁了，怎么接触社会呢？他就和一个蹬平板三轮车的约好，每天蹬着他到王府井一带转一大圈。我想象金先生坐在平板三轮上东张西望，那情景一定非常有趣。王府井人挤人，熙熙攘攘，谁也不会知道这位东张西望的老人是一位一肚子学问，为人天真、热爱生活的大哲学家。

金先生治学精深，而著作不多。除了一本大学丛书里的《逻辑》，我所知道的，还有一本《论道》。其余还有什么，我不清楚，须问王浩。

我对金先生所知甚少。希望熟知金先生的人把金先生好好写一写。

联大的许多教授都应该有人好好地写一写。

一九八七年二月二十三日

星斗其文　赤子其人①

※

沈先生逝世后，傅汉斯、张充和从美国电传来一副挽辞。字是晋人小楷，一看就知道是张充和写的。词想必也是她拟的。只有四句：

> 不折不从　亦慈亦让
>
> 星斗其文　赤子其人

这是嵌字格，但是非常贴切，把沈先生的一生概括得很全面。这位四妹对三姐夫沈二哥真是非常了解。——荒芜同志编了一本《我所认识的沈从文》，写得最好的一篇，我以为也应该是张充和写的《三姐夫沈二哥》。

沈先生的血管里有少数民族的血液。他在填履历表时，"民族"一栏里填土家族或苗族都可以，可以由他自由选择。湘西有少数民族血统的人大都有一股蛮劲，狠劲，做什么都要做出一个名堂。黄永玉就是这样的人。沈先生瘦瘦小小（晚年发胖了），但是有用不完的精力。他小时是个顽童，爱游泳（他叫"游水"）。进城后好像就不游了。三姐（师母张兆和）很想看他游一次泳，但是没有看到。我当然更没有看到过。他少年当兵，漂泊转徙，很少连

---

① 初刊于《人民文学》一九八八年第七期，有副题"怀念沈从文老师"，初收于《蒲桥集》。

续几晚睡在同一张床上。吃的东西，最好的不过是切成四方的大块猪肉（煮在豆芽菜汤里）。行军、拉船，锻炼出一副极富耐力的体魄。二十岁冒冒失失地闯到北平来，举目无亲。连标点符号都不会用，就想用手中一枝笔打出一个天下。经常为弄不到一点东西"消化消化"而发愁。冬天屋里生不起火，用被子围起来，还是不停地写。我一九四六年到上海，因为找不到职业，情绪很坏，他写信把我大骂了一顿，说："为了一时的困难，就这样哭哭啼啼的，甚至想到要自杀，真是没出息！你手中有一枝笔，怕什么！"他在信里说了一些他刚到北京时的情形。——同时又叫三姐从苏州写了一封很长的信安慰我。他真的用一枝笔打出了一个天下了。一个只读过小学的人，竟成了一个大作家，而且积累了那么多的学问，真是一个奇迹。

沈先生很爱用一个别人不常用的词："耐烦"。他说自己不是天才（他应当算是个天才），只是耐烦。他对别人的称赞，也常说"要算耐烦"。看见儿子小虎搞机床设计时，说"要算耐烦"。看见孙女小红做作业时，也说"要算耐烦"。他的"耐烦"，意思就是锲而不舍，不怕费劲。一个时期，沈先生每个月都要发表几篇小说，每年都要出几本书，被称为"多产作家"。但他写东西不是很快的，从来不是一挥而就。他年轻时常常日以继夜地写。他常流鼻血。血液凝聚力差，一流起来不易止住，很怕人。有时夜间写作，竟致晕倒，伏在自己的一摊鼻血里，第二天才被人发现。我就亲眼看到过他的带有鼻血痕迹的手稿。他后来还常流鼻血，不过不那么厉害了。他自己知道，并不惊慌。很奇怪，他连续感冒几天，一流鼻血，感冒就好了。他的作品看起来很轻松自如，若不经意，但都是苦心刻琢出来的。《边城》一共不到七万字，他告诉我，写了半年。他这篇小说是《国闻周报》上连载的，每期一章。小说共二十一章，21×7=147，我算了算，差不多正是半年。这篇东西是他新婚之后写的，那时他住在达子营。巴金住在他那里。他们每天写。巴老在屋里写，沈先生搬个小桌子，在院子里树荫下写。巴老写了一个长篇，沈先生写了《边城》。他称他的小说为"习作"，并不完全是谦虚。有些小说是为了教创作课给学生示范而写的，因此试验了各种方法。为了教学生写对话，有的小说通篇都用对话组成，如《若墨医生》；有的，一句对话也没有。《月下小景》确是为了履行许给张家小五的诺言"写故事给你看"而写的。同时，当然是为了试验一下"讲故事"的方法（这一组"故事"明显地看得出受了《十日谈》和《一千零一夜》的影响）。同时，也为了试验一下把六朝译经和口语结合的文体。这种试验，后来形成一种他自己说是"文白夹杂"的独特的沈从文体，在四十年代的文字（如《烛虚》）中尤为成熟。他的亲戚，语言学家周有光曾说"你的语言是古英语"，甚至是拉丁文。沈先生讲创作，不大爱说"结构"，他说是"组织"。我也比较喜欢"组织"这个词。"结构"过于理智，"组织"更带感情，较多作者的主观。他曾把一篇小说一条一条地裁开，用不同方法组织，看看哪一种形式更为合适。沈先生爱改自己的文章。他的原稿，一改再改，天头地脚页边，都是修改的字迹，蜘蛛网似的，这里牵出一条，那里牵出一条。作品发表了，改。成书了，改。看到自己的文章，总要改。有时改了多次，反而不如原来的，以至三姐后来不许他改了（三姐是沈先生文集的一个极其细心，极其认真的义务责任编辑）。沈先生的作品写得最快，最顺畅，改得最少的，只有一本《从文自传》。这本自传没有经过冥思苦想，只用了三个星期，一气呵成。

他不大用稿纸写作。在昆明写东西，是用毛笔写在当地出产的竹纸上的，自己折出印子。他也用钢笔，蘸水钢笔。他抓钢笔的手势有点像抓毛笔（这一点可以证明他不是洋学堂出身）。《长河》就是用钢笔写的，写在一个硬面的练习簿上，直行，两面写。他的原稿的字很清楚，不潦草，但写的是行书。不熟悉他的字体的排字工人是会感到困难的。他晚年写信写文章爱用秃笔淡墨。用秃笔写那样小的字，不但清楚，而且顿挫有致，真是一个功夫。

他很爱他的家乡。他的《湘西》《湘行散记》和许多篇小说可以作证。他不止一次和我谈起棉花坡，谈起枫树坳，——到秋天满城落了枫树的红叶。一说起来，不胜神往。黄永玉画过一张凤凰沈家门外的小巷，屋顶墙壁颇零乱，有大朵大朵的红花——不知是不是夹竹桃，画面颜色很浓，水气泱泱。沈先生很喜欢这张画，说："就是这样！"八十岁那年，和三姐一同回了一次凤凰，领着她看了他小说中所写的各处，都还没有大变样。家乡人闻知沈从文回来了，简直不知怎样招待才好。他说："他们为我捉了一只锦鸡！"锦鸡毛羽很好看。他很爱那只锦鸡，还抱着它照了一张相，后来知道竟作了他的盘中餐，对三姐说："真煞风景！"锦鸡肉并不怎么好吃。沈先生说及时大笑，但也表现出对乡人的殷勤十分感激。他在家乡听了傩戏，这是一种古调犹存的很老的弋阳腔。打鼓的是一位七十多岁的老人，他对年轻人打鼓失去旧范很不以为然。沈先生听了，说："这是楚声，楚声！"他动情地听着"楚声"，泪流满面。

沈先生八十岁生日，我曾写了一首诗送他，开头两句是：

犹及回乡听楚声，
此身虽在总堪惊。

端木蕻良看到这首诗，认为"犹及"二字很好。我写下来的时候就有点觉得这不大吉利，没想到沈先生再也不能回家乡听一次了！他的家乡每年有人来看他，沈先生非常亲切地和他们谈话，一坐半天。每有同乡人来了，原来在座的朋友或学生就只有退避在一边，听他们谈话。沈先生很好客，朋友很多。老一辈的有林宰平、徐志摩。沈先生提及他们时充满感情。没有他们的提挈，沈先生也许就会当了警察，或者在马路旁边"瘪了"。我认识他后，他经常来往的有杨振声、张奚若、金岳霖、朱光潜诸先生，梁思成林徽因夫妇。他们的交往真是君子之交，既无朋党色彩，也无酒食征逐。清茶一杯，闲谈片刻。杨先生有一次托沈先生带信，让我到南锣鼓巷他的住处去，我以为有什么事。去了，只是他亲自给我煮一杯咖啡，让我看一本他收藏的姚茫父的册页。这册页的芯子只有火柴盒那样大，横的，是山水，用极富金石味的墨线勾轮廓，设极重的青绿，真是妙品。杨先生对待我这个初露头角的学生如此，则其接待沈先生的情形可知。杨先生和沈先生夫妇曾在颐和园住过一个时期，想来也不过是清晨或黄昏到后山谐趣园一带走走，看看湖里的金丝莲，或写出一张得意的字来，互相欣赏欣赏，其余时间各自在屋里读书做事，如此而已。沈先生对青年的帮助真是不遗余力。他曾经自己出钱为一个诗人出了第一本诗集。一九四七年，诗人柯原的父亲故去，家中拉了一笔债，沈先生提出卖字来帮助他。《益世报》登出了沈从文卖字的启事，买字的可定出规格，而将价款直接寄给诗人。柯原一九八〇年去看沈先生，沈先生才记起有这回事。他对学生的作品细心修改，寄给相熟的报刊，尽量争取发表。他这辈子为学生寄稿的邮费，加起来是一个相当可观的数字。抗战时期，通货膨胀，邮费也不断涨，往往寄一封信，信封正面反面都得贴满邮票。为了省一点邮费，沈先生总是把稿纸的天头地脚页边都裁去，只留一个稿芯，这样分量轻一点。稿子发表了，稿费寄来，他必为亲自送去。李霖灿在丽江画玉龙雪山，他的画都是寄到昆明，由沈先生代为出手的。我在昆明写的稿子，几乎无一篇不是他寄出去的。一九四六年，郑振铎、李健吾先生在上海创办《文艺复兴》，沈先生把我的《小学校的钟声》和《复仇》寄去。这两篇稿子写出已经有几年，当时无地方可发表。稿子是用毛笔楷书写在学生作文的绿格本上的，郑先生收到，发现稿纸上已经叫蠹虫蛀了好些洞，使他大为激动。沈先生对我这个学生是很喜欢的。为了躲避日本飞机空袭，他们全家有一阵住在呈贡新街，后迁跑马山桃源新村。沈先生有课时进城住两三天。他进城时，我都去看他。交稿子，看他收藏的宝贝，借书。沈先生的书是为了自己看，也为了借给别人看的。"借书一痴，还书一痴"，借书的痴子不少，还书的痴子可不多。有些书借出去一去无踪。有一次，晚上，我喝得烂醉，坐在路边，沈先生到一处演讲回来，以为是一个难民，生了病，走近看看，是我！他和两个同学把我扶到他住处，灌了好些酽茶，我才醒过来。有一回我去看他，牙疼，腮帮子肿得老高。沈先生开了门，一看，一句话没说，出去买了几个大橘子抱着回来了。

沈先生的家庭是我见到的最好的家庭，随时都在亲切和谐气氛中，两个儿子，小龙小虎，兄弟怡怡。他们都很高尚清白，无丝毫庸俗习气，无一句粗鄙言语，——他们都很幽默，但幽默得很温雅。一家人于钱上都看得很淡。《沈从文文集》的稿费寄到，九千多元，大概开过家庭会议，又从存款中取出几百元，凑成一万，寄到家乡办学。沈先生也有生气的时候，也有极度烦恼痛苦的时候，在昆明，在北京，我都见到过，但多数时候都是笑眯眯的。他总是用一种善意的、含情的微笑，来看这个世界的一切。到了晚年，喜欢放声大笑，笑得合不拢嘴，且摆动双手作势，真像一个孩子。只有看破一切人事乘除，得失荣辱，全置度外，心地明净无渣滓的人，才能这样畅快地大笑。

沈先生五十年代后放下写小说散文的笔（偶然还写一点，笔下仍极活泼，如写纪念陈翔鹤文章，实写得极好），改业钻研文物，而且钻出了很大的名堂，不少中国人、外国人都很奇怪。实不奇怪。沈先生很早就对历史文物有很大兴趣。他写的关于展子虔游春图的文章，我以为是一篇重要文章，从人物服装颜色式样考订图画的年代和真伪，是别的鉴赏家所未注意的方法。他关于书法的文章，特别是对宋四家的看法，很有见地。在昆明，我陪他去遛街，总要看看市招，到裱画店看看字画。昆明市政府对面有一堵大照壁，写满了一壁字（内容已不记得，大概不外是总理遗训），字有七八寸见方大，用二爨掺一点北魏造像题记笔意，白墙蓝字，是一位无名书家写的，写得实在好。我们每次经过，都要去看看。昆明有一位书法家叫吴忠荩，字写得极多，很多人家都有他的字，家家裱画店都有他的刚刚裱好的字。字写得很熟练，行书，只是用笔枯扁，结体少变化。沈先生还去看过他，说"这位老先生写了一辈子字"！意思颇为他水平受到限制而惋惜。昆明碰碰撞撞都可见到黑漆金字抱柱楹联上钱南园的四方大颜字，也还值得一看。沈先生到北京后即喜欢搜集瓷器。有一个时期，他家用的餐具都是很名贵的旧瓷器，只是不配套，因为是一件一件买回来的。他一度专门搜集青花瓷。买到手，过一阵就送人。西南联大好几位助教、研究生结婚时都收到沈先生送的雍正青花的茶杯或酒杯。沈先生对陶瓷赏鉴极精，一眼就知是什么朝代的。一个朋友送我一个梨皮色釉的粗瓷盒子，我拿去给他看，他说："元朝东西，民间窑！"有一阵搜集旧纸，大都是乾隆以前的。多是染过色的，瓷青的、豆绿的、水红的，触手细腻到像煮熟的鸡蛋白外的薄皮，真是美极了。至于茧纸、高丽发笺，那是凡品了。（他搜集旧纸，但自己舍不得用来写字。晚年写字用糊窗户的高丽纸，他说："我的字值三分钱。"）

在昆明，搜集了一阵耿马漆盒。这种漆盒昆明的地摊上很容易买到，且不贵。沈先生搜集器物的原则是"人弃我取"。其实这种竹胎的，涂红黑两色漆，刮出极繁复而奇异的花纹的圆盒是很美的。装点心，装花生米，装邮票杂物均合适，放在桌上也是个摆设。这种漆盒也都陆续送人了。客人来，坐一阵，临走时大都能带走一个漆盒。有一阵研究中国丝绸，弄到许多大藏经的封面，各种颜色都有：宝蓝的、茶褐的、肉色的，花纹也是各式各样。沈先生后来写了一本《中国丝绸图案》。有一阵研究刺绣。除了衣服、裙子，弄了好多扇套、眼镜盒、香袋。不知他是从哪里"寻摸"来的。这些绣品的针法真是多种多样。我只记得有一种绣法叫"打子"，是用一个一个丝线疙瘩缀出来的。他给我看一种绣品，叫

"七色晕"，用七种颜色的绒绣成一个团花，看了真叫人发晕。他搜集、研究这些东西，不是为了消遣，是从中发现，证实中国历史文化的优越这个角度出发的，研究时充满感情。我在他八十岁生日写给他的诗里有一联：

> 玩物从来非丧志，
>
> 著书老去为抒情。

　　这全是纪实。沈先生提及某种文物时常是赞叹不已。马王堆那副不到一两重的纱衣，他不知说了多少次。刺绣用的金线原来是盲人用一把刀，全凭手感，就金箔上切割出来的。他说起时非常感动。有一个木俑（大概是楚俑）一尺多高，衣服非常特别：上衣的一半（连同袖子）是黑色，一半是红的；下裳正好相反，一半是红的，一半是黑的。沈先生说："这真是现代派！"如果照这样式（一点不用修改）做一件时装，拿到巴黎去，由一个长身细腰的模特儿穿起来，到表演台上转那么一转，准能把全巴黎都"镇"了！他平生搜集的文物，在他生前全都分别捐给了几个博物馆、工艺美术院校和工艺美术工厂，连收条都不要一个。

　　沈先生自奉甚薄。穿衣服从不讲究。他在《湘行散记》里说他穿了一件细毛料的长衫，这件长衫我可没见过。我见他时总是一件洗得褪了色的蓝布长衫，夹着一摞书，匆匆忙忙地走。解放后是蓝卡其布或涤卡的干部服，黑灯芯绒的"懒汉鞋"。有一年做了一件皮大衣（我记得是从房东手里买的一件旧皮袍改制的，灰色粗线呢面），他穿在身上，说是很暖和，高兴得像一个孩子。吃得很清淡。我没见他下过一次馆子。在昆明，我到文林街二十号他的宿舍去看他，到吃饭时总是到对面米线铺吃一碗一角三分钱的米线。有时加一个西红柿，打一个鸡蛋，超不过两角五分。三姐是会做菜的，会做八宝糯米鸭，炖在一个大砂锅里。但不常做。他们住在中老胡同时，有时张充和骑自行车到前门月盛斋买一包烧羊肉回来，就算加了菜了。在小羊宜宾胡同时，常吃的不外是炒四川的菜头，炒茨菇。沈先生爱吃茨菇，说"这个好，比土豆'格'高"。他在《自传》中说他很会炖狗肉，我在昆明，在北京都没见他炖过一次。有一次他到他的助手王亚蓉家去，先来看看我（王亚蓉住在我们家马路对面，——他七十多了，血压高到二百多，还常为了一点研究资料上的小事到处跑），我让他过一会来吃饭。他带来一卷画，是古代马戏图的摹本，实在是很精彩。他非常得意地问我的女儿："精彩吧？"那天我给他做了一只烧羊腿，一条鱼。他回家一再向三姐称道："真好吃。"他经常吃的荤菜是：猪头肉。

他的丧事十分简单。他凡事不喜张扬，最反对搞个人的纪念活动。反对"办生做寿"。他生前屡次嘱咐家人，他死后，不开追悼会，不举行遗体告别。但火化之前，总要有一点仪式。新华社消息的标题是沈从文告别亲友和读者，是合适的，只通知少数亲友。——有一些景仰他的人是未接通知自己去的。不收花圈，只有约二十多个布满鲜花的花篮，很大的白色的百合花、康乃馨、菊花、菖兰。参加仪式的人也不戴纸制的白花，但每人发给一枝半开的月季，行礼后放在遗体边，不放哀乐，放沈先生生前喜爱的音乐，如贝多芬的"悲怆"奏鸣曲等。沈先生面色如生，很安详地躺着。我走近他身边，看着他，久久不能离开。这样一个人，就这样地去了。我看他一眼，又看一眼，我哭了。

　　沈先生家有一盆虎耳草，种在一个椭圆形的小小钧窑盆里。很多人不认识这种草。这就是《边城》里翠翠在梦里采摘的那种草，沈先生喜欢的草。

一九八八年五月二十六日

沈从文转业之谜①

※

沈先生忽然改了行。他的一生分成了两截。一九四九年以前，他是作家，写了四十几本小说和散文；一九四九年以后，他变成了一个文物研究专家，写了一些关于文物的书，其中最重大（真是又重又大）的一本是《中国古代服饰研究》。近十年沈先生的文学作品重新引起注意，尤其是青年当中，形成了"沈从文热"。一些读了他的小说的年轻一些的读者觉得非常奇怪：他为什么不再写了呢？国外有些研究中国现代文学的学者也为之大惑不解。我是知道一点内情的，但也说不出个究竟。在他改行之初，我曾经担心他能不能在文物研究上搞出一个名堂，因为从我和他的接触（比如讲课）中，我觉得他缺乏"科学头脑"。后来发现他"另有一功"，能把抒情气质和科学条理完美地结合起来，搞出了成绩，我松了一口气，觉得"这样也好"。我就不大去想他的转业的事了。沈先生去世后，沈虎雏整理沈先生遗留下来的稿件、信件。我因为刊物约稿，想起沈先生改行的事，要找虎雏谈谈。我爱人打电话给三姐（师母张兆和），三姐说："叫曾祺来一趟，我有话跟他说。"我去了，虎雏拿出几封信。一封是给一个叫吉六的青年作家的退稿信（一封很重要的信），一封是沈先生在一九六一年二月二日写给我的很长的信（这封信真长，是在练习本撕下来的纸上写的，钢笔小

---

① 初刊于《真善美》一九八九年第一、二期合刊，初收于《汪曾祺散文随笔选集》。

字，两面写，共十二页，估计不下六千字），是在医院里写的；这封信，他从医院回家后用毛笔在竹纸上重写了一次寄给我，这是底稿；其时我正戴了右派分子帽子，下放张家口沙岭子劳动；（沈先生寄给我的原信我一直保存，"文化大革命"中遗失了，）还有一九四七年我由上海寄给沈先生的两封信。看了这几封信，我对沈先生转业的前因后果，逐渐形成一个比较清晰的轮廓。

从一个方面说，沈先生的改行，是"逼上梁山"，是他多年挨骂的结果。左、右都骂他。沈先生在写给我的信上说：

"我希望有些人不要骂我，不相信，还是要骂。根本连我写什么也不看，只图个痛快。于是骂倒了，真的倒了。但是究竟是谁的损失？"

沈先生的挨骂，以前的，我不知道。我知道的，对他的大骂，大概有三次。

一次是抗日战争时期，约在一九四二年顷，从桂林发动，有几篇很锐利的文章。我记得有一篇是聂绀弩写的。聂绀弩我后来认识，是一个非常好的人。他后来也因黄永玉之介去看过沈先生，认为那全是一场误会。聂和沈先生成了很好的朋友，彼此毫无芥蒂。

第二次是一九四七年，沈先生写了两篇杂文，引来一场围攻。那时我在上海，到巴金先生家，李健吾先生在座。李健吾先生说，劝从文不要写这样的杂论，还是写他的小说。巴金先生很以为然。我给沈先生写的两封信，说的便是这样的意思。

第三次是从香港发动的。一九四八年三月，香港出了一本《大众文艺丛刊》，撰稿人为党内外的理论家。其中有一篇郭沫若写的《斥反动文艺》，文中说沈从文"一直是有意识地作为反动派而活动着"。这对沈先生是致命的一击。可以说，是郭沫若的这篇文章，把沈从文从一个作家骂成了一个文物研究者。事隔三十年，沈先生的《中国古代服饰研究》却由前科学院院长郭沫若写了序。人事变幻，云水悠悠，逝者如斯，谁能逆料？这也是历史。

已经有几篇文章披露了沈先生在解放前后神经混乱的事（我本来是不愿意提及这件事的），但是在这以前，沈先生对形势的估计和对自己前途的设想是非常清醒，非常理智的。他在一九四八年十二月七日写给吉六君的信中说：

"大局玄黄未定……一切终得变。从大处看发展，中国行将进入一个崭新时代，则无可怀疑。"

基于这样的信念，才使沈先生在北平解放前下决心留下来。留下来不走的，还有朱光潜先生、杨振声先生。朱先生和沈先生同住在中老胡同，杨先生也常来串门。对于"玄黄未定"之际的行止，他们肯定是多次商量过的。他们决定不走，但是心境是惶然的。

一天，北京大学贴出了一期壁报，大字全文抄出了郭沫若的《斥反动文艺》。不知道这是地下党的授意，还是进步学生社团自己干的。在那样的时候，贴出这样的大字报，是什么意思呢？这不是"为渊驱鱼"，把本来应该争取，可以争取的高级知识分子一齐推出去？这究竟是谁的主意，谁的决策？

这篇壁报对沈先生的压力很大，沈先生由神经极度紧张，到患了类似迫害狂的病症（老是怀疑有人监视他，制造一些尖锐声音来刺激他），直接的原因，就是这张大字壁报。

沈先生在精神濒临崩溃的时候，脑子却又异常清楚，所说的一些话常有很大的预见性。四十年前说的话，今天看起来还是很准确。

"一切终得变"，沈先生是竭力想适应这种"变"的。他在写给吉六君的信上说：

"用笔者求其有意义，有作用，传统写作方式以及对社会态度，值得严肃认真加以检讨，有所抉择。对于过去种种，得决心放弃，从新起始来学习。这个新的起始，并不一定即能配合当前需要，惟必能把握住一个进步原则来肯定，来完成，来促进。"

但是他又估计自己很难适应：

"人近中年，情绪凝固，又或因情绪内向，缺乏适应能力，用笔方式，二十年三十年统统由一个'思'字出发，此时却必需用'信'字起步，或不容易扭转。过不多久，即未被迫搁笔，亦终得把笔搁下。这是我们一代若干人必然结果。"

不幸而言中。沈先生对自己搁笔的原因分析得再清楚不过了。不断挨骂，是客观原因；不能适应，有主观成分，也有客观因素。解放后搁笔的，在沈先生一代人中不止沈先生一个人，不过不像沈先生搁得那样彻底，那样明显，其原因，也不外是"思"与"信"的矛盾。三十多年来，直到"文化大革命"结束，中国文艺的主要问题也是强调"信"，忽略"思"。十一届三中全会以后，新时期十年文学的转机，也正是由"信"回复到"思"，作家可以真正地独立思考，可以用自己的眼睛观察生活，用自己的脑和心思索生活，用自己的手表现生活了。

北京一解放，我们就觉得沈先生无法再写作，也无法再在北京大学教书。教什么呢？在课堂上他能说些什么话呢？他的那一套肯定是不行的。

沈先生为自己找到一条出路，也可以说是一条退路：改行。

沈先生的改行并不是没有准备、没有条件的。据沈虎雏说，他对文物的兴趣比对文学的兴趣产生得更早一些。他十八岁时曾在一个统领官身边作书记。这位统领官收藏了百来轴自宋至明清的旧画，几十件铜器及古瓷，还有十来箱书籍，一大批碑帖。这些东西都由沈先生登记管理。由于应用，沈先生学会了许多知识。无事可做时，就把那些古画一轴一轴地取出，挂到壁间独自欣赏，或翻开《西清古鉴》《薛氏彝器钟鼎款识》来看。"我从这方面对于这个民族在一段长长的年份中，用一片颜色，一把线，一块青铜或一堆泥土，以及一组文字，加上自己生命作成的种种艺术，皆得了一个初步普遍的认识。由于这点初步知识，使一个以鉴赏人类生活与自然现象为生的乡下人，进而对人类智慧光辉的领会，发生了极宽泛而深切的兴味。"（见《从文自传·学历史的地方》）沈先生对文物的兴趣，自始至终，一直是从这一点出发的，是出于对民族，对于民族的历史和文化的深爱。他的文学创作、文物研究，都浸透了爱国主义的感情。从热爱祖国这一点上看，也可以说沈先生并没有改行。我心匪石，不可转也，爱国爱民，始终如一，只是改变了一下工作方式。

沈先生的转业并不是十分突然的，是逐渐完成的。北平解放前一年，北大成立了博物馆系，并设立了一个小小的博物馆。这个博物馆是在杨振声、沈从文等几位热心的教授的赞助下搞起来的，馆中的陈列品很多是沈先生从家里搬去的。历史博物馆成立以后，因与馆长很熟，时常跑去帮忙。后来就离开北大，干脆调过去了。沈先生改行，心情是很矛盾的，他有时很痛苦，有时又觉得很轻松。

他名心很淡，不大计较得失。沈先生到了历史博物馆，除了鉴定文物，还当讲解员。常书鸿先生带了很多敦煌壁画的摹本在午门楼上展览，他自告奋勇，每天都去。我就亲眼看见他非常热情兴奋地向观众讲解。一个青年问我："这人是谁？他怎么懂得那么多？"从一个大学教授到当讲解员，沈先生不觉有什么"丢份"。他那样子不但是自得其乐，简直是得其所哉。只是熟人看见他在讲解，心里总不免有些凄然。

沈先生对于写作也不是一下就死了心。"跛者不忘履"，一个人写了三十年小说，总不会彻底忘情，有时是会感到手痒的。他对自己写作是很有信心的。在写给我的信上说："拿破仑是伟人，可是我们羡慕也学不来。至于雨果、莫里哀、托尔斯泰、契诃夫等等的工作，想效法却不太难（我初来北京还不懂标点时，就想到这并不太难）。"直到一九六一年写给我的长信上还说，因为高血压，馆（历史博物馆）中已决定"全休"，他想用一年时间"写本故事"（一个长篇），写三姐家堂兄三代闹革命。他为此两次到宣化去，"已得到十万字材料，估计写出来必不会太坏……"想重新提笔，反反复复，经过多次。终于没有实现。一是客观环境不允许，他自己心理障碍很大。他在写给我的信上说："幻想……照我的老办法，呆头呆脑用契诃夫作个假对象，竞赛下去，也许还会写个十来个本本的。……可是万一有个什么人在刊物上寻章摘句，以为这是什么'修正主义'，如此或如彼的一说，我还是招架不住，也可说不费吹灰之力，一切努力，即等于白费。想到这一点，重新动笔的勇气，不免就消失一半。"二是，他后来一头扎进了文物，"越陷越深"，提笔之念，就淡忘了。他手里有几十个研究选题待完成，他有很大的责任感和紧迫感，时间精力全为文物占去，实在顾不上再想写作了。

从写小说到改治文物，而且搞出丰硕的成果，失之东隅，收之桑榆，就沈先生个人说，无所谓得失。就国家来说，失去一个作家，得到一个杰出的文物研究专家，也许是划得来的。但是从一个长远的历史角度来看，这算不算损失？如果是损失，那么，是谁的损失？谁为为之？孰令致之？这问题还是很值得我们深思的。我们应该从沈从文的转业得出应有的历史教训。

一九八八年八月二十四日

吴雨僧先生二三事①

※

  吴宓（雨僧）先生相貌奇古。头顶微尖，面色苍黑，满脸刮得铁青的胡子，有学生形容他的胡子之盛，说是他两边脸上的胡子永远不能一样：刚刮了左边，等刮右边的时候，左边又长出来了。他走路很快，总是提了一根很粗的黄藤手杖。这根手杖不是为了助行，而是为了矫正学生的步态。有的学生走路忽东忽西，挡在吴先生的前面，吴先生就用手杖把他拨正。吴先生走路是笔直的，总是匆匆忙忙的。他似乎没有逍遥闲步的时候。

  吴先生是西语系的教授。他在西语系开了什么课我不知道。他开的两门课是外系学生都可以选读或自由旁听的。一门是"中西诗之比较"，一门是"红楼梦"。

  "中西诗之比较"第一课我去旁听了。不料他讲的第一首诗却是：

    一去二三里，烟村四五家，楼台六七座，八九十枝花。

  吴先生认为这种数字的排列是西洋诗所没有的。我大失所望了，认为这讲得未免太浅了，以后就没有再去听，其实讲诗正应该这样：由浅入深。数字入诗，确也算得是中国诗的一个特点。骆宾

---

  ① 初刊于《今古传奇》一九八九年第三期，系《早茶笔记》之二，初收于北师大版《汪曾祺全集》第四卷。

王被人称为"算博士"。杜甫也常以数字为对，如"两个黄鹂鸣翠柳，一行白鹭上青天"，"窗含西岭千秋雪，门泊东吴万里船"。吴先生讲课这样的"卑之无甚高论"，说明他治学的朴实。

"红楼梦"是很"叫座"的，听课的学生很多，女生尤其多。我没有去听过，但知道一件事。他一进教室，看到有些女生站着，就马上出门，到别的教室去搬椅子。——联大教室的椅子是不固定的，可以搬来搬去。吴先生以身作则，听课的男士也急忙蜂拥出门去搬椅子。到所有女生都已坐下，吴先生才开讲。吴先生讲课内容如何，不得而知。但是他的行动，很能体现"贾宝玉精神"。

文林街和府甬道拐角处新开了一家饭馆，是几个湖南学生集资开的，取名"潇湘馆"，挂了一个招牌。吴先生见了很生气，上门向开馆子的同学抗议：林妹妹的香闺怎么可以作为一个饭馆的名字呢！开饭馆的同学尊重吴先生的感情，也很知道他的执拗的脾气，就提出一个折中的方案，加一个字，叫作"潇湘饭馆"。吴先生勉强同意了。

听说陈寅恪先生曾说吴先生是《红楼梦》里的妙玉，吴先生以为知己。这个传说未必可靠，也许是哪位同学编出来的。但编造得颇为合理，这样的编造安在陈先生和吴先生的头上，都很合适。

吴先生长期过着独身生活，吃饭是"打游击"。他经常到文林街一家小饭馆去吃牛肉面。这家饭馆只有一间门脸，卖的也只是牛肉面。小饭馆的老板很尊重吴先生。抗战期间，物价飞涨，小饭馆随时要调整价目。每次涨价，都要征得吴先生同意。吴先生听了老板说明涨价的理由，把老的价目表撤下，在一张红纸上用毛笔正楷写一张新的价目表贴在墙上：炖牛肉多少钱一碗，牛肉面多少钱一碗，净面多少钱一碗。

　　抗战胜利，三校（西南联大是清华、北大、南开联合起来的）复员，不知道为什么吴先生没有回清华（他是老清华了），我就没有再见到吴先生。有一阵谣传他在四川出了家，大概是因为他字"雨僧"而附会出来的。后来打听到他辗转在武汉大学、香港大学教书，最后落到北碚师范学院。"文化大革命"中挨斗得很厉害。罪名之一，是他曾是"学衡派"，被鲁迅骂过。这是一篇老账了，不知道造反派怎么翻了出来。他在挨斗中跌断了腿。他不能再教书，一个月只能领五十元生活费。他花三十七块钱雇了一个保姆，只剩下十三块钱，实在是难以度日，后来他回到陕西，死在老家。吴先生可以说是穷困而死。一个老教授，落得如此下场，哀哉！

一九八九年一月七日

二愣子①

※

　　他应该是有名有姓的，但是没人知道，大家都叫他二愣子。他是阜平人。文工团经过阜平时，他来要求"参加革命"，文工团有些行李服装，装车卸车，需要一个劳动力，就吸收了他。进城以后，以文工团为基础，抽调了一些老区来的干部，加上解放前夕参加工作的大学生，组建成市文联和文化局，两个单位在一个院里办公。二愣子当了勤杂工。每天扫扫院子，整理会议室、小礼堂的桌椅，掸掸土；冬天，给办公室生炉子、搬火、添煤。他不爱说话，口齿不清，还有点结巴。告诉他一点什么事，他翻着白眼听着。问他听明白了没有，不大明白。二愣子这个名字大概就是这么来的。

　　为什么大家都记得有个二愣子？因为他有个特点：爱诉苦。

　　那年七七，机关开了个纪念会。由一个干部讲了卢沟桥事变的经过，抗日战争的形势，八路军的战果，中国共产党的农村政策……当时开会，大都会有群众代表发言。被安排发言的是二愣子。他讲了日本兵在阜平的烧杀掳抢、三光政策，他的父母都被杀害了，他的一个妹妹被日本兵糟蹋了。他讲得声泪俱下，最后是号啕大哭。一个人事科的干部把他扶到座位上，他还抽泣了半天。所有新参加革命的青年，听了二愣子的诉苦，无不为之动容，女同志不停地擦眼泪。开这个座谈会，让二愣子诉苦，目的是教育这些大学生。看来，目的是达

　　① 初刊于《天涯》一九九〇年第九期，初收于北师大版《汪曾祺全集》第五卷。

到了，青年的思想觉悟提高了。

二愣子对日本人有刻骨的仇恨。解放初几年，每年国庆节，都要游行。游行都要抬伟人像。除了马、恩、列、斯、毛、孙中山，还有世界各国共产党的领袖。领袖像是油画，安了木框，下面两根木棍。四个人抬一个。木框和木棍都做得很笨重。从东城抬到西城，压得肩膀够呛。我那时还年轻，也有抬伟人像的任务。有一年，我和二愣子分配在一个组。他把伟人像扛上肩，回头一看，放下了。"怎么啦？"——"我不抬这个老日本！"我们抬的是德田球一。跟他说：这个老日本是个好日本人，是日共的领袖。怎么说也不成。只好换一个人上来，把他调到后面去抬伊巴露丽。

解放初期，纪念会特多。三八妇女节、五一劳动节，都要开会。由文化局的副局长或文联副秘书长主持会议，一个政工干部讲讲节日的来历、意义。政工干部也不用什么准备，有印发的统一的宣传材料，他只要照本宣科摘要地念一念就行。这些宣传材料每年几乎都是一样，其实大可不必按期编印，汇集一本《革命节日宣讲手册》，便可一劳永逸，用几千年。这些节日纪念，照例有群众代表讲话。讲话的照例是二愣子。他对什么芝加哥女工罢工、示威游行、蔡特金、第二国际……这些全不理会，他只会诉苦，讲他的父母被杀害，妹妹被日本兵糟蹋了，声泪俱下，号啕大哭。到了七一，党的生日，八一建军节，他也上去诉苦，那倒是比较能沾得上边的。他的诉苦，起初是领导上布置的。后来，不布置，他也要自动诉苦。每回的内容都是一样。曾经受过感动的，后来，不感动了。终于，到了节日，人事处干部就说服他，不要再诉苦了。"不叫诉苦？"他很纳闷。

我后来调到别的单位，就没有看见二愣子。"文化大革命"以后，见到市文联、文化局的老人，我问起："二愣子怎么样了？"他们告诉我：二愣子傻了，进了福利院。

一九九〇年五月八日

赵树理同志二三事①

※

赵树理同志身高而瘦。面长鼻直，额头很高。眉细而微弯，眼狭长，与人相对，特别是倾听别人说话时，眼角常若含笑。听到什么有趣的事，也会咕咕地笑出声来。有时他自己想到什么有趣的事，也会咕咕地笑起来。赵树理是个非常富于幽默感的人。他的幽默是农民式的幽默，聪明，精细而含蓄，不是存心逗乐，也不带尖刻伤人的芒刺，温和而有善意。他只是随时觉得生活很好玩，某人某事很有意思，可发一笑，不禁莞尔。他的幽默感在他的作品里和他的脸上随时可见（我很希望有人写一篇文章，专谈赵树理小说中的幽默感，我以为这是他的小说的一个很大的特点）。赵树理走路比较快（他的腿长；他的身体各部分都偏长，手指也长），总好像在侧着身子往前走，像是穿行在热闹的集市的人丛中，怕碰着别人，给别人让路。赵树理同志是我见到过的最没有架子的作家，一个让人感到亲切的、妩媚的作家。

树理同志衣着朴素，一年四季，总是一身蓝卡叽布的制服。但是他有一件很豪华的"行头"，一件水獭皮领子、礼服呢面的狐皮大衣。他身体不好，怕冷，冬天出门就穿起这件大衣来。那是刚"进城"的时候买的。那时这样的大衣很便宜，拍卖行里总挂着几件。奇怪的是他下乡体验生活，回到上党农村，也是穿了这件大衣

---

① 初刊于《今古传奇》一九九〇年第五期，系《早茶笔记》之四；初收于北师大版《汪曾祺全集》第五卷。

去。那时作家下乡，总得穿得像个农民，至少像个村干部，哪有穿了水獭领子狐皮大衣下去的？可是家乡的农民并不因为这件大衣就和他疏远隔阂起来，赵树理还是他们的"老赵"，老老少少，还是跟他无话不谈。看来，能否接近农民，不在衣裳。但是敢于穿了狐皮大衣而不怕农民见外的，恐怕也只有赵树理同志一人而已。——他根本就没有考虑穿什么衣服"下去"的问题。

他吃得很随便。家眷未到之前，他每天出去"打游击"。他总是吃最小的饭馆。霞公府（他在霞公府市文联宿舍住了几年）附近有几家小饭馆，树理同志是常客。这种小饭馆只有几个菜。最贵的菜是小碗坛子肉，最便宜的菜是"炒和菜盖被窝"——菠菜炒粉条，上面盖一层薄薄的摊鸡蛋。树理同志常吃的菜便是炒和菜盖被窝。他工作得很晚，每天十点多钟要出去吃夜宵。和霞公府相平行的一个胡同里有一溜卖夜宵的摊子。树理同志往长板凳上一坐，要一碗馄饨，两个烧饼夹猪头肉，喝二两酒，自得其乐。

喝了酒，不即回宿舍，坐在传达室，用两个指头当鼓箭，在一张三屉桌子打鼓。他打的是上党梆子的鼓。上党梆子的锣经和京剧不一样，很特别。如果有外人来，看到一个长长脸的中年人，在那里如醉如痴地打鼓，绝不会想到这就是作家赵树理。

赵树理是一个多才多艺的农村才子。王春同志在一篇文章中提到过树理同志曾在一个集上一个人唱了一台戏：口念锣经过门，手脚并用作身段，还误不了唱。这是可信的。我就亲眼见过树理同志在市文联内部晚会上表演过起霸。见过高盛麟、孙毓堃起霸的同志，对他的上党起霸不是那么欣赏，他还是口念锣经，一丝不苟地起了一趟"全霸"，并不是比划两下就算完事。虽是逢场作戏，但是也像他写小说、编刊物一样地认真。

赵树理同志很能喝酒，而且善于划拳。他的划拳是一绝：两只手同时用，一会儿出右手，一会儿出左手。老舍先生那几年每年要请两次客，把市文联的同志约去喝酒。一次是秋天，菊花盛开的时候，赏菊（老舍先生家的菊花养得很好，他有个哥哥，精于艺菊，称得起是个"花把式"）；一次是腊月二十三，那天是老舍先生的生日。酒、菜，都很丰盛而有北京特点。老舍先生豪饮（后来因血压高戒了酒），而且划拳极精。老舍先生划拳打通关，很少输的时候。划拳是个斗心眼的事，要捉摸对方的拳路，判定他会出什么拳。年轻人斗不过他，常常是第一个"俩好"就把小伙子"一板打死"。对赵树理，他可没有办法，树理同志这种左右开弓的拳法，他大概还没有见过，很不适应，结果往往败北。

赵树理同志讲话很"随便"。那一阵很多人把中国农村说得过于美好，文艺作品尤多粉饰，他很有意见。他经常回家乡，回来总要做一次报告，说说农村见闻。他认为农民还是很穷，日子过得很艰难。他戏称他戴的一块表为"五驴表"，说这块表的钱在农村可以买五头毛驴。——那时候谁家能买五头毛驴，算是了不起的富户了。他的这些话是不合时宜的，后来挨了批评，以后说话就谨慎一点了。

赵树理同志抽烟抽得很凶。据王春同志的文章说，在农村的时候，嫌烟袋锅子抽了不过瘾，用一个山药蛋挖空了，插一根小竹管，装了一"蛋"烟，狂抽几口，才算解气。进城后，他抽烟卷，但总是抽最次的烟。他抽的是什么牌子的烟，我不记得了，只记得是棕黄的皮儿，烟味极辛辣。他逢人介绍这种牌子的烟，说是价廉物美。

赵树理同志担任《说说唱唱》的副主编，不是挂一个名，他每期都亲自看稿，改稿。常常到了快该发稿的日期，还没有合用的稿子，他就把经过初、二审的稿子抱到屋里去，一篇一篇地看，差一点的，就丢在一边，弄得满室狼藉。忽然发现一篇好稿，就欣喜若狂，即交编辑部发出。他把这种编辑方法叫作"绝处逢生法"。有时实在没有较好的稿子，就由编委之一，自己动手写一篇。有一次没有像样的稿子，大概是康濯同志说："老赵，你自己搞一篇！"老赵于是关起门来炮制。《登记》（即《罗汉钱》）就是在这种等米下锅的情况下急就出来的。

赵树理同志的稿子写得很干净清楚，几乎不改一个字。他对文字有"洁癖"，容不得一个看了不舒服的字。有一个时候，有人爱用"妳"字。有的编辑也喜欢把作者原来用的"你"改"妳"。树理同志为此极为生气。两个人对面说话，本无需标明对方是不是女性。世界语言中第二人称代名词也极少分性别的。"妳"字读"奶"，不读"你"。有一次树理同志在他的原稿第一页页边写了几句话："编辑、排版、校对同志注意：文中所有'你'字一律不得改为'妳'字，否则要负法律责任。"

树理同志的字写得很好。他写稿一般都用红格直行的稿纸，钢笔。字体略长，如其人，看得出是欧字、柳字的底子。他平常不大用毛笔。他的毛笔字我只见过一幅，字极潇洒，而有功力。是在劳动人民文化宫见到的。劳动人民文化宫刚成立，负责"宫务"的同志请十几位作家用宣纸毛笔题词，嵌以镜框，挂在会议室里。也请树理同志写了一幅。树理同志写了六句李有才体的通俗诗：

古来数谁大，

皇帝老祖宗。

今天数谁大，

劳动众弟兄。

还是这座庙①，

换了主人翁！

一九九〇年六月八日

---

① 劳动人民文化宫原是太庙。

修髯飘飘①
——记西南联大的几位教授

※

在留胡子的教授里，年龄最长，胡子也最旺盛的，大概要算戴修瓒先生。我在校时，戴先生已有六十多岁。戴先生是法律系的。听说他在北洋政府时期曾任最高法院（那时应该叫作大理院）的大法官，因为对段祺瑞之所为不满，一怒辞职，到大学教书。戴先生身体很好。他身材不高，但很敦实，面色红润，两眼有光。他蓄着满腮胡子，已经近乎全白，但是通气透风，根根发亮。我没有听过戴先生的课，只在教室外经过时，听到过他讲课的声音，真是底气充足，声若洪钟。听到他的声音，看到他稳健的步履、飘动的银髯，想到他从执政府拂袖而去，总会生出一种敬意。戴先生是湘西人，湘西人大都很倔。

很多人都知道闻一多先生是留胡子的。报刊上发表他的照片，大都有胡子。那张流传很广的木刻像（记得是个姓夏的木刻家所刻），闻先生口噙烟斗，回头凝视，目光炯炯，而又深沉，是很传神的。这张木刻像上，闻先生是有胡子的。但是闻先生原来并未留胡子，他的胡子是抗战爆发那一天留起来的。当时发誓：抗战不胜，誓不剃须。

闻先生原来并不热衷于政治。他潜心治学，用功甚笃。他的治

---

① 本篇原载一九九一年四月七日、十四日《中国教育报》。

学，考证精严，而又极富想象。他是个诗人学者，一个艺术家。他的讲课很有号召力，许多工学院的学生会从拓东路（工学院在昆明东南角的拓东路）步行穿过全城，来听闻先生的课。闻先生讲课，真是"神采奕奕"。他很会讲课（有的教授很有学问，但不会讲课），能把本来是很枯燥的考证，讲得层次分明，引人入胜，逻辑性很强，而又文词生动。他讲话很有节奏，顿挫铿锵，有"穿透力"，如同第一流的演员。他教过我们楚辞、唐诗、古代神话。好几篇文章说过，闻先生讲楚辞，第一句话是："痛饮酒，熟读离骚，乃可以为名士"，是这样的。我上闻先生的楚辞课，他就是这样开头的。他讲唐诗，把晚唐诗和后期印象派的画放在一起讲。我记得他讲李贺诗，同时讲了法国的点画派（pointism），这样的中西比较的研究方法，当时运用的人还很少。他讲古代神话，在黑板上钉满了用毛边纸墨笔手摹的大幅伏羲女娲的石刻画像（这本身是珍贵的艺术品）。昆中北院的大教室里各院系学生坐得满满的，鸦雀无声。听这样的课，真是超高级的艺术享受。

闻先生个性很强，处处可以看出。他用的笔记本是特制的，毛边纸，红格，宽一尺，高一尺有半，天头约高四寸，是离京时带出来的。他上课就带了这样的笔记，外面用一块蓝布包着。闻先生写笔记用的是正楷，一笔不苟，字兼欧柳字体稍长。他爱用秃笔。用的笔都是从别人笔筒中搜来的废笔。秃笔写蝇头小字，字字都像刻出来的，真是见功夫。他原是学画的。他和几位教授带领一群学生从北京步行到长沙，一路上画了许多铅笔速写（多半是风景）。他的铅笔速写别具一格，他以中国的书法入铅笔画，笔触肯定，有金石味。他治印，朱白布置很讲究，奏刀有力。连他的吃菜口味也是这样，口重。在蒙自住了半年，深以食堂菜淡为苦。

闻先生的胡子不是络腮胡子，只下巴下长髯一绺，但上髭浓黑，衬出他的轮廓分明，稍稍扁阔的嘴唇，显得潇洒而又坚毅。

闻先生后来走下"楼"来（他在蒙自，整天钻在图书馆楼上，同事曾戏称之为"何妨一下楼主人"），拍案而起，献身民主运动，原因很多，我只想说，这和他的刚强的个性是很有关系的。一是一，二是二，想怎么样，就怎么样，心口如一，义无反顾。闻先生是中国现代史上一个无半点渣滓的、完整的、真实的浪漫主义者。他的人格，是一首诗。

能为闻先生塑像的理想人物，是罗丹。可惜罗丹早就死了。

在西南联大旧址，现在的西南师范学院的校园中有闻先生的全身石像，长髯飘飘，很有神采。

闻先生遇难时，已经剃了胡子（抗战已经胜利）。我建议在闻先生牺牲的西仓坡另立一个胸像（现在有一块碑），最好是铜像。这个胸像可以没有胡子。

冯友兰先生面色苍黑，头发黑，胡子也黑。他是个高度近视眼，戴一副黑边眼镜，眼镜片很厚，迎面看去，只见一圈又一圈，看不清他的眼睛是什么样子。他常年穿着黑色的马褂，夹着一个包袱，里面装着他的讲稿。这包袱的颜色是杏黄的，上面还印着八卦五毒。这本是云南人包小孩子用的包被（襁褓），不知道冯先生怎么会随手拿来包讲稿了。有时，身后还跟着一条狗。这条狗不知道是不是宗璞的小说里所写的鲁鲁，看它是纯白的，而且四条腿很短，大概就是的。

我在联大时，冯先生的《贞元三书》（《新原人》《新道学》

《新世训》）都已经出版，我看过，已经没有印象，只有总序里的一句话却至今记得："今当贞下起元之时，好学深思之士，乌能已于言哉。"冯先生的治哲学，是要经世致用的，和金岳霖、沈有鼎等先生只是当作一门纯学术来研究不一样。

唐兰（立厂）先生的胡子不是有意留起来的，而是"自然"长长了的。唐先生很少理发，据说一年只理两次。他的头发有点鬈曲，满头带鬈的乌发，从后面看，像石狮子（狻猊）脑袋。头发长了，胡子也就长了。胡子，也有点鬈，但不利害，没有到成为虬髯公的地步。他理了发，头发短了，胡子也剃掉了，好像换了一个人。

唐先生治文字学，教"说文解字"，我没有选过这门课。但他有一年忽然开了词选，这是必修课。原来教词选的教授请假，他就自告奋勇来教了。他教词选，基本上不怎么讲。有时甚至只是打起无锡腔，曼声吟诵（其实是唱）了一遍："双鬓隔香红啊，玉钗头上风……"——"好，真好！"这首词就算讲完了。班上学生词选课的最大收获，大概就是学会了唐先生吟词的腔调。似乎这样吟唱一遍，这首词也就懂了。这不是夸张，因为唐先生吟诵得很有感情，很陶醉，这首词的好处也就表达出来了。诗词本不宜多讲。讲多了，就容易把这首诗词讲死。像现在电视台的《唐诗撷英》就讲得太多了。一首七言绝句，哪有那么多的话好说呢。

不应该把胡子留起来，却留起来的，是生物系教授赵以炳。他要算西南联大教授中最年轻的，至少是最年轻的之一。当时他大概只有三十来岁。三十来岁而当了教授，可谓少年得志。赵先生长得很漂亮，但这种漂亮不是奶油小生或电影明星那样漂亮得浅薄无聊，他还是一个教授，一个学者，很有书卷气，很潇洒，或如北京人所说：很"帅"。在我所认识的教授中，当得起"风度翩翩"四个字的，唯赵先生一人。然而他却留了胡子。他为什么要留胡子呢？这有个故事。他只身在联大教书，夫人不在身边，蓄须是为了明志，让夫人放心，保证不会三心二意。他的夫人我们当然没有见过，但想象起来一定也是一位美人。没想到，他的下巴下一把黑黑的胡子更增加了他的风度，使男学生羡慕，女学生倾心。然而没有听说过赵先生另外有什么罗曼史。

赵先生是生理学专家，专门研究刺猬。我离开联大后，就没有再见过赵先生，听说他后来的遭遇很坎坷，详情不得而知。

可以，甚至应该把胡子留起来而不留的，是吴宓（雨僧）先生。吴先生的胡子很密，而且长得很快，经常刮，刮得两颊都是铁青的。有一位外语系的助教形容吴先生胡子生长之快，说吴先生的胡子，两边永远不能一样，刮了左边，再刮右边的时候，左边的就又长出来了。吴先生相貌奇古，自号"雨僧"，有几分像。

吴先生的结局很惨。"文化大革命"中穷困潦倒（每月只发生活费三十元），最后孤寂地死在家乡。

或问：你为什么要写这些胡子教授？没有什么，偶然想起而已。为什么要想起？这怎么说呢，只能说：这样的教授现在已经不多了。

未尽才①
——故人偶记

※

陶光

陶光字重华，但我们背后都只叫他陶光。他是我的大一国文教作文的老师。西南联大大一教课文和教作文的是两个人。教课文的是教授、副教授，教作文的一般是讲师、助教。陶光当时是助教。陶光面白皙，风度翩翩。他有个特点，上课穿了两件长衫来，都是毛料的，外面一件是铁灰色的，里面一件是咖啡色的。进了教室就把外面一件脱了，挂在墙上的钉子上。外面一件就成了夹大衣。教作文，主要是修改学生的作文，评讲。他有时评讲到得意处，就把眼睛闭起来，很陶醉。有一个也是姓陶的女同学写了一篇抒情散文，记下雨天听一盲人拉二胡的感受，陶先生在一段的末尾给她加了一句："那湿冷的声音湿冷了我的心。"当时我就记住了。也许是因为第二个"湿冷"是形容词作动词用，有点新鲜。也许是这一句的感伤主义情绪。

他后来转到云南大学教书去了，好像升了讲师。

后来我跟他熟起来是因为唱昆曲。云南大学中文系成立了一个曲社，教学生拍曲子的，主要的教师是陶光。吹笛子的是历史系教

---

① 初刊于《三月风》一九九二年第九期，初收于《汪曾祺散文随笔选集》。

员张宗和。陶先生的曲子唱得很好，是跟红豆馆主学过的。他是唱冠生的，嗓子很好，高亮圆厚，底气很足。《拾画叫画》《八阳》《三醉》《琵琶记·辞朝》《迎像哭像》……都唱得慷慨淋漓，非常有感情。用现在的说法，他唱曲子是很"投入"的。

他主攻的学问是什么，我不了解。他是刘文典的学生，好像研究过《淮南子》。据说他的旧诗写得很好，我没有见过。他的字写得很好，是写二王的。我见过他为刘文典的《〈淮南子〉校注》石印本写的扉页的书题，极有功力。还见过他为一个同学写的小条幅，是写在桃红地子的冷金笺上的，三行：

故园东望路漫漫，
双袖龙钟泪不干。
马上相逢无纸笔，
凭君传语报平安。

字有《圣教序》笔意。选了这首唐诗，大概是有所感的，那时已是抗战胜利，联大的老师、同学都作北归之计，他还要滞留云南。他常有感伤主义的气质，触景生情是很自然的。

他留在云南大学教书。我们北上后不大知道他的消息。听说经刘文典作媒，和一个唱滇戏的女演员结了婚。后来好像又离了。滇戏演员大概很难欣赏这位才子。

全国解放前他去了台湾，大概还是教书。后在台湾客死，遗诗一卷。我总觉得他在台湾是寂寞的。

陆

真抱歉，我连他的真名都想不起来了。和他同时期的研究生都叫他"小陆克"。陆克是三十年代美国滑稽电影明星。叫他小陆克是没有道理的。他没有哪一点像陆克，只是因为他姓陆。长脸，个儿很高。两腿甚长，走起路来有点打晃。这个人物有点传奇性，他曾经徒步旅行了大半个中国。所以能完成这一壮举，大概是因为他腿长。

他在云南大学附近的一所中学——南英中学兼一点课，我也在南英中学教一班国文，联大同学在中学兼课的很多，这样我们就比较熟了。他的特点是一天到晚泡茶馆，可称为联大泡茶馆的冠军。他把脸盆、毛巾、牙刷都放在南英中学下坡对面的一家茶馆里，早起到茶馆洗脸，然后泡一碗茶，吃两个烧饼。他的手指特别长，拿烧饼的姿势是兰花手。吃了烧饼就喝茶看书。他好像是历史系的研究生，所看的大都是很厚的外文书。中午，出去随便吃点东西，回来重要一碗茶，接着泡。看书，整个下午。晚上出去吃点东西，回来接着泡。一直到灯火阑珊，才挟了厚书回南英中学睡觉。他看了那么多书，可是一直没见他写过什么东西。联大的研究生、高年级的学生，在茶馆里喜欢高谈阔论，他只是在一边听着，不发表他的见解。他到底有没有才华？我想是有的。也许他眼高手低？也许天性羞涩，不爱表现？

他后来到了重庆，听说生活很潦倒，到了吃不上饭。终于死在重庆。

朱南铣

朱南铣是个怪人。我是通过朱德熙和他认识的。德熙和他是中学同学。他个子不高，长得很清秀，一脸聪明相，一看就是江南人。研究生都很佩服他，因为他外文、古文都很好，很渊博。他和另外几个研究生被人称为"无锡学派"，无锡学派即钱钟书学派，其特点是学贯中西，博闻强记。他是念哲学的，可是花了很长时间钻研滇西地理。

他家在上海开钱庄，他有点"小开"脾气。我们几个人：朱德熙、王逊、徐孝通常和他一起喝酒。昆明的小酒铺都是窄长的小桌子，盛酒的是莲蓬大的绿陶小碗，一碗一两。朱南铣进门，就叫"摆满"，排得一桌酒碗。他最讨厌在吃饭时有人在后面等座。有一天，他和几个人快吃完了，后面的人以为这张桌子就要空出来了，不料他把堂倌叫来："再来一遍。"——把刚才上过的菜原样再上一次。

他只看外文和古文的书，对时人著作一概不看。我和德熙到他家开的钱庄去看他，他正躺在藤椅上看方块报。说："我不看那些学术文章，有时间还不如看看方块报。"

他请我们几个人到老正兴吃螃蟹喝绍兴酒。那天他和我都喝得大醉，回不了家，德熙等人把我们两人送到附近一家小旅馆睡了一夜。德熙后来跟我说："你和他喝酒不能和他喝得一样多。如果跟他喝得一样多，他一定还要再喝。"这人非常好胜。

他后来在人民文学出版社当编辑，研究《红楼梦》。

听说他在咸宁干校，有一天喝醉酒，掉到河里淹死了。

他没有留下什么著作。他把关于《红楼梦》的独创性的见解都随手记在一些香烟盒上。据说有人根据他在香烟盒子上写的一两句话写了很重要的论文。

老董^①

※

　　为了写国子监，我到国子监去逛了一趟，不得要领。从首都图书馆抱了几十本书回来，看了几天，看得眼花气闷，而所得不多。后来，我去找了一个"老"朋友聊了两个晚上，倒像是明白了不少事情。我这朋友世代在国子监当差，"侍候"过翁同龢、陆润庠、王垿等祭酒，给新科状元打过"状元及第"的旗，国子监生人，今年七十三岁，姓董。

——《国子监》

　　我写《国子监》大概是一九五四年。老董如果活着，已经一百一十岁了。

　　我认识老董是在午门历史博物馆，时间大概是一九四八年春末夏初。

　　老历史博物馆人事简单，馆长以下有两位大学毕业生，一位是学考古的，一位是学博物馆专业的；一位马先生管仓库，一位张先生是会计，一个小赵管采购，以上是职员。有八九个工人。工人大部分是陈列室的看守，看着正殿上的宝座、袁世凯祭孔时官员穿的道袍不像道袍的古怪服装、没有多大价值的文物。有一个工人是个聋子，专管扫地，扫五凤楼前的大石块甬道，聋子爱说话，但是他

---

　　① 初刊于《追求》一九九三年第四期，初收于《草花集》。

的话我听不懂，只知道他原来是银行职员，不知道怎样沦为工人了。再有就是老董和他的儿子德启。老董只管掸掉办公室的尘土，拔拔广坪石缝中的草。德启管送信。他每天把一堆信排好次序，"绺一绺道"，跨上自行车出天安门。

老董曾经"阔"过。

据朋友老董说，纳监的监生除了要向吏部交一笔钱，领取一张"护照"外，还需向国子监交钱领"监照"——就是大学毕业证书。照例一张监照，交钱一两七钱。国子监旧例，积银二百八十两，算一个"字"，按"千字文"数，有一个字算一个字，平均每年约收入五百字上下。我算了算，每年国子监收入的监照银约有十四万两。……这十四万两银子照国家规定是不上缴的，由国子监官吏皂役按份摊分，……据老董说，连他一个"字"也分五钱八分，一年也从这一项上收入二百八九十两银子！

老董说，国子监还有许多定例。比如，像他，是典籍厅的刷印匠，管理给学生"做卷"——印制作文用的红格本子。这事包给了他，每月例领十三两银子。他父亲在时还会这宗手艺，到他时则根本没有学过，只是到大栅栏口买刀毛边纸，拿到琉璃厂找铺子去印，成本共花三两，剩下十两，是他的。所以，老董说，那年头，手里的钱花不清——烩鸭条才一吊四百钱一卖！

——引自《国子监》

据老董说，他儿子德启娶亲，搭棚办事，摆了三十桌，——当然这样的酒席只是"肉上找"，没有海参鱼翅，而且是要收份子的，但总也得花不少钱。

他什么时候到历史博物馆来，怎么来的，我没有问过他。到我认识他时，他已经不是"手里的钱花不清"了，吃穿都很紧了。

历史博物馆的职工中午大都是回家吃。有的带一顿饭来。带来的大都是棒子面窝头、贴饼子。只有小赵每天都带白面烙饼，用一块屉布包着，显得很"特殊化"。小赵原来打小鼓的出身，家里有点儿积蓄。

老董在馆里住，饭都是自己做。他的饭很简单，凑凑合合，小米饭。上顿没吃完，放一点水再煮煮，拨一点面疙瘩，他说这叫"鱼儿钻沙"。有时也煮一点大米饭。剩饭和面和在一起，擀一擀，烙成饼。这种米饭面饼，我还没见过别人做过。菜，一块熟疙瘩，或是一团干虾酱，咬一口熟疙瘩、干虾酱，吃几口饭。有时也做点熟菜，熬白菜。他说北京好，北京的熬白菜也比别处好吃——五味神在北京。"五味神"是什么神？我至今没有考查出来。

他对这样凑凑合合的一日三餐似乎很"安然"，有时还颇能自我调侃，但是内心深处是个愤世者。生活的下降，他是不会满意的。他的不满，常常会发泄在儿子身上。有时为了一两句话，他会忽然暴怒起来，跳到廊子上，跪下来对天叩头："老天爷，你看见了？老天爷，你睁睁眼！"

每逢老董发作的时候，德启都是一声不言语，靠在椅子里，脸色铁青。

别的人，也都不言语。因为知道老董的感情很复杂，无从劝解。

老董没有嗜好。年轻时喝黄酒，但自我认识他起，他滴酒不沾。他也不抽烟。我写了《国子监》，得了一点稿费，因为有些材料是他提供的，我买了一个玛瑙鼻烟壶，烟壶的顶盖是珊瑚的，送给他。他很喜欢。我还送了他一小瓶鼻烟，但是没见他闻过。

一九六〇年（那正是三年自然灾害的后期）我到东堂子胡同历史博物馆宿舍去看我的老师沈从文，一进门，听到一个人在传达室骂大街，一听，是老董！

"我操你们的祖宗！操你八辈的祖奶奶！我八十多岁了，叫我挨饿！操你们的祖宗，操你们的祖奶奶！"

没有人劝，骂让他骂去吧！一个八十多岁的老人了，谁也不能把他怎么样。

老董经过前清、民国、袁世凯、段祺瑞、北伐、日本、国民党、共产党，他经过的时代太多了。老董如果把他的经历写出来，将是一本非常精彩的回忆录（老董记性极好，哪年哪月，白面多少钱一袋，他都记得一清二楚），这可能是一份珍贵史料——尽管是野史。可惜他没有写，也没有让人口述记录下来。

一九九三年三月二十日

关于于会泳[1]

于会泳死了大概有二十年了，现在没有人提起他。年轻人大都不知道有过这个人。但是提起十年浩劫，提起"革命样板戏"，不提他是不行的。写戏曲史，不能把他"跳"过去，不能说他根本没有存在过。——戏曲史不论怎么写，总不能对这十年只字不提，只是几张白纸。

于会泳从一个文工团演奏员、音乐学院教研室主任，几年工夫爬到文化部部长，则其人必有"过人"之处。

于会泳对文艺与政治的关系有他的看法。他曾经领导组织了一台晚会，有三个小戏，是抓特务的，闫肃半开玩笑地对他说："一个晚上抓了三个特务，你这个文化部成了公安部了！"于会泳当时没有说什么。第二天在宾馆里做报告，于会泳非常严肃地说："文化部就是要成为意识形态的公安部！"弄得大家都很尴尬。本来是一句玩笑话，他却提到了原则高度。这个人翻脸不认人，和他开不得半句玩笑。这是个不讲人情的人。

把文化部说成是"意识形态的公安部"，持这种看法的人，现在还有。

于会泳善于把江青的片言只句加以敷衍，使得它更加"周密"，更加深化，更带有"理论"色彩。江青很重视主题。在她对《杜鹃山》作指示时说："主题是改造自发部队，这一点不能不明确。"于

---

[1] 初刊时间、初刊处未详，初收于北师大版《汪曾祺全集》第六卷。

会泳后来就在一次报告中明确提出："主题先行"。应该佩服这位文化部长，概括得非常准确。——其荒谬性也就暴露得更加充分。

尤其荒谬的是把人物分等论级。他提出一个公式："在所有的人物中突出正面人物，在正面人物中突出英雄人物，在英雄人物中突出主要英雄人物。"这就是有名的"三突出"。世界文艺理论中还从来没有人提出过这种阶梯模式，在创作实践中也绝对行不通。连江青都说："我没有提过'三突出'，我只提过一突出，——突出英雄人物。"

主题先行、"三突出"，这两大"理论"影响很大，遗祸无穷。

于会泳是搞音乐的。平心而论，他对戏曲音乐唱腔是有贡献的。他的贡献可以说是前无古人。很多人都想对京剧唱腔有所创新，有所突破，但找不到方法。有人拼命使用高八度。还有人违反唱腔的自然走势，该往高处走的，往低处走；该往低处的，往高处。有个老演员批评某些唱腔设计是"顺姐她妹妹——别妞（扭）"。于会泳走了另外一条路：把地方戏曲、曲艺的腔吸收进京剧。他对地方戏、曲艺的确下过一番功夫，据说他曾分析过几十种地方戏、曲艺，积累了很多音乐素材，把它吸收进来，并与京剧的西皮、二黄融合在一起，使京剧的音乐语言大大丰富了。听起来很新鲜，不别扭。

于会泳把西方歌剧的人物主题旋律的方法引用到京剧唱腔中来，运用得比较成功的是《杜鹃山》柯湘的唱腔，既有性格，也出新，也好听。

"音乐布局"是于会泳关于京剧唱腔的一个较新的概念。他之受知于江青，就是在江青在上海定《沙家浜》为样板时，他在报纸上发表了一篇《论〈沙家浜〉的音乐布局》的文章。"样板"当时还未被人承认，于会泳这篇文章正是她所需要的。文章言之成理，她很欣赏。关于音乐唱腔，毛泽东提出：一定要有大段唱，老是散板摇板，要把人的胃口唱倒的。江青提出一个"成套唱腔"的概念。到于会泳就发展成"核心唱段"。这些都是有道理的，但是不能绝对。老戏也有成套的唱腔。《文昭关》《捉放曹》的"叹五更"都是成套的，也可以说是唱段的核心。《四郎探母》杨延辉开场即唱，而且是大段，但从剧本看，却很难说这是核心。唱腔布局不能机械划分，首先必须受剧情的制约。但是唱腔要有总体构思，是对的。否则就会零碎散乱。

于会泳的功劳之一，是创造了一些新的板式。例如《海港》的"二黄宽板"。演员拿到曲谱，不知道怎么拍板，因为这样轻重拍的处理，在老戏里是没有的。又如《杜鹃山》柯湘唱的"家住安源萍水头"就不知道是什么板。似乎是西皮二六，但二六的节奏没有那么多的变化。起初是比较舒缓的回忆，当中是激越的控诉，节奏加快，最后"叫散"，但却转为高腔，结句重复，形成"搭句"。于会泳好像也没有给这段新板式起个名字。

于会泳设计唱腔还有一个特点，即同时把唱法（他叫作"润腔手段"）也设计出来。在演员唱不好时，他就自己示范（他能唱，而且小嗓很好）。

于会泳有罪，有错误，但是是个有才能的人。他在唱腔、音乐上的一些经验，还值得今天搞京剧音乐的同志借鉴，吸收。

一九九六年十一月十七日

哲人其萎①
——悼端木蕻良同志

※

  端木蕻良真是一位才子。二十来岁，就写出了《科尔沁旗草原》。稿子寄到上海，因为气魄苍莽，风格清新，深为王统照、郑振铎诸先生所激赏，当时就认为这是一部划时代的大小说，应该尽快发表，出版。原著署名"端木红粮"，王统照说"红粮"这个名字不好，亲笔改为"端木蕻良"。从此端木发表作品就用了这个名字。他后在上海等地发表了一些短篇小说，其中《鹭鹭湖的忧郁》最受注意。这篇小说发散着东北黑土的浓郁的芳香，我觉得可以和梭罗古柏比美。端木后将短篇小说结集，即以此篇为书名。

  端木多才多艺。他从上海转到四川，曾写过一些歌词，影响最大的是由张定和谱曲的《嘉陵江上》。这首歌不像"我的家在东北松花江上"那样过于哀伤，也不像"大刀向鬼子们的头上砍去"那样直白，而是婉转深挚，有一种"端木蕻良式"的忧郁，又不失"我必须回去"的信念，因此在大后方的流亡青年中传唱甚广。他和马思聪好像合作写过一首大合唱，我于音乐较为隔膜，记不真切了。他善写旧体诗，由重庆到桂林后常与柳亚子、陈迩冬等人唱和。他的旧诗间有拗句，但俊逸潇洒，每出专业诗人之上。他和萧红到香港后，曾两个人合编了一种文学杂志，那上面发表了一些端木的旧体诗。我只记得一句：

---

  ① 初刊于《北京文学》一九九七年第三期，初收于北师大版《汪曾祺全集》第六卷。

落花无语对萧红

　　我觉得这颇似李商隐，在可解不可解之间。端木的字很清秀，宗法二王。他的文稿都很干净。端木写过戏曲剧本。他写戏曲唱词，是要唱着写的。唱的不是京剧，却是桂剧。端木能画。和萧红在香港合编的杂志中有的小说插图即是端木手笔。不知以何缘由，他和王梦白有很深的交情。我见过他一篇写王梦白的文章，似传记性的散文，又有小说味道，是一篇好文章！王梦白在北京的画家中是最为萧疏淡雅的，结构重留白，用笔如流水行云，可惜死得太早了。一个人能对王梦白情有独钟，此人的艺术欣赏品味可知矣！

　　端木到北京市文联后，没有得到应有的重视，不知是什么原因。他被任为创研部主任，这是一个闲职。以端木的名声、资历，只在一个市级文联当一个创研部主任，未免委屈了他。然而端木无所谓。

　　关于端木的为人，有些议论。不外是两个字，一是冷，二是傲。端木交游不广，没有多少人来探望他，他也很少到显赫的高门大宅人家走动，既不拉帮结伙，也无酒食征逐，随时可以看到他在单身宿舍里伏案临帖，——他写"玉版十三行洛神赋"；看书；哼桂剧。他对同人疾苦，并非无动于衷，只是不善于逢年过节，"代表组织"到各家循例作礼节性的关怀。这种"关怀"也实在没有多大意思。至于"傲"，那是有的。他曾在武汉待过一些时。武汉文化人不多，而门户之见颇深，他也不愿自竖大旗希望别人奉为宗师。他和王采比较接近。王采即因酒后鼓腹说醉话："我是王采，王采是我。王采好快活！"而被划为右派的王采。王采告诉我，端木曾经写过一首诗，有句云：

> 赖有天南春一树，
>
> 不负长江长大潮……

这可真是狂得可以！然而端木不慕荣利，无求于人，"帝力于我何有哉"，酒店偶露轻狂，有何不可，何必"世人皆欲杀"！

真知道端木的"实力"的，是老舍。老舍先生当时是市文联主席，见端木总是客客气气的（不像一些从解放区来的中青年作家不知道端木这位马王爷有"三只眼"）。老舍先生在一次大家检查思想的生活会上说："我在市文联只'怕'两个人，一个是端木，一个是汪曾祺。端木书读得比我多，学问比我大。今天听了他们的发言，我放心了。"老舍先生说话有时是非常坦率的。

端木晚年主要力量放在写《曹雪芹》上。有人说端木这一着是失算。因为材料很少，近乎是无米之炊。我于此稍有不同看法。一是作为小说的背景材料是不少的。端木对北京的礼俗，节令，吃食，赛会，搜集了很多，编组织绘，使这大部头小说充满历史生活色彩，人物的活动便有了广宽天地，此亦曹雪芹写《红楼梦》之一法。有些对人物的设计，诚然虚构的成分过大。如小说开头写曹雪芹小时候是当女孩子养活的。有评论家云"这个端木蕻良真是异想天开！说曹雪芹打扮成丫头，有何根据?！"没有根据！然而何必要有根据？这是小说，是充满浪漫主义色彩的小说，不是传记，不是言必有据的纪实文学。是想象，不是考证。我觉得治"红学"的专家缺少的正是想象。没有想象，是书呆子。

端木的身体一直不好。我认识他时他就直不起腰来，天还不怎么冷就穿起貉绒的皮裤，他能"对付"到八十五岁，而且一直还不放笔，写出不少东西，真是不容易。只是我还是有些惋惜，如果他能再"对付"几年，把《曹雪芹》写完，甚至写出《科尔沁旗草原》第二部，那多好！

一九九六年十一月二十八日

潘天寿的倔脾气①

※

潘天寿曾到北京开画展,《光明日报》出了一版特刊,刊头由康生题了两行字:

画师魁首

艺苑班头

这使得很多画家不服。

过了几年,"文革"开始,"金棍子"姚文元对潘天寿进行了大批判,称之为"反革命画家"。

康生和姚文元都是"无产阶级司令部"管意识形态的,一前一后对潘天寿的评价竟然如此悬殊,实在令人难解。康生后来有没有改口,没听说,不过此人善于翻云覆雨,对他说过的话常会赖账,姑且不去管他。姚文元只凭一个画家的画就定人为"反革命",下手实在太狠了。姚文元的批判文章很长,不能悉记,只约略记得说从潘天寿的画来看,他对现实不满,对新社会有刻骨的仇恨等等。

姚文元的话不是一点"道理"没有,潘天寿很少画过歌功颂德的画(偶尔也有,如《运粮图》)。他的画有些是"有情绪"的,他用笔很硬,构图也常反常规,他的名作《雁荡山花》用平行构

---

① 初刊于一九九七年二月十四日《南方周末》,为《四时佳兴》专栏文章;初收于北师大版《汪曾祺全集》第六卷。

图，各种山花，排队似的站着，不敧侧取势；用墨也一律是浓墨勾勒，不以浓淡分远近，这些都是画家之大忌。山花茎叶瘦硬，真是"山花"，是在少雨露、多沙砾的恶劣环境的石缝中挣扎出来的。然而这些花还是火一样、靛一样使劲地开着，显出顽强坚挺的生命力，这样的山花使一些人得到鼓舞，也使一些人觉得不舒服，——如姚文元。

潘天寿画鸟有个特点。一般画鸟，鸟的头大都是朝着画里，对娇艳的花叶流露出欣喜和感激；潘天寿的鸟都是眼朝画外，似乎愤愤不平，对画里的花花世界不屑一顾。

在展览会上见过他的一幅雏鸡图，题曰"××农场所见"。这是一只半大的雏公鸡，背身，羽毛未丰，肌肉鼓突，一只腿上拖了一只烂草鞋。看了，使人感到这一只小公鸡非常别扭。说潘天寿此画是有感而发，感同身受，我想这不为过分。

姚文元对这样的画恨之入骨，必欲置潘天寿于死地，说明这个既残忍又懦弱的阴谋家还是敏感的。

问题是在画里略抒愤懑，稍发不平之气，可以不可以？

不要使画家都变成如意馆的待诏①。

---

① 清代御用画家的一种名称。

才子赵树理①

※

赵树理是个高个子。长脸。眉眼也细长。看人看事，常常微笑。

他是个农村才子。有时赶集，他一个人能唱一台戏。口念锣鼓，拉过门，走身段，夹白带做还误不了唱。他是长治人，唱的当然是上党梆子。他在单位晚会上曾表演过。下班后他常一个人坐在传达室里，用两个指头当鼓箭，敲打锣鼓，如醉如痴，非常"投入"。严文井说赵树理五音不全。其实赵树理的音准是好的，恐怕倒是严文井有点五音不全，听不准。不过是他的高亢的上党腔实在有点吃他不消？他爱"起霸"，也是撺手舞脚，看过北京的武生起霸，再看赵树理的，觉得有点像螳螂。

他能弹三弦，不常弹。他会刻图章，我没有见过。他的字写得很好，是我见过的作家字里最好的，他的小说《金字》写的大概是他自己的真事。字是欧字底子，结体稍长，字如其人。他的稿子非常干净，极少涂改。他写稿大概不起草。我曾见过他的底稿，只是一些人物名姓，东一个西一个，姓名之间牵出一些细线，这便是原稿了，考虑成熟，一气呵成。赵树理衣着不讲究，但对写稿有洁癖。他痛恨人把他文章中的"你"字改成"妳"字（有一个时期有些人爱写"妳"字，这是一种时髦），说："当面说话，第二人

---

① 初刊于一九九七年五月九日《南方周末》，为《四时佳兴》专栏文章；初收于北师大版《汪曾祺全集》第六卷。

称，为什么要分性别？——'妳'也不读'你'！"他在一篇稿子的页边批了一行字："排版校对同志请注意，文内所有'你'字，一律不准改为'妳'，否则要负法律责任。"这篇稿子是经我手发的，故记得很清楚。

赵树理是《说说唱唱》副主编，实际上是执行主编。他是负责发稿的。有时没有好稿，稿发不出，他就从编辑部抱了一堆稿子回屋里去看，不好，就丢在一边，弄得一地都是废稿。有时忽然发现一篇好稿，就欣喜若狂。他说这种编辑方法是"绝处逢生"。陈登科的《活人塘》就是这样发现的。这篇作品能够发表也真有些偶然，因为稿子有许多空缺的字和陈登科自造的字，有一个"馬"字，大家都猜不出，后来是康濯猜出来了，是"趴"，馬（马的繁体字）没有四条腿，可不是趴下了？写信去问陈登科，果然！

有时实在没有好稿，康濯就说："老赵，你自己来一篇吧！"赵树理关上门，写出了一篇名著《登记》（即《罗汉钱》）。

赵树理吃食很随便，随便看到路边的一个小饭摊，坐下来就吃。后来是胡乔木同志跟他说："你这么乱吃，不安全，也不卫生。"他才有点选择。他爱喝酒。每天晚上要到霞公府间壁一条胡同的馄饨摊上，来二三两酒，一碟猪头肉，吃两个芝麻烧饼，喝一碗馄饨。他和老舍感情很好。每年老舍要在家里请市文联的干部两次客，一次是菊花开的时候，赏菊；一次是腊月二十三，老舍的生日。赵树理必到，喝酒，划拳。老赵划拳与众不同，两只手出拳，左右开弓，一会儿用左手，一会儿用右手。老舍摸不清老赵的拳路，常常败北。

赵树理很有幽默感。赵树理的幽默和老舍的幽默不同。老舍的幽默是市民式的幽默，赵树理的幽默是农民式的幽默。他常常想到一点什么事，独自咕咕地笑起来，谁也不知道他笑的什么。他爱给他的小说里的人起外号：翻得高、糊涂涂（均见《三里湾》）……他写的散文中有一个国民党小军官爱训话，训话中爱用"所以"，而把"所以"联读成为"水"，于是农民听起来很奇怪：他干嘛老说"水"呀？他写的《催租吏》为了"显派"，戴了一副红玻璃的眼镜，眼镜度数不对，他就这样深一脚浅一脚地在农村的土路上走。

他抨击时事，也往往以幽默的语言出之。有一个时期，很多作品对农村情况多粉饰夸张，他回乡住了一阵，回来作报告，说农村情况不像许多作品那样好，农民还很苦，城乡差别还很大，说，我这块表，在农村可以买五头毛驴，这是块"五驴表！"他因此受到批评。

赵树理的小说有其独特的抒情诗意。他善于写农村的爱情，农村的女性，她们都很美，小飞蛾（《登记》）是这样，小芹（《小二黑结婚》）也是这样，甚至三仙姑（《小二黑结婚》）也是这样。这些，当然有赵树理自己的感情生活的忆念，是赵树理的初恋感情的折射。但是赵树理对爱情的态度是纯真的，圣洁的。

××市文联有一个干部×××是一个一贯专搞男女关系的淫棍。他的乱搞简直到了不可想象的地步。他很注意保养，每天喝一大碗牛奶。看传达室的老田在他的背后说："你还喝牛奶，你每天吃一条牛也不顶！"×××和一个女的胡搞，用赵树理的大衣垫在下面，把赵树理的一件貂皮领子礼服呢面的狐皮大衣也弄脏了。赵树理气极了，拿了这件大衣去找文联副主席李伯钊，说："这是怎么回事！"事隔多日，老赵调回山西，大家送他出门，老赵和大家一一握手。×××也来了，老赵趴在地下给×××磕了一个头，说："×××我可不跟你在一起了！"

唐立厂先生^①

※

　　唐立厂先生名兰，"立厂"是兰的反切。离名之反切为字，西南联大教授中有好几位。如王力——了一。这大概也是一时风气。

　　唐先生没有读过正式的大学，只在唐文治办的无锡国学馆读过，但因为他的文章为王国维、罗振玉所欣赏，一夜之间，名满京师。王国维称他为"青年文字学家"。王国维岂是随便"逢人说项"者乎？这样，他年轻轻地就在北京、辽宁（唐先生谓之奉天）等大学教了书。他在西南联大时已经是教授。他讲"说文解字"时，有几位已经很有名的教授都规规矩矩坐在教室里听。西南联大有这样一个好学风：你有学问，我就听你的课，不觉得这有什么丢人。唐先生对金文甲骨都有很深的研究。尤其是甲骨文。当时治甲骨文的学者号称有"四堂"：观堂（王国维）、雪堂（罗振玉）、彦堂（董作宾）、鼎堂（郭沫若），其实应该加上一厂（唐立厂）。难得的是他治学无门户之见。郭沫若研究古文字是自学，无师承，有些右派学者看不起他，唐立厂独不然，他对郭沫若很推崇，在一篇文章中说过："鼎堂导夫先路"，把郭置于诸家之前。他提起郭沫若总是读其本字"郭沫若"，沫音妹，不读泡沫的沫。唐先生是无锡人，说话用吴语，"郭"、"若"都是入声，听起来有一种特殊的味道，让人觉得亲切。唐先生说诸家治古文字是手工

<small>　　① 初刊于一九九七年八月十五日《安徽青年报》，又刊于一九九七年九月十九日《南方周末》，为《四时佳兴》专栏文章；初收于北师大版《汪曾祺全集》第六卷。</small>

业，一个字一个字地认，他是小机器工业。他认出一个"斤"字，于是凡带斤字偏旁的字便都迎刃而解，一认一大批。在当时认古文字数量最多的应推唐立厂。

唐先生兴趣甚广，于学无所不窥。有一年教词选的教授休假，他自告奋勇，开了词选课。他的教词选实在有点特别。他主要讲《花间集》，《花间集》以下不讲。其实他讲词并不讲，只是打起无锡腔，把这首词高声吟唱一遍，然后加一句短到不能再短的评语。

"'双鬓隔香红啊，玉钗头上风。'——好！真好！"

这首词就算讲完了。学生听懂了没有？听懂了！从他的做梦一样的声音神情中，体会到了温飞卿此词之美了。讲是不讲，不讲是讲。

唐先生脑袋稍大，一年只理两次发，头发很长，他又是个鬈发，从后面看像一只狻猊，——就是卢沟桥上的石狮子，也即是耍狮子舞的那种狮子，不是非洲狮子。他有一阵住在大观楼附近的乡下。请了一个本地的女孩子照料生活，洗洗衣裳，做饭。唐先生爱吃干巴菌，女孩子常给他炒青辣椒干巴菌。有时请几个学生上家里吃饭，必有这一道菜。

唐先生有过一段Romance，他和照料他生活的女孩子有了感情，为她写了好些首词。他也并不讳言，反而抄出来请中文系的教授、讲师传看。都是"花间体"。据我们系主任罗常培说："写得很艳！"

唐先生说话无拘束，想到什么就说。有一次在系办公室说起闻一多、罗膺中（庸），这是两个中文系上课最"叫座"的教授。闻先生教楚辞、唐诗、古代神话，罗先生讲杜诗。他们上课，教室里座无虚席，有一些工学院学生会从拓东路到大西门，穿过整个昆明城赶来听课。唐立厂当着系里很多教员、助教，大声评论他们二位："闻一多集穿凿附会之大成；罗膺中集啰唆之大成！"他的无锡语音使他的评论更富力度。教员、助教互相看看，不赞一词。

"处世无奇但率真"，唐立厂先生是一个胸无渣滓的率真的人。他的评论并无恶意，也绝无"打击别人，抬高自己"的用心。他没有想到这句话传到闻先生、罗先生耳中会不会使他们生气。

也没有无聊的人会搬弄是非，传小话。即使闻先生、罗先生听到，也不会生气的。西南联大就是这样一所大学，这样的一种学风：宽容、坦荡、率真。

一九九七年三月十一日

闻一多先生上课①

※

  闻先生性格强烈坚毅。日寇南侵,清华、北大、南开合成临时大学,在长沙少驻,后改为西南联合大学,将往云南。一部分师生组成步行团,闻先生参加步行,万里长征,他把胡子留了起来,声言:抗战不胜,誓不剃须。他的胡子只有下巴上有,是所谓"山羊胡子",而上髭浓黑,近似一字。他的嘴唇稍薄微扁,目光灼灼。有一张闻先生的木刻像,回头侧身,口衔烟斗,用炽热而又严冷的目光审视着现实,很能表达闻先生的内心世界。

  联大到云南后,先在蒙自待了一年。闻先生还在专心治学,把自己整天关在图书馆里。图书馆在楼上。那时不少教授爱起斋名,如朱自清先生的斋名叫"贤于博弈斋",魏建功先生的书斋叫"学无不暇簃",有一位教授戏赠闻先生一个斋主的名称:"何妨一下楼主人"。因为闻先生总不下楼。

  西南联大校舍安排停当,学校即迁至昆明。

  我在读西南联大时,闻先生先后开过三门课:楚辞、唐诗、古代神话。

  楚辞班人不多。闻先生点燃烟斗,我们能抽烟也点着了烟(闻先生的课可以抽烟的),闻先生打开笔记,开讲:"痛饮酒,熟读《离骚》,乃可以为名士。"闻先生的笔记本很大,长一尺有半,

---

  ① 初刊于一九九七年五月三十日《南方周末》,为《四时佳兴》专栏文章;初收于北师大版《汪曾祺全集》第六卷。

宽近一尺，是写在特制的毛边纸稿纸上的。字是正楷，字体略长，一笔不苟。他写字有一特点，是爱用秃笔。别人用过的废笔，他都收集起来。秃笔写篆楷蝇头小字，真是一个功夫。我跟闻先生读一年楚辞，真读懂的只有两句"嫋嫋兮秋风，洞庭波兮木叶下"。也许还可加上几句："成礼兮会鼓，传葩兮代舞，春兰兮秋菊，长毋绝兮终古。"

闻先生教古代神话，非常"叫座"。不单是中文系的、文学院的学生来听讲，连理学院、工学院的同学也来听。工学院在拓东路，文学院在大西门，听一堂课得穿过整整一座昆明城。闻先生讲课"图文并茂"。他用整张的毛边纸墨画出伏羲、女娲的各种画像，用按钉钉在黑板上，口讲指画，有声有色，条理严密，文采斐然，高低抑扬，引人入胜。闻先生是一个好演员。伏羲女娲，本来是相当枯燥的课题，但听闻先生讲课让人感到一种美，思想的美，逻辑的美，才华的美。听这样的课，穿一座城，也值得。

能够像闻先生那样讲唐诗的，并世无第二人。他也讲初唐四杰、大历十才子、《河岳英灵集》，但是讲得最多，也讲得最好的，是晚唐。他把晚唐诗和后期印象派的画联系起来。讲李贺，同时讲到印象派里的pointillism（点画派）。说点画看起来只是不同颜色的点，这些点似乎不相连属，但凝视之，则可感觉到点与点之间的内在联系。这样讲唐诗，必须本人既是诗人，也是画家，有谁能办到？闻先生讲唐诗的妙悟，应该记录下来。我是个大大咧咧的人，上课从不记笔记。听说比我高一班的同学郑临川记录了，而且整理成一本《闻一多论唐诗》，出版了，这是大好事。

我颇具歪才，善能胡诌，闻先生很欣赏我。我曾替一个比我低一班的同学代笔写了一篇关于李贺的读书报告，——西南联大一般课程都不考试，只于学期终了时交一篇读书报告即可给学分。闻先生看了这篇读书报告后，对那位同学说："你的报告写得很好，比汪曾祺写得还好！"其实我写李贺，只写了一点：别人的诗都是画在白底子上的画，李贺的诗是画在黑底子上的画，故颜色特别浓烈。这也是西南联大许多教授对学生鉴别的标准：不怕新，不怕怪，而不尚平庸，不喜欢人云亦云，只抄书，无创见。

一九九七年三月十二日